Cumbre Índigo

Cumbre Índigo

Devney Perry

Traducción de Laura Rins Calahorra

Penguin
Random House
Grupo Editorial

Título original: *Indigo Ridge*

Primera edición: enero de 2024

© 2021, Devney Perry
© 2024, Penguin Random House Grupo Editorial, S. A. U.
Travessera de Gràcia, 47-49. 08021 Barcelona
© 2024, Laura Rins Calahorra, por la traducción

Printed in Spain – Impreso en España

ISBN: 978-84-666-7406-5
Depósito legal: B-19387-2023

Compuesto en Llibresimes

Impreso en Black Print CPI Ibérica
Sant Andreu de la Barca (Barcelona)

BS 7 4 0 6 A

Para Elizabeth Nover.
Por todos los libros anteriores.
Y por todos los que vendrán

Prólogo

—¿Crees que echarás a volar, gorrión?

Una voz, una pesadilla, susurró a través del viento.

Las rocas de la falda de aquel despeñadero tenebroso emitían un brillo plateado iluminadas por la luz de la luna. Una oscuridad muy negra e infinita me cerró el grillete alrededor del tobillo y empezó a arrastrarme en el momento en que di un paso hacia el borde del precipicio.

¿Era doloroso volar?

—Vamos a averiguarlo.

1

Winslow

—¿Podría tomar otra…?

El camarero ni siquiera ralentizó la marcha cuando pasó frente a mí.

—¿… copa? —masculé, dejando caer los hombros.

El abuelo me había dicho que ese era el bar donde solían acudir los habitantes de la ciudad. No solamente se encontraba a una corta distancia a pie de mi nuevo hogar en caso de que decidiera no conducir, sino que ahora yo también vivía allí. Desde ese mismo día residía en Quincy, en Montana.

Eso fue lo que le expliqué al camarero cuando le pedí la carta de vinos. Él arqueó una poblada ceja blanca que enmarcaba su mirada suspicaz y yo renuncié de inmediato a las ganas de tomarme una copa de cabernet y la cambié por un vodka con tónica. Tuve que hacer acopio de toda mi fuerza de voluntad para no pedirle que lo decorara con una corteza de limón.

Los cubitos de hielo del interior de mi copa chocaron mientras los removía con la pajita de plástico de color rosa. El camarero ignoró también ese sonido.

En Main Street había dos bares que, según el abuelo, en esa época del año servían de trampa para los turistas. Sin embargo, lamenté no haber elegido uno de ellos para celebrar mi primera noche en Quincy. Y, a juzgar por su conducta, el camarero, que debía de haber pensado al principio que no era más que una turista despistada, también lo lamentaba.

El Willie's era un bar de mala muerte y no exactamente la clase de sitio en el que me sentía a gusto.

Seguro que los camareros del centro de la ciudad atendían a sus clientes y disponían de una carta con los precios en lugar de expresarlos cerrando el puño y levantando tres dedos.

El hombre parecía tan viejo como aquel edificio lúgubre y sombrío. Como en la mayoría de los bares de las pequeñas localidades de Montana, los anuncios de cerveza y las luces de neón saturaban sus muros. Varios estantes repletos de botellas de licor se alineaban en la pared de espejo situada frente a mi taburete. La estancia estaba abarrotada de mesas con todas las sillas vacías.

En el Willie's no había ni un alma ese domingo a las nueve de la noche.

Los habitantes de la ciudad debían de tener un sitio mejor al que acudir para relajarse.

El único cliente aparte de mí era un hombre sentado al otro extremo de la barra, en el último taburete de la fila. Había entrado diez minutos después que yo y había elegido el asiento más alejado posible. El camarero y él se parecían como dos gotas de agua, ambos con el pelo blanco y la barba desaliñada. ¿Eran gemelos? Aparentaban una edad lo bastante avanzada como para haber fundado el bar. Tal vez uno de ellos incluso fuese el propio Willie.

El camarero me pilló mirándolo.

Le dediqué una sonrisa e hice chocar los cubitos de mi copa.

Él frunció los labios en una fina línea, pero me preparó otra bebida. Y, como la primera vez, me la sirvió sin pronunciar palabra y levantó de nuevo tres dedos.

Di media vuelta para rebuscar dentro del bolso y me dispuse a sacar otro billete de cinco dólares, porque no tenía sentido pedirle que me abriera una cuenta de clienta y me cargara en ella la bebida. Sin embargo, antes de que me diera tiempo de coger el dinero, una voz grave y masculina acarició el ambiente del local.

—Hola, Willie.

El camarero saludó al hombre con una inclinación de cabeza.

—Hola, Griffin.

De modo que sí que se trataba del mismísimo Willie. Y sabía hablar.

—¿Lo de siempre? —preguntó este.

—Sí.

Griffin, el hombre de la voz maravillosa, se dispuso a sentarse en el segundo taburete a partir del mío.

Cuando acomodó su figura alta y corpulenta en el asiento, una bocanada de su aroma se propagó en mi dirección. Una esencia de cuero, viento y especias me llenó la nariz e hizo desaparecer el olor a rancio del bar. Resultaba atractivo y embriagador.

Aquel hombre era de los que captan la atención de las mujeres.

Con solo echar un vistazo a su perfil, el cóctel que tenía frente a mí me pareció del todo innecesario. En vez de bebérmelo, devoré a aquel hombre de pies a cabeza.

Apoyó los codos sobre la barra y las mangas de su camiseta negra se ciñeron a sus bíceps moldeados, resaltándolos hasta los hombros. Parecía que se había peinado el pelo castaño con los dedos y se le rizaba en la nuca. Tenía los brazos bronceados y cubiertos de vello del mismo color oscuro, con una vena en paralelo al marcado músculo que los recorría por el interior.

Incluso sentado apreciaba sus piernas largas y sus muslos anchos como los troncos de los árboles de hoja perenne que poblaban los bosques de las afueras de la ciudad. Los bajos deshilachados de sus tejanos desgastados rozaban las botas negras de vaquero. Cuando se removió en el asiento, capté el brillo de una hebilla plateada y dorada en su cintura.

Y si su voz, su aroma y su mentón cincelado no hubiesen bastado para dejarme boquiabierta, la hebilla lo habría conseguido.

Una de las películas favoritas de mi madre era *Leyendas de pasión*. Me permitió verla con dieciséis años y estuvimos llorando juntas. Cuando la echaba de menos, me ponía esa película. El DVD estaba rayado y el cierre del estuche se había roto de tantas veces que la había visto simplemente porque había sido de ella.

Siempre le había vuelto loca el Brad Pitt caracterizado de atractivo vaquero.

Si ahora viera a Griffin, también se le caería la baba. Aun sin el sombrero ni el caballo, ese hombre era todas las fantasías de vaqueros hechas carne y hueso.

Me llevé la copa a la boca, di un sorbo de la bebida fría y aparté la mirada del guapo desconocido. El vodka me abrasó la garganta y el alcohol se me subió rápidamente a la cabeza. El amigo Willie preparaba unos cócteles muy fuertes.

Lo estaba observando de forma descarada. Era un gesto evidente y grosero. Sin embargo, en cuanto deposité la copa sobre la barra, miré de nuevo a Griffin.

Sus penetrantes ojos azules me estaban esperando.

Me quedé sin respiración.

Willie colocó frente a él un vaso lleno de hielo y licor de color caramelo. A continuación, se alejó sin mostrarle los dedos para que pagara.

Griffin dio un único sorbo de la bebida y vi subir la nuez de su garganta. Luego, volvió a posar la atención en mí.

La intensidad de su mirada resultaba tan embriagadora como mi cóctel.

Me observó sin vacilar, con un deseo descarado. Recorrió con los ojos mi camiseta negra de tirantes hasta los vaqueros deshilachados que me había puesto por la mañana antes de dejar el hotel de Bozeman.

Estuve cuatro horas y media conduciendo hasta Quincy con un remolque de U-Haul amarrado a mi Dodge Durango.

Cuando llegué, me lancé de cabeza a descargarlo y solo me tomé un descanso para cenar con el abuelo.

Mi aspecto dejaba mucho que desear después de haberme pasado todo el día arrastrando cajas. Llevaba el pelo recogido en una coleta y el escaso maquillaje que me había puesto por la mañana debía de haber desaparecido. Con todo, la mirada apreciativa de Griffin disparó en mí una oleada de deseo que me recorrió hasta las entrañas.

—Hola —le solté. «Menuda labia, Winn».

Sus ojos refulgían como dos zafiros perfectos tras unas pestañas largas del color del hollín.

—Hola.

—Me llamo Winn.

Extendí una mano a lo largo del espacio que nos separaba.

—Yo soy Griffin.

En el momento en que me rozó la mano con su palma cálida y curtida, sentí un cosquilleo que se me propagó por la piel como una sucesión de fuegos artificiales y un escalofrío me recorrió la espalda.

Hostia. Saltaban tantas chispas entre nosotros que habrían bastado para poner en marcha la máquina de discos de la esquina.

Me concentré en mi cóctel y empecé a bebérmelo a trago limpio en lugar de dar pequeños sorbos. Ni siquiera los cubitos de hielo sirvieron para refrescarme. ¿Cuándo fue la última vez que me sentí así de atraída por un hombre? Años. No me pasaba desde hacía años, e incluso entonces no fue nada en comparación con aquellos cinco minutos sentada cerca de Griffin.

—¿De dónde eres? —me preguntó.

Igual que Willie, debía de dar por sentado que era turista.

—De Bozeman.

Él asintió.

—Yo estudié en la Universidad Estatal de Montana.

—¡Ánimo, Bobcats! —exclamé y levanté mi copa insinuando un brindis.

Griffin me devolvió el gesto y a continuación colocó el borde del vaso junto a su carnoso labio inferior.

Estaba volviendo a mirarlo fijamente, sin vergüenza. Tal vez fuesen aquellos pómulos angulosos lo que diferenciaba su rostro del resto. Tal vez era su nariz recta, con el hueso un poco abultado. O sus cejas oscuras y llamativas. No poseía el atractivo de un hombre común. Griffin era tan guapo que tumbaba de espaldas.

Y si estaba en el Willie's… era porque vivía en Quincy. Lo que significaba que era un hombre prohibido. «Mierda». Me tragué la decepción junto con otro sorbo de vodka.

El ruido que hacían las patas de su taburete resonó en la estancia cuando él lo arrastró para trasladarse al que estaba a mi lado. Volvió a colocar los codos a sendos lados de su vaso de licor e inclinó el cuerpo sobre la barra. Lo tenía tan cerca y su figura era tan grande que mi piel absorbió el calor que emanaba de la suya.

—Winn. Me gusta el nombre.

—Gracias.

En realidad mi nombre era Winslow, pero muy pocas personas lo usaban y casi todo el mundo me llamaba Winn o Winnie.

Willie se nos acercó y entornó los ojos al observar la escasa separación entre Griffin y yo. A continuación, fue a reunirse con el hombre de apariencia idéntica a la suya.

—¿Son familia? —pregunté bajando la voz.

—El viejo Willie está a nuestro lado de la barra. El que prepara los cócteles es su hijo.

—Padre e hijo. Vaya. Creía que eran gemelos. ¿Y el mayor es tan simpático como el joven?

—Peor. —Griffin rio—. Cada vez que vengo a la ciudad me parece más cascarrabias.

Un momento. Eso significaba…

—¿No vives aquí?

—No —dijo, sacudiendo la cabeza a la vez que cogía su bebida.

Yo hice lo propio y oculté mi sonrisa en la copa. De manera

que no vivía en la ciudad, lo cual me daba vía libre para coquetear sin peligro. «Bendito seas, Quincy».

Se me pasaron por la cabeza un centenar de preguntas demasiado personales, pero las descarté todas. Skyler solía reprocharme que a los diez minutos de conocer a alguien ya lo estaba interrogando. Esa era una de sus muchas críticas. Se servía de su profesión de coach personal como excusa para sermonearme por todo lo que hacía mal con relación a nosotros. Y a la vida en general.

Mientras tanto, él se había dedicado a engañarme, así que ya no escuchaba lo que tenía que decir su voz en mi cabeza.

Aun así no pensaba bombardear a aquel hombre a preguntas. No vivía en la ciudad, así que me guardaría mi curiosidad para quienes sí pertenecían a mi jurisdicción.

Griffin posó la mirada en el fondo del local, donde había un tablero de tejo desierto.

—¿Te apetece jugar una partida?

—Mmm... Bueno..., pero no he jugado nunca.

—Es fácil.

Se bajó del taburete y echó a andar con una gracia poco común para ser un hombre tan corpulento.

Yo lo seguí, con los ojos pegados al culo más estupendo que había visto jamás. Y no vivía en la ciudad. Un coro imaginario encaramado a las vigas mugrientas del bar entonó «¡Yija!» al unísono.

Griffin se dirigió a un extremo del tablero, mientras que yo fui hacia el opuesto.

—Vale, Winn. El que pierda paga la siguiente ronda.

Menos mal que llevaba dinero.

—De acuerdo.

Él se pasó los siguientes diez minutos explicándome las reglas y demostrándome cómo había que deslizar los discos por la superficie cubierta de arena hacia las líneas de puntuación. Después jugamos una partida detrás de otra. Los dos dejamos de beber tras la siguiente ronda, pero ninguno hizo el más mínimo gesto de marcharse.

Gané algunas partidas. Perdí la mayoría. Y cuando finalmente, a la una de la madrugada, Willie anunció que iba a cerrar, los dos salimos juntos hacia el aparcamiento a oscuras.

Al lado de mi Durango había una camioneta negra cubierta de polvo.

—Ha sido divertido.

—Sí.

Al sonreírle sentí un cosquilleo en las mejillas. No sé cuánto tiempo hacía que no lo pasaba así de bien ligando con un tío. De hecho, nunca lo había pasado tan bien. Aminoré la marcha porque el último sitio donde deseaba estar era en mi casa, sola.

Él debió de pensar lo mismo, porque las pisadas de sus botas se detuvieron en el asfalto. Se acercó unos centímetros.

Winslow Covington no tenía rollos de una noche. Había estado demasiado ocupada perdiendo varios años de su vida al lado del hombre equivocado. Griffin no era el hombre correcto, pero en el tiempo que llevaba ejerciendo de policía había aprendido que a veces no se trata de elegir entre lo bueno y lo malo. A veces lo que tenías que hacer era elegir bien tus errores.

Griffin. Esa noche pensaba elegir a Griffin.

De forma que recorrí la distancia que nos separaba y me puse de puntillas mientras recorría con las manos su abdomen firme y plano.

Era alto, de aproximadamente un metro noventa. Yo medía uno setenta y cinco y me resultaba reconfortante sentirme cerca de un hombre que superaba bastante mi estatura. Subí la mano hasta su nuca y lo obligué a agacharse hasta que su boca se cernió sobre la mía.

—¿Esa camioneta es tuya?

—¡Mierda!

Maldije el reloj y me puse en marcha de inmediato. Aparté la ropa de cama de mi cuerpo desnudo y corrí al cuarto de baño.

No quería empezar tarde el primer día en mi nuevo trabajo.

Abrí el grifo de la ducha con el pulso aporreándome las sienes y solté un grito cuando me planté bajo el chorro frío. No tenía tiempo de esperar a que saliera el agua caliente, de modo que me lavé el pelo y me puse un poco de acondicionador mientras me frotaba el cuerpo y eliminaba el olor de Griffin de mi piel. Ya tendría tiempo después para echarlo de menos.

Y también para pensar una y otra vez en la ligera molestia que notaba entre las piernas. La noche anterior había sido... alucinante. De las que te ponen la piel de gallina. La mejor noche de mi vida con un tío. Griffin sabía muy bien cómo poner a buen servicio su potente cuerpo y yo habían sido la afortunada que se había ganado tres (¿o habían sido cuatro?) orgasmos.

Me estremecí y reparé en que el agua estaba muy caliente.

—¡Joder!

Salí a toda prisa de la ducha mientras apartaba de la cabeza los pensamientos sobre Griffin. Me maquillé a la desesperada y recé para que el secador fuese más rápido. Como no tenía tiempo de alisarme el pelo ni de ondulármelo, me lo recogí en un moño tirante en la nuca y fui corriendo al dormitorio para vestirme.

El colchón estaba en el suelo; las mantas, arrugadas y completamente fuera de sitio. Por suerte, la noche anterior, antes de ir al bar, busqué las sábanas en las cajas e hice la cama. Cuando por fin llegué a casa tras pasar varias horas en la parte trasera de la camioneta de Griffin, había hecho poco más que dejarme caer boca abajo sobre la almohada, y me olvidé de programar la alarma.

No estaba dispuesta a arrepentirme de lo de Griffin. Haber conseguido que mi nueva vida en Quincy arrancara con una noche tórrida y salvaje me parecía un pequeño golpe de suerte.

Un guiño del destino.

Tal vez volviéramos a encontrarnos durante su siguiente visita a la ciudad, pero si no... En fin, no andaba sobrada de tiempo para permitir que me distrajera un tío.

Y ese día aún menos.

—Ay, Dios, por favor, no quiero llegar tarde.

Rebusqué en una maleta y encontré unos vaqueros oscuros.

El abuelo me había recomendado que no me presentara en la comisaría con un look excesivamente sofisticado.

Estaban un poco arrugados, pero no tenía tiempo de ponerme a buscar la caja en la que andaba la plancha. Además, llevar la ropa planchada era sin duda ir demasiado sofisticada. La sencilla camiseta blanca que encontré a continuación también estaba arrugada, de manera que lo revolví todo en busca de mi americana negra favorita para ocultar lo que más ofendía la vista. Luego me calcé mis queridas botas negras de tacón grueso antes de correr hacia la puerta y, de paso, agarrar el bolso del rincón del suelo del salón donde lo había arrojado.

Hacía sol. El aire estaba limpio. El cielo era azul. Y yo no tenía tiempo de apreciar ni un solo minuto de mi primera mañana en Quincy mientras corría hacia el Durango aparcado en el camino de entrada de mi casa.

Me deslicé tras el volante, encendí el motor y volví a maldecir el reloj del salpicadero. Las ocho y dos minutos.

—Llego tarde.

Por suerte, Quincy no era Bozeman y el trayecto desde un extremo de la ciudad hasta la comisaría situada en el otro me llevó exactamente seis minutos. Entré en el aparcamiento, estacioné al lado de un Bronco familiar de color azul y me permití respirar hondo aunque fuera una vez.

«Puedo hacer este trabajo».

A continuación, salí del coche y caminé hasta la entrada principal de la comisaría mientras a cada paso alimentaba la esperanza de tener un aspecto decente.

La simple mirada de desaprobación del agente situado tras el separador de cristal del mostrador de recepción me informó de que estaba equivocada. «Mierda».

Llevaba el pelo gris muy corto, con los laterales rapados y la parte superior un poco en punta, al estilo militar. Me miró de arriba abajo y las arrugas del rostro se le acentuaron cuando frunció el entrecejo. Era muy probable que esa mirada no tuviera nada que ver con mi ropa.

Pero sí con mi apellido.

—Buenos días. —Esbocé una sonrisa radiante mientras cruzaba el pequeño vestíbulo hasta su puesto de trabajo—. Soy Winslow Covington.

—La nueva jefa de policía. Ya lo sé —musitó.

Mi sonrisa no flaqueó.

Me ganaría la simpatía de todos. Con el tiempo. Eso es lo que le había dicho al abuelo la noche anterior cuando me invitó a cenar después de que hubiera devuelto el remolque. Me los ganaría a todos, uno a uno.

Casi todo el mundo se sentía inclinado a creer que el único motivo por el que me había dado el puesto de jefa de policía en Quincy era que mi abuelo ejercía de alcalde. Sí, lo tendría como superior, pero no existía ninguna cláusula que impidiera que los cargos públicos municipales fueran ocupados por parientes. Seguramente se debía a que, en una población tan pequeña, todo el mundo estaba emparentado de un modo u otro. Si se imponían muchas restricciones, nadie sería capaz de conseguir un empleo.

Además, mi abuelo no era quien me había contratado. Podría haberlo hecho, pero había preferido reunir a un comité de selección para que la decisión recayera en más personas. Walter Covington era el hombre más justo y honrado que había conocido en la vida.

Y, por mucho que fuese su nieta, lo que contaría sería lo bien que hiciera mi trabajo. Mi abuelo iba a tener en cuenta la opinión general y, aunque me quería de modo incondicional, no vacilaría en despedirme si la cagaba.

Eso me dijo el día que me contrató. Y había vuelto a recordármelo la noche anterior.

—El alcalde la está esperando en su despacho —dijo el agente a la vez que accionaba un botón para abrirme la puerta situada junto a su cubículo.

—Un placer conocerlo… —empecé a decir, mirando la placa de color plateado con su nombre prendida en el uniforme negro—, agente Smith.

Como respuesta, me ignoró por completo y centró su atención en la pantalla del ordenador. Tendría que ganármelo en algún otro momento. O quizá estuviera dispuesto a negociar una jubilación anticipada.

Empujé la puerta que conducía al interior de la comisaría. Había estado allí dos veces, ambas durante el proceso de selección. Sin embargo, me sentía distinta caminando por la oficina con la certeza de que no era una simple invitada. Ahora estaba en mi comisaría. Los agentes que me miraban desde sus respectivas mesas de trabajo estaban bajo mi mando.

Se me encogió el estómago.

Seguramente, pasarme toda la noche despierta revolcándome con un extraño no era la forma más inteligente de hacer frente a mi primer día.

—Winnie.

El abuelo salió del que sería mi despacho y me tendió la mano. Ese día me pareció más alto, aunque era probable que se debiera a que iba vestido con unos vaqueros en condiciones y una camisa almidonada en lugar de la camiseta raída y los pantalones anchos con tirantes que llevaba puestos la noche anterior.

Para haber cumplido setenta y un años, se conservaba muy bien y, aunque su pelo era una gruesa mata plateada, su cuerpo de un metro noventa estaba fuerte como un toro. Estaba más en forma que la mayoría de los hombres de mi edad, y ya no digamos de la suya.

Le estreché la mano, contenta de que no hubiese intentado abrazarme.

—Buenos días. Lo siento, llego tarde.

—Yo también acabo de llegar. —Se inclinó para acercarse y bajó la voz—. ¿Todo bien?

—Nerviosa —susurré.

Él me dirigió una discreta sonrisa.

—Lo harás de maravilla.

Podía hacer ese trabajo.

Tenía treinta años, veinte menos que la media de edad de las personas que ocupaban puestos de esa categoría y cuarenta menos que mi predecesor cuando se jubiló.

El anterior jefe de policía había trabajado en Quincy durante toda su carrera; había ido ascendiendo en el escalafón y ostentaba el cargo desde antes de que yo naciera. Por eso el abuelo quería que ahora lo ocupara yo. Decía que allí hacía falta un nuevo punto de vista y sangre más joven. La ciudad estaba creciendo y, a su vez, los problemas también. Los viejos métodos ya no bastaban.

El departamento necesitaba implementar tecnología y procedimientos novedosos. Cuando el anterior jefe de policía anunció que se jubilaba, el abuelo me animó a probar suerte y presentarme como candidata. Y, por obra de un milagro, el comité de selección me eligió a mí.

Sí, era joven, pero cumplía los requisitos que habían pedido. Había trabajado diez años en el Departamento de Policía de Bozeman. Durante ese tiempo, acabé la carrera universitaria y obtuve un puesto de inspectora en el mismo departamento. Mi historial era impecable y jamás dejaba un caso sin cerrar.

Es posible que, de haber sido un hombre, me hubieran recibido con más entusiasmo, pero nunca me había acobardado por ese motivo y, desde luego, no pensaba hacerlo ahora.

«Puedo hacer este trabajo».

Iba a hacer ese trabajo.

—Permíteme que te presente a Janice.

Me indicó con la cabeza que lo siguiera hasta mi despacho, donde pasamos la mañana con Janice, mi nueva secretaria.

La mujer había trabajado para el anterior jefe de policía durante quince años y cuanto más la oía hablar, más me prendaba de ella. Janice llevaba el pelo gris peinado de punta y las gafas con la montura roja más bonita que había visto jamás. Conocía todos los entresijos de la comisaría, la planificación y los puntos débiles.

Cuando acabó nuestra primera reunión, me anoté mentalmente llevarle un ramo de flores, porque sin ella era más que probable que me diera un buen batacazo. Nos paseamos por la comisaría para conocer a los agentes que no habían salido a patrullar.

El agente Smith, al que rara vez enviaban fuera porque prefería el trabajo de oficina, había sido uno de los candidatos a ocupar el puesto y Janice me contó que se había convertido en un gruñón insoportable desde el momento en que lo rechazaron.

Dejando aparte su caso, todos los demás se mostraron respetuosos y profesionales, aunque reservados. Estaba claro que tenían dudas sobre cómo tratarme, pero ese día ya me había ganado la simpatía de Janice —o quizá ella se había ganado la mía— y lo consideraba todo un éxito.

—Conocerá a la mayor parte del departamento esta tarde, durante el cambio de turno —me dijo cuando nos refugiamos de nuevo en el despacho.

—He pensado quedarme hasta tarde un día de esta semana para conocer también a los agentes del turno de noche.

La comisaría no era grande porque Quincy tampoco lo era, pero en total contaba con quince agentes, cuatro teleoperadores, dos administrativos y Janice.

—Mañana vendrá el sheriff del condado para conocerla —dijo Janice tras leer esa información en el cuaderno que la había acompañado durante toda la mañana—. A las diez. Su equipo es el doble de grande que el nuestro, pero también tiene más territorio que cubrir. En general no interfieren en nuestros asuntos, pero siempre está dispuesto a colaborar si es necesario.

—Es bueno saberlo.

No me importaría contar con recursos para intercambiar ideas y opiniones.

—¿Cómo lo llevas? —me preguntó el abuelo.

Me coloqué las manos junto a las orejas e imité el sonido de una bomba que explota. Él se echó a reír.

—Ya te pondrás al día.

—Sin duda —convino Janice.

—Gracias por todo —le dije—. Tengo muchas ganas de empezar a trabajar con usted.

Janice se puso un poco más recta en el asiento.

—Igualmente.

—Muy bien, Winnie. —El abuelo se dio una palmada en las rodillas—. Vamos a por algo para comer. Luego tendré que irme a mi despacho y dejaré que vuelvas aquí y te acomodes.

—Aquí estaré cuando regrese —dijo Janice y me estrechó el brazo cuando salimos del despacho.

El abuelo se limitó a despedirse con una inclinación de cabeza y mantuvo las distancias. Esa noche, cuando yo dejara de ser la jefa de policía Covington y él dejara de ser el alcalde Covington, iría a su casa y me ganaría uno de sus abrazos de oso.

—¿Qué te parece si comemos en el Eloise? —sugirió en cuanto salimos.

—¿En el hotel?

Él asintió.

—Te iría bien pasarte por allí y conocer a los Eden.

Los Eden. La familia que había fundado Quincy.

El abuelo me había asegurado que la forma más rápida de procurarse el favor de los habitantes de la ciudad era ganarse la simpatía de los Eden. Uno de sus antepasados remotos había fundado el pueblo, y la familia se había convertido en la piedra angular de la comunidad.

—El hotel es suyo, ¿recuerdas? —me preguntó.

—Lo recuerdo, solo que no me había dado cuenta de que ahora hay un restaurante.

Era porque no había pasado mucho tiempo en Quincy últimamente. Las seis veces que lo visité fue para participar en el proceso de selección y habían sido las primeras en varios años. Cinco, para ser exactos.

Pero, cuando la relación con Skyler se vino abajo y el abuelo me planteó lo del puesto de jefa de policía, decidí que era el momento de hacer un cambio. Y Quincy... Bueno, este sitio siempre ha ocupado un lugar especial en mi corazón.

—Los Eden inauguraron el restaurante hace unos cuatro años —me explicó el abuelo—. En mi opinión, es el mejor de la ciudad.

—Pues vayamos a comer. —Abrí la puerta de mi coche—. Nos vemos allí.

Seguí al Bronco de mi abuelo desde la comisaría hasta Main Street mientras reparaba en la gran cantidad de coches de otros estados que había en el centro de la ciudad. Era el auge de la temporada turística y casi todos los estacionamientos estaban ocupados.

Él aparcó a dos manzanas de Main Street, en una calle secundaria, y luego entramos juntos en el Eloise Inn.

El icónico hotel ocupaba el edificio más alto de Quincy y se elevaba con orgullo frente al distante paisaje montañoso de fondo. Siempre me había apetecido pasar una noche allí. Tal vez un día reservara una habitación solo por darme el gusto.

El vestíbulo olía a limones y romero. El mostrador de recepción era una isla en mitad del enorme espacio abierto y tras él había una mujer de rostro afable que estaba completando el registro de entrada de un cliente. En cuanto vio al abuelo, le guiñó un ojo.

—¿Quién es? —le pregunté.

—Eloise Eden. El invierno pasado tomó el relevo de la dirección.

Él la saludó con la mano y dejó atrás el mostrador de recepción en dirección a una puerta abierta. El ruido de los cubiertos en los platos y el discreto murmullo de las conversaciones me dieron la bienvenida cuando entramos en el restaurante del hotel.

El comedor era espacioso y los techos, tan altos como los del vestíbulo. Parecía el lugar perfecto para reunirse, casi como un salón de baile. Sin embargo, estaba lleno de mesas de diversos tamaños y funcionaba bien como restaurante.

—Acaban de instalar esas ventanas. —El abuelo señaló el extremo más alejado, donde las ventanas de color negro con los cristales de cuarterones se alternaban con la pared de ladrillo rojo—. La última vez que hablé con Harrison me dijo que el próximo otoño reformarían todo este espacio.

Harrison Eden. El patriarca de la familia. Se encontraba entre los miembros del comité de selección y quería creer que le había causado buena impresión. Según el abuelo, de no haber sido así, no habría obtenido el puesto bajo ningún concepto.

Una encargada nos recibió con una amplia sonrisa y nos acompañó hasta una mesa cuadrada del centro de la sala.

—¿Cuál de los hermanos Eden se ocupa del restaurante? —pregunté mientras echábamos un vistazo a la carta.

—Knox. Es el segundo hijo de Harrison y Anne. Eloise es la pequeña.

Harrison y Anne, los padres. Knox, un hijo. Eloise, una hija. Seguramente me quedaban varios miembros más de los Eden por conocer.

El nombre de la familia aparecía en muchos rótulos de Main Street, incluida la cafetería en la que me habría gustado tener tiempo para pararme esta mañana. La aventura de la noche anterior estaba empezando a pasarme factura y me escondí detrás de la carta para disimular un bostezo.

—Son buena gente —comentó el abuelo—. A Harrison ya lo conoces. Anne es un encanto. Las opiniones de esa pareja tienen mucho peso en esta ciudad. Y la de Griffin también.

¿Griffin? ¿Había dicho «Griffin»?

Se me formó un nudo en el estómago.

No. No podía ser. Tenía que tratarse de un error. Tenía que haber otro Griffin, uno que no vivía en Quincy. La noche anterior le había preguntado adrede si era de la ciudad y me había dicho que no, ¿verdad?

—Hola, Covie.

Estaba tan ocupada teniendo un ataque de pánico mental por si el hombre con el que me había acostado no solo era de la ciudad, sino que además era alguien que yo necesitaba que me viera como una buena profesional y no como la tía con quien montárselo en el asiento trasero de una camioneta, que no reparé en las dos personas que se habían parado junto a nuestra mesa hasta que fue demasiado tarde.

Harrison Eden sonrió.

Griffin, que estaba igual de guapo que la noche anterior, no.

¿Sabía anoche quién era yo? ¿Habría sido una especie de prueba o un engaño? Lo dudaba mucho. Parecía tan sorprendido de verme allí como yo de verlo a él.

—Hola, Harrison. —El abuelo se puso de pie para estrecharle la mano y luego se volvió a señalarme—. Seguro que te acuerdas de mi nieta, Winslow.

—Claro. —Cuando me levanté, Harrison me tomó la mano y me dio un apretón firme—. Bienvenida. Nos alegramos de que seas la nueva jefa de policía.

—Gracias. —Mi voz transmitía una considerable serenidad, lo cual resultaba extraño teniendo en cuenta que mi corazón estaba a punto de salírseme del pecho y esconderse debajo de la mesa—. Me alegro de estar aquí.

—¿Os gustaría sentaros con nosotros? —les ofreció el abuelo, señalando con la cabeza las dos sillas vacías de nuestra mesa.

—No —contestó Griffin.

—Nos encantaría —dijo su padre al mismo tiempo.

Ni el abuelo ni Harrison repararon en la tensión que recorría a Griffin cuando tomaron asiento y dejaron que nosotros mismos nos presentáramos.

Tragué saliva. A continuación, le tendí la mano.

—Hola.

Aquella barbilla angulosa que la noche anterior yo había recorrido con la lengua se cerró con tanta fuerza que oí el crujido de sus muelas. Me miró fijamente la mano antes de aprisionarla con la suya.

—Griffin.

Griffin Eden.

Mi rollo de una noche.

Menudo guiño del destino.

2

Griffin

«Winn». Me dijo que se llamaba Winn.

Winn, la atractiva mujer de pelo oscuro y sedoso, ojos de color azul intenso y piernas larguísimas. Winn, cuyo coche llevaba matrícula de Bozeman. Winn, la turista de la nariz pecosa.

A veces se daba el caso de que algún turista se pasaba por el Willie's a tomar una copa, lo cual sacaba de quicio tanto al viejo Willie como al joven, porque ninguno soportaba tener forasteros en el bar. Y yo me había creído un tío con suerte porque ayer a última hora había decidido ir a tomar una copa y me había sentado cerca de Winn.

Pero no era Winn sin más.

Era Winslow Covington, un nombre que habría reconocido sin lugar a duda. Mi padre me había estado hablando de ella durante semanas desde que el comité de selección la eligió para el puesto de jefa de policía.

No era una turista. Ni mucho menos.

Se suponía que sí que lo era, ¡mierda!

—¡Joder! —masculló mientras la camioneta bajaba dando tumbos por la carretera de grava en dirección a casa de mis padres.

—¿Estás bien, Griff? —me preguntó Conor desde el asiento del copiloto.

Emití un gruñido a modo de respuesta.

—Vale... —dijo con aquella forma suya de arrastrar las palabras y centró la atención en los verdes pastos junto a los que pasábamos.

Qué puto desastre. Hacía ya dos días de la comida en el Eloise y aún estaba cabreado conmigo mismo.

Winslow Covington.

No era alguien a quien habría elegido tirarme en el asiento trasero de la camioneta.

A lo mejor debería haber atado cabos, haber relacionado el nombre de Winn con Winslow. Pero mi padre había puesto tan por las nubes a aquella mujer y su gran experiencia que había visualizado a alguien completamente distinto. Me la había imaginado más mayor, más tosca, más rígida.

Winn era toda dulzura y pasión sin límites.

Habían pasado dos días y aún me costaba asimilar que Winn era Winslow.

Las ideas preconcebidas eran difíciles de cojones de erradicar.

Mi padre se había tomado tan en serio su labor en el comité de selección como todas las tareas que yo lo había visto emprender, incluida la de dirigir el rancho Eden. Era la clase de hombre que pone el alma en todo aquello que es responsabilidad suya, tenga el grado de importancia que tenga. Y yo había heredado ese rasgo.

Con todo, el entusiasmo con que acató aquella misión rayaba en la locura. Mi madre culpaba al aburrimiento del afán que su marido había puesto en un trabajo por el que ni siquiera le pagaban. Tres años atrás había decidido jubilarse y cederme las riendas del rancho y desde entonces no paraba de implicarse en actividades que no le reportaban ningún beneficio.

Había otros negocios familiares que aún requerían su atención, como el hotel, pero casi todos funcionaban ya solos y no exigían ni de lejos el mismo tiempo de dedicación que el rancho. Aquellas tierras habían sido su prioridad durante décadas; tan solo la familia iba por delante de ellas. Sin embargo, los hijos nos habíamos convertido en adultos. Y el rancho había pasado a ser de mi propiedad.

Mi padre había necesitado al comité de selección casi tanto como el comité a él.

Había que reconocer que mi padre tenía su mérito. Muchos granjeros y rancheros tenían dificultades para dejar paso a la siguiente generación. Conocía a amigos de la universidad que habían abandonado el negocio de su familia para aceptar un trabajo administrativo solo porque sus padres no se decidían a cederles el testigo.

No era el caso de mi padre. Tras jubilarse, no me había ofrecido ni un solo consejo sin que yo se lo pidiera. Si algún empleado le preguntaba sobre algo, él lo mandaba a hablar conmigo. Me echaba una mano siempre que lo necesitaba, pero, exceptuando un par de ocasiones durante el primer año, había dejado de dar órdenes a todo el mundo, incluido yo. No recibía crítica alguna por su parte cuando ponía en marcha alguna medida nueva. No tenía que soportar reproches a media voz cuando cometía algún error. No me tocaba cargar con las culpas cuando dejaba de hacer las cosas a su manera.

Quería mucho a mi padre. Lo respetaba más que a ningún otro hombre en el mundo. Pero ¿por qué cojones no podría haber mencionado, al menos una vez, que Winslow Covington era una mujer guapa y vital que atraería un montón de miradas además de la mía?

En vez de eso, había alabado su energía. Dos veces me dijo que había dejado a los demás candidatos a la altura del betún. Era perspicaz. Contaba con la tenacidad suficiente para impulsar el departamento de policía hacia el futuro.

Yo había visualizado a una mujer fornida con un corte de pelo masculino y la nariz puntiaguda, como su abuelo. Lo último que me imaginé fue la explosiva mujer que encontré tomándose una copa en el Willie's.

Me había dejado cegar por sus miradas, por aquella sonrisa

y por su ingenio. Entré con la intención de echar un trago y pensé: «¿Qué narices? ¿Cuándo fue la última vez que me topé con una mujer tan impresionante?».

Prefería enrollarme con turistas porque estaban en Quincy de paso. Si ella me hubiera rechazado de entrada o no hubiera mostrado ningún interés, la habría dejado en paz. Pero el deseo que vi en su mirada se correspondía con el mío y… no pude resistirme a ella.

Fue la noche más apasionada que había vivido en años. Tal vez en toda mi vida.

Apreté la mandíbula y me agarré con fuerza al volante para evitar mirar el asiento trasero. Ya no olía a Winn, pero su perfume cítrico no se había desvanecido hasta el día anterior.

Ahora la camioneta apestaba a Conor.

Menudo era aquel chico y sus glándulas sudoríparas.

Lo contratamos cuando aún iba al instituto. Apilaba balas de heno y hacía trabajitos en el rancho. Intentó cursar estudios universitarios en Missoula durante un año, pero regresó a Quincy cuando suspendió. Conor era el empleado más joven a jornada completa y no paraba quieto ni un segundo.

Pocos hombres eran capaces de igualar mi resistencia física. A mis treinta y un años me sentía tan en forma como cuando tenía diez menos. Pero Conor era una década más joven y eso unido a su sentido de la responsabilidad hacía que, a su lado, yo pareciera un enclenque.

El chico había dedicado la mañana a limpiar el establo de mi propiedad; sin embargo, lo que a mí me llevaba tres horas, él lo había hecho en la mitad de tiempo. Tenía cercos de sudor en la camisa de cuadros y en el borde de su gorra de béisbol, cuya tela negra se había vuelto marrón porque el sol se había comido el color, como la mía. El emblema del rancho de los Eden —una «E» subrayada por una línea curva en forma de pata de mecedora— aparecía bordado con un pespunte que en otro tiempo había sido blanco y ahora tenía un sucio tono gris.

Conor era un buen muchacho, pero ¡joder, qué mal olía!

Detestaba echar de menos el perfume de Winn.

—Qué buen día hace —dijo el chico.

—Sí —asentí yo.

Unos rayos de puro sol atravesaron el cielo azul y despejado. El calor ya había evaporado el rocío de la mañana y, mientras avanzábamos, casi veía crecer la hierba. Era en días de verano como ese cuando, siendo adolescente, solía buscar un prado donde tumbarme a echar una siesta reparadora.

Ese día habría agradecido una de esas siestas, porque a las cuatro de la madrugada me había despertado empalmado y anhelando tener entre mis brazos a la mujer que había invadido mis sueños. Volver a dormirme era arriesgado, de modo que me conformé con una ducha fría y una paja antes de refugiarme en el despacho de casa. Las tareas administrativas resultaron ser una buena distracción, igual que el trabajo en el establo. Sin embargo, en los momentos como este, cuando el mundo estaba en calma, ella me asaltaba de nuevo.

Por mucho que lo intentara, no había forma de desterrar a Winn de mi mente.

Su cuerpo firme. Sus labios dulces. Su cabello largo y moreno rozándome el pecho desnudo mientras se sentaba a horcajadas sobre mí y bajaba sobre mi polla.

¡Joder! Me estaba empalmando otra vez.

La posibilidad de tener una relación con ella o con cualquier otra mujer estaba más que descartada y por eso, durante el último año, me había dedicado a tener solo rollos de una noche. La familia y el rancho absorbían toda mi atención. La mayoría de los días, al caer la tarde, apenas tenía tiempo de darme una ducha antes de tumbarme rendido en la cama. La vida de soltero me venía bien; no tenía que responder ante nadie ni nada excepto la finca. Y, si necesitaba compañía, contaba con cinco hermanos a quienes recurrir. Una novia requería invertir energía y yo no andaba nada sobrado.

Las turistas, en cambio, no exigían ninguna clase de compromiso.

Pero ella no era ninguna turista.

¿Sabía quién era yo cuando nos encontramos en el Willie's? Imposible. El día que nos topamos en el restaurante a la hora de comer, su cara de sorpresa fue tan obvia como la mía. Pero eso ya daba igual. No importaba en absoluto, porque no tenía ninguna intención de repetir la experiencia del domingo por la noche.

Winslow era una forastera y, por muy tentadora que me resultara, mantendría las distancias con ella.

Tenía trabajo que hacer.

—Te dejaré en el taller —le dije a Conor—. Coge la camioneta con las vallas y llévalas al prado de al lado de la carretera que sube hasta la Cumbre Índigo. Dentro de unas semanas tendremos que trasladar allí el ganado y el otro día vi que hace falta reparar algunos tramos.

Conor asintió y apoyó el codo en la ventanilla abierta.

—Claro. ¿Hasta dónde tengo que llegar?

—Lo más lejos que puedas. El viernes me gustaría que toda esa zona estuviera lista.

La sede del rancho seguía estando situada al lado de la cabaña de mis padres. Aunque el volumen de actividad en mi zona de la finca aumentaba cada año, era probable que el taller principal y los establos permanecieran siempre aquí, donde mi padre los construyó originalmente.

—Llámame si necesitas algo —le dije a Conor mientras aparcaba junto al Cadillac de mi madre.

—Vale.

Se apeó de un salto y cruzó corriendo el extenso terreno que separaba el hogar de mi infancia de los edificios del rancho.

En el instante en que planté los pies en el suelo de grava, mi madre apareció en la puerta.

—Hola, Conor.

El joven aminoró la marcha, dio media vuelta y se levantó la visera de la gorra a modo de saludo.

—Hola, señora.

—Ese chico es un encanto. Ya lo era cuando llevaba pañales —me dijo ella. Sonrió cuando subí los escalones del porche que rodeaba la casa.

—Hola, mamá.

—Hola, hijo. ¿Tienes tiempo de tomar un café o te vas ya para seguir con el trabajo?

—Tengo que irme, pero no le haré ascos a un café para llevar.

—Acabo de preparar una cafetera.

Me hizo señas con la mano para que entrara y fuimos directos a la cocina.

Mi padre estaba sentado ante la isla con el periódico abierto sobre la encimera de granito.

Recibíamos la *Quinzy Gazette* una vez a la semana, todos los miércoles. Cuando era niño, el ejemplar permanecía casi siempre intacto, porque ni mi madre ni mi padre tenían tiempo para leerlo. En general, usábamos los periódicos para encender el fuego de la estufa de leña. Sin embargo, desde que estaba jubilado, mi padre dedicaba horas y horas a empaparse de cada palabra.

—Hola, papá.

—Hola. —Se incorporó y se quitó las gafas—. ¿Cómo van hoy las cosas?

Su voz denotaba ilusión, como si esperara que lo invitara a participar en alguno de mis proyectos. Pero, aunque me gustaba pasar tiempo con él, ese día necesitaba tiempo para mí. Para poner las ideas en orden y quitarme de la cabeza a cierta mujer.

Sin embargo, tal vez pudiera aprovecharme de sus ganas de ayudar para ahorrarme una visita a la ciudad. Cualquier incursión cerca de sus límites me parecía demasiado arriesgada hoy.

—He pensado que a lo mejor tienes tiempo de ir a Farm & Feed y comprar unos cuantos postes de acero para la valla —le propuse.

—Claro —asintió—. Iré en cuanto termine de leer el periódico.

Mi madre levantó la vista de la cafetera y puso los ojos en blanco.

—Solo lo ha leído dos veces, de momento.

—Solo he leído la noticia sobre Winslow —protestó mi padre—. Los Nelsen han hecho un trabajo de pena.

Me acerqué a la isla de la cocina y me asomé por encima de mi padre para leer el artículo. Mi mirada recayó de inmediato en aquella cara bonita. Su fotografía ocupaba la mitad de la primera plana. Winn iba vestida con la blusa negra del uniforme, cuyo botón superior aprisionaba su cuello esbelto. Llevaba el pelo recogido en un pulcro moño y su semblante era la pura imagen de la inexpresividad.

Esa foto debía de tener por lo menos diez años. A lo mejor se la habían hecho cuando estudiaba en la academia.

—Solamente les falta decir que es una niñata —refunfuñó mi padre y empujó el periódico hacia mí.

Por si la foto no bastara para dejarla en mal lugar, el texto aún lo empeoraba más. Bajo el titular LA JEFA DE POLICÍA DE QUINCY había una columna cuyo objetivo parecía, más bien, sacar a la luz asuntos de política local y favoritismos.

No resultaba nada sorprendente, puesto que quien firmaba el artículo era la periodista Emily Nelsen.

Le encantaba instigar al drama. Y, si hablamos de las mujeres de la ciudad que tenían las miras puestas en echarme el guante, ella encabezaba la lista. Menos mal que no sabía que me había enrollado con Winn. El artículo ya se cebaba con ella lo suficiente.

Los padres de Emily eran los dueños del periódico y el desprecio que sentían por Walter Covington era tan evidente como el contraste de la tinta negra sobre el fondo blanco de cada una de las páginas.

—¿De verdad te sorprende? —le pregunté a mi padre—. Ya sabes que los Nelsen detestan a Covie desde aquella pelea por las bocinas en el partido de baloncesto.

—De eso hace ya siete años.

—¿Y qué más da? Pueden pasar setenta y seguirán guardándole rencor.

Los Nelsen llevaron dos bocinas a un partido de baloncésto del instituto. Mi hermano menor, Mateo, era jugador del equipo juvenil de segundo año junto con el hijo de los Nelsen, y estos se pasaron una hora entera tocándolas dentro del pabellón. Al final Walter tuvo que decirles que dejaran de armar jaleo.

Ese día el alcalde se había sacrificado por todas las personas sentadas en las gradas y desde entonces Covie no salía muy bien parado en ningún artículo del periódico. Al parecer, los Nelsen le tenían reservada la misma suerte a Winn.

El artículo obviaba la mayor parte de su experiencia profesional, aunque, por el contrario, mencionaba su edad tres veces. Y también la palabra «favoritismo».

Treinta años parecían pocos para ser jefa de policía. De no ser porque mi padre estuvo en el comité de selección, yo también lo habría considerado un trato de favor.

¿Qué clase de experiencia podía haber acumulado Winn en su corta carrera? Si ocurría algún desastre, no me gustaría que el capitán abandonara el barco cuando lo que hacía falta era una mano de hierro al timón. Quizá, obviando las formas, que dejaban mucho que desear, Emily Nelsen tuviera parte de razón.

Aun así, como no estaba de humor para ponerme a discutir con mi padre, cogí el vaso que me tendía mi madre y le di un beso en la mejilla.

—Gracias por el café.

Ella me apretó la mano.

—De nada. ¿Esta noche vienes a cenar? A Knox no le toca trabajar en el restaurante y Mateo no tiene que cubrir el turno en el hotel. Lyla y Talia han dicho que pueden estar aquí sobre las seis.

—¿Y Eloise?

—Vendrá cuando llegue el recepcionista del turno de noche, seguramente sobre las siete.

Cada vez le costaba más reunirnos a todos bajo su techo y más alrededor de la mesa. Mi madre vivía para aquellas raras ocasiones en que conseguía alimentar a sus seis hijos a la vez.

—Haré lo posible. —Era una época de mucho trabajo en el

rancho y la simple idea de una cena familiar me agotaba. Sin embargo, no quería defraudar a mi madre—. Nos vemos luego. Y gracias por pasar a comprar los postes, papá.

Él levantó su taza de café sin dejar de prestar atención al periódico con expresión de fastidio.

En cuanto puse un pie fuera de la casa, un gato de pelaje jaspeado cruzó corriendo el porche. Se escondió debajo del último escalón y, cuando llegué abajo, me agaché para mirar. Vi que era una hembra y que, agazapada en un rincón, alimentaba a una serie de boquitas diminutas que maullaban a coro.

Gatitos. Tendría que llevarme a unos cuantos a mi granero cuando los hubiera destetado. Mi madre tenía ya diez gatos por lo menos. Como ahuyentaban a los ratones, a ninguno nos había importado nunca comprar algún que otro saco de pienso felino.

Crucé la entrada cubierta de grava y me dirigí al taller. El gigantesco edificio construido en acero era el más grande de todo el rancho. El granero y los establos ocupaban una esquina del solar; la casa de mis padres, otra. El taller constituía el tercer vértice del triángulo.

Todos los trabajadores del rancho acudían aquí para fichar al principio y al final de cada turno. El encargado y el contable disponían de sendas mesas de trabajo en aquel espacio, aunque ambos preferían usar el despacho que teníamos en la ciudad.

Mis botas hicieron eco en el suelo de cemento cuando entré en aquel espacio amplio y abierto. Había una cosechadora aparcada justo enfrente de las puertas correderas.

—Hola, Griff. —Mi primo, que trabajaba para nosotros como mecánico, asomó la cabeza por debajo de la máquina.

—Hola. ¿Cómo va?

—Bueno, conseguiré arreglarla.

—Bien hecho.

Esta primavera ya había comprado dos tractores nuevos y prefería aplazar cualquier otro gasto en maquinaria pesada hasta el invierno.

Seguí avanzando mientras él volvía a su tarea. Ese día me esperaba un montón de papeleo, allí o en casa. Nos faltaba un empleado para la temporada de verano y me había retrasado una semana en preparar un anuncio para publicarlo en los clasificados del periódico. El motivo era que estaba evitando a Emily, pero ya no podía posponerlo más. Eché un vistazo a mi despacho, sumido en la oscuridad, y di media vuelta para dirigirme a la puerta.

En total, el rancho tenía treinta y seis mil hectáreas. La mayoría de los días mi trabajo consistía más en dirigir un negocio que en hacer de ranchero. Siempre llevaba las botas y la hebilla de cinturón decorada que había ganado en una sesión de rodeo a pelo celebrada en el instituto. Sin embargo, me resultaba más útil el título en Administración de empresas que los alicates para vallas.

Aunque ese día me esperaban las vallas, precisamente.

Junio era una época bonita en Montana y el cielo tenía un azul tentador. Una fresca brisa procedente de las montañas transportaba hasta el valle el olor de los pinos y la nieve medio derretida.

Un poco de sol y de sudor le sentarían bien a mi cabeza. Necesitaba un día de trabajo duro en el campo. Tal vez con el agotamiento conseguiría dormir sin soñar con Winn.

Justo había alcanzado el banco de herramientas y me disponía a cargar con un rollo nuevo de alambre de espino y un montón de abrazaderas galvanizadas cuando el teléfono móvil sonó dentro del bolsillo de mis vaqueros.

—Dime, Conor —contesté.

—Griffin.

Se me paró el corazón al notar el pánico en su voz, pero mis pies avanzaron a toda prisa hacia la puerta del taller.

—¿Qué ocurre? ¿Te has hecho daño?

—Es…

—¿Qué pasa? Cuéntamelo.

—Iba a empezar a colocar las vallas en la Cumbre Índigo, donde el poste esquinero.

—Sí, vale. —Cuando crucé la puerta al exterior, ya estaba

corriendo. El chico era joven, pero no se asustaba con facilidad—. Conor, dime qué ha pasado.

Él dejó escapar un sollozo.

—Voy para allá —dije, pero no corté la llamada. En vez de eso, subí a la camioneta, conecté el teléfono al Bluetooth y seguí hablando con él mientras conducía—. Respira, Conor.

Se le escapó otro gran sollozo. Yo hundí el pie en el acelerador y me dirigí a toda pastilla hacia el desvío de la Cumbre Índigo.

—Estoy saliendo de la carretera de grava —le dije y enfilé el camino que discurría junto a la valla.

Conor no emitió más respuesta que aquel llanto amortiguado y desgarrador.

La camioneta traqueteaba tanto que tuve la sensación de que se me estaban desencajando los huesos. Aquellos caminos no estaban asfaltados ni delimitados, sino que simplemente eran surcos que habíamos formado con el paso del tiempo de todas las veces que nos movíamos por ellos para ir de un campo a otro. El recorrido estaba plagado de baches, rocas y desniveles. No era apto para ningún vehículo a más de ocho kilómetros por hora, pero yo iba a más de treinta.

A cada minuto que pasaba, el estómago se me encogía más y más. Dios mío, que no estuviera herido, por favor. Si se había cortado en la mano, el brazo o la pierna y tenía una hemorragia, nos llevaría mucho tiempo llegar al hospital. Tardaríamos demasiado. Además, el lugar al que lo había enviado era uno de los extremos más recónditos del rancho.

Por fin, veinte minutos más tarde, vi a lo lejos la camioneta con las vallas. Las montañas se elevaban en el horizonte.

—Estoy aquí —dije y entonces colgué el teléfono.

Frené derrapando y se levantó una nube de polvo del camino cuando me apeé de un salto y corrí hacia Conor.

Lo vi sentado junto a la rueda de la camioneta, con las piernas encogidas y la cabeza colgando entre ambas. Tenía un brazo inerte y con la otra mano sostenía el teléfono apretado contra la oreja.

—Conor.

Le posé una mano en el hombro mientras lo examinaba rápido. No había sangre. Ni huesos rotos, en apariencia. Tenía los diez dedos, las dos orejas y los dos pies calzados con las botas.

Él levantó la cabeza y dejó caer el teléfono en la hierba. Los surcos de las lágrimas le manchaban la cara curtida por el sol.

—Es Lily.

—Lily…

—G-Green —balbuceó—. Lily Green.

Green. Una de las enfermeras de la residencia donde mi abuela estuvo internada antes de morir se llamaba Green.

—¿Qué pasa con Lily Green?

Por la mejilla de Conor resbaló otra lágrima.

—Ahí.

—¿Cómo que…? —Me interrumpí y el estómago se me encogió de golpe.

«No». Otra vez no.

Tragué saliva y me puse en pie con la certeza de saber lo que iba a encontrar sin necesidad de preguntarlo.

Con paso lento y pesado, avancé entre los altos tallos de hierba hasta el poste de la esquina y trepé a la valla. Mis pies siguieron el mismo camino irregular que debía de haber seguido Conor.

Por encima de mí, la imponente Cumbre Índigo se elevaba hasta mezclarse con el cielo azul. Su impactante ladera rocosa estaba bañada por el sol. Ese paraje resultaba tan intimidante como bello: una pared sólida de piedra que atravesaba los campos formando una línea tan abrupta que daba la impresión de que hubieran hendido la montaña de arriba abajo. Las rocas de la falda eran tan negras y angulosas como la ladera del despeñadero.

Trepé en dirección a esos riscos que llevaba siglos evitando. Hacía muchos años que no pisaba ese lado del terreno. Desde que encontré el cadáver.

El último cadáver.

Posé la mirada en un mechón de pelo rubio. En un vestido blanco. En unas extremidades destrozadas. En un riachuelo de sangre.

En Lily Green.

3

Winslow

—Voy corriendo a casa a por otra camisa —le dije a Janice mientras observaba con mala cara el desastre en que había convertido mi blusa blanca.

La manga, manchada de café, tenía un aspecto tan catastrófico como mi escritorio. Carpetas, informes y notas adhesivas cubrían por completo la superficie de madera marrón. ¿O era gris? Llevaba dos días enteros sin verla.

Estaba enterrada, literalmente.

Cuando Janice entró para informarme de que era la hora de la reunión semanal con el personal administrativo —un evento que tenía lugar de manera regular y no oficial y que, por tanto, no constaba en mi agenda—, me di tanta prisa en unirme al grupo que, al coger la taza de café, la volqué y me salpicó la blusa.

—¿Me llamarás si surge algo? —pregunté.

—Claro. —Janice sonrió y se dirigió a la puerta, pero se detuvo antes de salir—. Lo estás haciendo muy bien, Winslow.

—¿De verdad? Porque tengo la sensación de que mi barco se hunde.

Era una confesión que solo estaba dispuesta a admitir ante Janice. Ella era mi única aliada dentro de la comisaría. Me estaba costando mucho ganarme la simpatía del personal, más de lo que había imaginado.

La culpa la tenía mi edad. Nadie había expresado abiertamente que me consideraba demasiado joven, por lo menos delante de mí. Sin embargo, las miradas de soslayo encerraban críticas silenciosas. Dudas.

«Puedo hacer este trabajo».

Tal vez los demás me pusieran en entredicho, pero yo no pensaba dudar de mí misma. Bueno, no demasiado.

—Es normal que ahora te sientas abrumada, pero las cosas mejorarán —me prometió Janice—. Los chicos entrarán en razón. Dales tiempo.

—Gracias —dije con un suspiro.

Ella asintió con energía y se retiró a su escritorio, que estaba impoluto.

Saqué mi bolso del último cajón y eché un vistazo a las pilas de informes y currículums de agentes que tenía pendientes de revisar. Esa noche me llevaría a casa otro montón para leerlos de arriba abajo, igual que el día anterior. Estaba en fase de aprendizaje y trataba de familiarizarme con el personal. También le había pedido a Janice que me proporcionara los expedientes de todos los casos de los últimos tres meses para hacerme a la idea de la clase de delitos que se cometían en Quincy.

De momento, lo más serio eran cuatro casos de conductores ebrios, una fiesta de instituto suspendida a causa del alcohol, una pelea en un bar y un altercado doméstico. Janice me advirtió que, entre la pila, encontraría un arresto por posesión de metanfetamina, pero aún no había llegado a él.

En general, los expedientes de los agentes eran demasiado escuetos. Y los informes, demasiado breves. Además, todo estaba anotado a mano en documentos de papel.

El abuelo no exageraba cuando afirmaba que el Departamento de Policía de Quincy necesitaba que alguien lo impulsara hacia el futuro. Aunque me parecía una forma demasiado suave de decirlo, porque más bien haría falta abrirle camino con un buldócer.

Y ese buldócer era yo.

Crucé la oficina y saludé con la mano a Allen, uno de los agentes del turno de día.

Él asintió a modo de respuesta y su mirada recayó en la manga de mi blusa. Una de las comisuras de sus labios se curvó en una mueca.

Yo me encogí de hombros.

—El café la ha tomado conmigo.

—Por eso estoy tan a favor del uniforme de camisa y pantalón negro, disimula las manchas.

—Se supone que el mío tiene que llegar hoy. Entonces también llevaré solo camisas negras.

Le sonreí y me dirigí a la puerta.

Vale, no había ido mal del todo. Allen no había evitado el contacto visual. Era un avance, ¿no?

Saludé al agente Smith cuando pasé por su lado en dirección al vestíbulo. Tenía la esperanza de que respondiera con una inclinación de cabeza.

—Voy a casa un momento. ¿Me llamas si surge algo, por favor?

Él me ignoró, tal como llevaba haciendo dos días. Durante la jornada anterior, incluso cuando nos topamos de bruces en la sala de descanso comunitaria se comportó como si yo no estuviese allí. La mirada con que me atravesó me recorrió toda la columna vertebral cuando salí por la puerta.

La jubilación anticipada. Sin duda, le iba a plantear la jubilación anticipada si no cambiaba de actitud.

Saqué las gafas de sol del bolso y las utilicé para protegerme de su mirada hostil a la vez que ocultaba las ojeras. Esa semana me estaba costando dormir. Tenía el Durango aparcado junto al coche patrulla de Allen. Los asientos de cuero se habían calentado por el sol y el aire estaba cargado. Bajé un poco la ventanilla y aspiré el agradable olor de aquel soleado día de verano.

Quincy se hallaba en el corazón de la zona occidental de Montana y distaba aproximadamente una hora del Parque Nacional de los Glaciares. La población estaba ubicada en un valle rodeado de montañas con las cumbres nevadas y las laderas cubiertas por un denso bosque con árboles de hoja perenne. El río Clark Fork discurría entre la vegetación y una de sus orillas servía de frontera natural a la ciudad.

Cuando era niña, el abuelo nos llevaba mucho de acampada al río. Mi familia pasaba algunos fines de semana memorables en sus lugares favoritos, donde pescábamos, practicábamos senderismo y tostábamos nubes de azúcar.

Cada recodo de Quincy albergaba recuerdos.

Las visitas a casa del abuelo siempre me habían parecido una aventura. Mi padre se había criado aquí y, para él, Quincy representaba su hogar. Tanto a él como a mi madre les habría encantado que yo me instalara aquí. Seguramente, también habrían dejado Bozeman y me habrían seguido.

Sin embargo, creo que si ellos no hubieran muerto jamás me habría mudado a Quincy.

Si ellos no hubieran muerto, muchas cosas serían diferentes.

Cada recodo de Quincy albergaba recuerdos.

Y aún tenía que decidir si eso era bueno o malo.

Me sacudí de encima el pasado y me fijé en los turistas que bajaban tranquilamente por la acera de Main Street. Tal vez a causa de nuestra proximidad con el Parque Nacional de los Glaciares, Quincy siempre estaba a rebosar de visitantes hasta entrado el otoño.

Como alcalde, el abuelo adoraba la afluencia de dinero para su pequeña población. Como residente, los turistas lo sacaban de quicio. El exceso de visitantes era el motivo por el que le encantaba llevarnos a las montañas, donde disfrutábamos de acampadas veraniegas.

Era durante nuestras visitas en otoño y en invierno cuando nos quedábamos en Quincy y explorábamos la ciudad. No habían cambiado muchas cosas desde los tiempos de mi infancia. Y lo familiar me resultaba reconfortante.

Igual que ocurría en la mayoría de las poblaciones pequeñas de Montana, Main Street era la calle principal, formada por un tramo de la carretera que servía para entrar y salir del casco urbano. Desde el centro, todo partía en forma radial como las arterias de un corazón que bombea. Sin embargo, el grueso de los comercios se encontraba aquí, apiñados unos junto a otros en pleno centro.

Restaurantes, bares y tiendas constituían la principal atracción para el turismo de verano. Los despachos y las oficinas bancarias llenaban el vacío de una temporada a otra. El establecimiento preferido de mi madre siempre fue la tienda de antigüedades. El de mi padre, la ferretería. La tienda de ultramarinos y dos gasolineras ponían el punto final a uno de los extremos de Main Street. Farm & Feed, el establecimiento que suministraba el material agrícola, ocupaba el otro.

El vecindario se sentía orgulloso de esa calle. Los escaparates se disponían con encanto y creatividad. En verano había cestas con flores colgadas en las farolas y en invierno, guirnaldas y lucecitas navideñas.

Me encantaba esa ciudad. No, mi ciudad.

Todavía no me había hecho a la idea de que formaba parte de Quincy. Quizá fuese porque sentía más afinidad con los turistas que con los propios habitantes.

Aminoré la marcha al llegar a un paso de peatones para esperar a que una pareja lo cruzara. Los acompañaba una niña pequeña que lucía un jersey amarillo y una adorable sonrisa. Sus padres, situados uno a cada lado, la balanceaban adelante y atrás al grito de «Un, dos, tres… ¡Yupiii!».

En otro tiempo, yo también fui esa niña.

—¿Qué me pasa hoy…?

Sacudí la cabeza para obligarme a volver al presente. A continuación, tomé la siguiente calle adyacente para dirigirme hacia mi casa.

Esos últimos dos días, mis padres habían sido una constante en mis pensamientos. Probablemente se debía a que me hallaba en Quincy. Y también a que, en tan solo una semana, habían cambiado muchas cosas.

Tenía una casa nueva. Un trabajo nuevo.

Mudarme había sido la decisión correcta, pero no me ponía

las cosas fáciles. Echaba de menos a mis amigos de Bozeman. Echaba de menos la anterior comisaría y a los compañeros.

Por supuesto, allí estaba el abuelo y era maravilloso verlo todos los días. Con el tiempo, me acabaría acostumbrando a ese sitio. Pero, por el momento, ser nueva se parecía mucho a sentirse sola.

¿Sería por eso por lo que me había acostado con Griffin el domingo?

Me estremecí por enésima vez al recordar su cara en el restaurante.

El abuelo y Harrison Eden se pasaron la comida entera conversando sin parar. Griffin, en cambio, apenas pronunció palabra. Se limitó a permanecer sentado en su sitio, con la mirada fija en el plato, mientras yo forzaba una sonrisa y hacía todo lo posible por charlar un poco con su padre.

La tensión que irradiaban los hombros de Griffin había ido aumentando de forma exponencial a lo largo de la comida. Su atractivo rostro reflejaba un arrepentimiento tan evidente que estuve a punto de fingir que me dolía la barriga para salir corriendo.

Por fortuna, él se largó primero. En cuanto se terminó su sándwich de dos pisos, se despidió y se alejó de la mesa.

Seguía estando enfadada conmigo misma por haberle mirado el culo mientras se marchaba.

Con un poco de suerte, pasarían unos cuantos meses antes de que volviéramos a toparnos y a lo mejor, a esas alturas, ya me habría quitado de la cabeza la imagen de su cuerpo desnudo en el asiento trasero de la camioneta.

Griffin Eden era un error de los que no se cometen dos veces y, si todo salía bien, ni una sola persona en todo Quincy llegaría a enterarse de que me lo había tirado durante mi primera noche en la ciudad.

Mi casa era una construcción de estilo Craftsman pintada de gris claro con las contraventanas blancas. Aparqué el coche en el camino de entrada y subí la escalera de ladrillo visto hasta la puerta de color rojo.

La puerta había sido precisamente el motivo por el que había comprado la casa. Bueno, eso y el hecho de que solo había tres disponibles.

Con dos dormitorios y un cuarto de baño, tenía el tamaño perfecto para la sencilla vida que llevaba. No precisaba un jardín grande, y el dormitorio extra me serviría de despacho. No necesitaba ninguna habitación de invitados, puesto que rara vez recibía visitas.

Entré enseguida sin prestar atención al desastroso estado del salón. Las cajas cubrían por completo el sofá situado en el centro. No las había tocado desde el domingo, porque me había pasado todas las tardes revisando expedientes de casos.

Mi dormitorio estaba igual, si no peor.

En un lado había tres maletas abiertas y su contenido yacía desparramado sobre el suelo de madera. En algún lugar bajo ese techo había perchas, solo tenía que encontrarlas. Escarbé en la pila de ropa que tenía más a mano y di con una blusa limpia. A continuación, me despojé de la que estaba manchada y la arrojé en el montón de prendas para lavar, que cada vez ocupaba más espacio.

La lavadora y la secadora nuevas llegarían al viernes siguiente. La entrega del resto de los muebles sufría retraso, o sea que, de momento, el colchón estaba en el suelo junto a toda mi ropa.

Quizá antes de acostarme buscara las perchas, o quizá no.

Ya vestida y sin aquel olor a café rancio, me apresuré a volver al coche. Di marcha atrás hasta la calle y deshice el camino en dirección a Main Street. Estaba aminorando la velocidad al acercarme al cruce cuando una luz azul y roja me adelantó como un rayo y el aullido de una sirena desgarró el aire. Era el coche patrulla de Allen.

Saqué mi teléfono del compartimento situado entre los asientos delanteros y no vi ningún aviso en la pantalla. Ese día le tocaba papeleo y no patrullar. ¿Adónde iría? Debía de haber ocurrido algo. Pero ¿por qué nadie me había llamado?

En vez de tomar el camino de la izquierda y dirigirme a la comisaría, giré a la derecha y seguí a Allen por Main Street.

Cuando llegó al límite de la ciudad, pisó el acelerador y enfiló la carretera a toda pastilla.

El corazón empezó a aporrearme el pecho cuando aceleré para seguirlo mientras conducía con una mano y con la otra marcaba el número de la comisaría.

—Departamento de Policía de Quincy —respondió el agente Smith.

—Hola. Soy Winslow.

Él emitió un gruñido.

—Estoy siguiendo a Allen, que ha salido de la ciudad. ¿Puedes decirme adónde va?

—Hemos recibido una llamada. Hay una emergencia en las montañas.

—De acuerdo. —Esperé a que me diera más explicaciones, pero no llegaron—. ¿Qué emergencia?

—Alguien ha encontrado un cadáver en la falda de la Cumbre Índigo.

Di un grito ahogado.

—¿Có-cómo? ¿Por qué no me ha avisado?

—Se me ha olvidado.

«Cabrón».

—Agente Smith, usted y yo vamos a tener que intercambiar unas palabras cuando vuelva a la comisaría.

Tras decir eso, colgué y arrojé el teléfono a un lado para concentrarme en alcanzar a Allen.

Vi el destello de sus luces de freno cuando aminoró la marcha para tomar la salida. No había ninguna señal ni indicación de carretera, pero seguí el rastro del polvo que levantaba por el camino de grava mientras las montañas aparecían cada vez más y más cerca. Había una que destacaba entre el resto; su intimidante ladera vertical se elevaba a gran altura por encima de los árboles y los prados.

Sobre la hierba, al otro lado de la valla, había tres camionetas aparcadas muy cerca la una de la otra. Allen redujo la velocidad y dirigió el coche a la zanja que señalaba el límite de la propiedad.

Yo aparqué detrás de él, recuperé el teléfono y me lo guardé en el bolsillo. A continuación, revolví el interior del bolso en busca de un bloc de notas y un bolígrafo antes de apearme del vehículo.

—Jefa.

Allen estaba apostado a un lado de la carretera, esperando a que me uniera a él.

—¿Qué ocurre?

La explicación del agente Smith podría tacharse de insuficiente en el mejor de los casos.

—Uno de los trabajadores del rancho Eden ha encontrado un cadáver esta mañana.

—¿Esto es el rancho Eden?

Era una pregunta tonta. Cuando seguí la mirada de Allen hasta el hombre que se hallaba de pie junto a las camionetas, reconocí a Griffin al instante.

Estaba plantado con las piernas separadas junto a aquel vehículo negro que ya me resultaba familiar. Tenía los brazos en jarras y apretaba los puños. No me habría extrañado leer las palabras «Fuera de aquí» bordadas en la visera de su gorra negra descolorida.

Yo me armé de valor.

—Ve tú delante, Allen.

—Sí, jefa.

Se abrió paso entre la hierba crecida para llegar hasta la valla, que consistía en cuatro hileras de alambre de espino situadas al otro lado de la zanja. A continuación, levantó la segunda hilera con una mano mientras pisaba la tercera para abrir un hueco por el que metí el cuerpo y crucé al otro lado.

Entonces intercambiamos los papeles: yo sujeté el alambre para que él pasara y luego encabecé la marcha en dirección a Griffin.

—Winslow. —Su voz sonó plana, indescifrable.

—Griffin. —La mía, prácticamente igual. Tenía trabajo que hacer—. ¿Puedes mostrarnos el cadáver?

Él asintió para que lo siguiéramos más allá de las camionetas alineadas.

Un hombre más joven estaba sentado con la espalda apoyada en la rueda de la última. Junto a él había otro más mayor que lucía un bigote imperial y un sombrero de vaquero de color pardo.

El chico sentado en el suelo estaba pálido. Tenía surcos de lágrimas en las mejillas. Debía de ser él quien había encontrado el cuerpo. A esas alturas, había visto bastantes caras como la suya para deducir quién había sido el primero en llegar al escenario del crimen.

—Conor encontró a la chica —confirmó Griffin en voz baja mientras nos dirigíamos a la esquina de la valla.

Detrás se apiñaban las rocas de la falda del despeñadero.

—Más tarde tendré que interrogarlo.

—Claro. —Él asintió—. Trabaja para nosotros. Lo envié aquí para reparar la valla.

—¿A qué hora?

—Sobre las diez. A primera hora ha estado un rato trabajando en el establo.

—¿Ha tocado el cadáver?

—Es probable. —Griffin suspiró y a continuación encabezó la marcha hacia la valla.

En esta parte había postes de madera y el alambre estaba demasiado tirante para separarlo, de modo que coloqué un pie en la abrazadera más baja y me di impulso para saltar de lado. Luego me acerqué a la ladera de la montaña caminando despacio para asimilarlo todo.

Había un sendero de hierba aplastada; probablemente lo habían abierto Conor y Griffin. Por lo demás, la zona parecía intacta.

Griffin y Allen me siguieron muy de cerca mientras me abría paso hasta las rocas y avancé por la empinada pared con la misma seguridad que había empleado en el llano ocupado por la pradera. Trepamos y trepamos hasta que encontré un saliente.

Y un cuerpo destrozado.

Desactivé la conexión mental que me hacía entrar en pánico

al ver la sangre. Encerré bajo llave las emociones que una muerte horrible provocaba. Tragué saliva, hice mi trabajo y examiné el escenario.

El cadáver pertenecía a una mujer joven que yacía tumbada boca abajo. Unos cuantos mechones de su pelo rubio volaban al viento. La muerte le había ennegrecido la zona donde la piel y los huesos estaban destrozados.

La sangre, en su mayor parte, se había secado y formaba densos charcos y regueros que partían de las heridas. La chica llevaba un vestido blanco cuya falda, prácticamente impecable en el dobladillo, probablemente le llegaba hasta los tobillos. El corpiño, en cambio, jamás volvería a estar limpio.

Tenía los brazos extendidos a los lados y una pierna doblada en un ángulo antinatural. Tan solo en las pantorrillas conservaba algunas zonas de piel intacta, que se iba tornando grisácea. Por lo demás, los huesos sobresalían de sus extremidades.

—Otra —musitó Allen.

Lo miré por encima del hombro.

—¿Otra qué?

Él señaló el despeñadero que se elevaba ante nosotros.

Había un sendero esculpido en la roca, a medio camino entre el lugar que ocupábamos y la cumbre de la montaña. No me había dado cuenta mientras ascendíamos por el camino. El sendero desaparecía tras una curva y probablemente a partir de ahí descendía por la ladera, pero el extremo final quedaba justo por encima de nosotros.

¿Habrían empujado a la chica? ¿Habría saltado ella?

—¿Qué es esto, Allen?

—Un suicidio —explicó él.

«Joder».

—¿Cómo lo sabes?

Él y Griffin intercambiaron una mirada.

—¿Qué pasa? ¿Qué es lo que se me escapa?

—Es que eres nueva. —Griffin pronunció la palabra «nueva» con tanto desprecio que me dio la impresión de que había cogido las letras y me las había arrojado a la cara—. No es el primer cadáver que encontramos en la falda de la Cumbre Índigo.

—¿Cuántos más ha habido?

—Dos.

Dos. O sea que con este eran tres. «Mierda. Joder». ¿Qué narices estaba pasando? ¿Qué era exactamente lo que tenía delante?

—Ha habido una serie de suicidios aquí durante los últimos diez años.

Yo pestañeé, perpleja.

—¿Una serie de suicidios?

—Siete en total.

—¿Siete? —Me quedé con la boca abierta—. Es casi uno por año.

Allen dejó caer los hombros.

—Es una especie de efecto dominó. Una chica lo hace y otra decide imitarla.

Señalé la cumbre de la montaña.

—¿Siempre se tiran desde ahí?

—No, no siempre —contestó Griffin.

Me fijé en los pies descalzos de la chica, en el amplio vestido de tirantes. Si hubiera llevado puestos unos pantalones cortos o unos vaqueros, habría pensado que podría tratarse de un accidente durante una ruta de senderismo.

—¿Se sabe quién es? —pregunté.

—Lily Green —contestó Griffin—. Por lo menos, es lo que le ha parecido a Conor. Tienen más o menos la misma edad. Creo que eran amigos.

No quedaba nada del rostro de la joven. ¿Cómo la había reconocido el chico? Tal vez por la mariposa azul que llevaba tatuada en la muñeca.

—Allen, ¿estás bien como para hacer fotos de la escena de un crimen?

—Sí, bueno… Ya estuve presente la vez anterior.

«La vez anterior». Se me encogió el estómago.

—Vale. Llamaré a la comisaría y pediré que venga el médico

forense para que podamos mover el cadáver. Cuanto antes la identifiquemos, antes podremos avisar a los familiares más cercanos.

—De acuerdo, jefa.

—Ahora necesito hablar con tu empleado —le dije a Griffin. Él, como toda respuesta, se alejó por la ladera rocosa.

Mientras lo seguía, empezó a darme vueltas la cabeza.

Siete suicidios en diez años. Qué locura. Eran demasiados, aunque la tasa de suicidios siempre era superior en las zonas rurales que en la ciudad. Aun así, siete casos en diez años… resultaban demasiados.

Sabía que era más probable que sucediera con adolescentes. Y Allen tenía razón: podía provocar un efecto dominó. Hubo una época en que ocurrió en el instituto de Bozeman; tres chicos intentaron suicidarse y dos murieron.

El director y los profesores se volcaron en cuerpo y alma en erradicar el problema después de la segunda muerte. Se aseguraron de que los alumnos tuvieran más vigilancia y pusieron medios para que pudieran exponer los casos de amigos en situación de riesgo.

Siete suicidios.

En una comunidad tan pequeña.

¿Por qué no me había enterado hasta ahora? ¿Por qué el abuelo no me lo había contado? ¿Por qué nadie me había hablado de ello durante las entrevistas? Había hecho muchas preguntas sobre los delitos cometidos con anterioridad. Claro que, a lo mejor, no consideraban que se tratara de ningún delito. ¿Habrían abierto expedientes sobre esos casos siquiera?

Las preguntas se me agolparon en la cabeza mientras iba con Griffin hasta la valla y la cruzábamos, pero dejé de darles vueltas en el instante en que llegamos junto a los dos hombres que aguardaban en las camionetas.

—Conor, esta es Winslow Covington. —Griffin se agachó al lado del joven—. Es la nueva jefa de policía y quiere hacerte unas cuantas preguntas.

El chico levantó la cabeza. Tenía pánico y aflicción plasmados en el rostro. Me agaché a su lado para que no se viera obligado a levantarse.

—Hola, Conor.

—Hola, señora. —El chico se sorbió la nariz y se la limpió con el brazo.

—¿Te importa que te haga unas preguntas?

Él negó con la cabeza.

El hombre del bigote le dio unas palmaditas en el hombro. A continuación, se puso de pie y se dirigió a la parte trasera de la camioneta para dejarnos a solas. Griffin también se incorporó, pero no se movió del sitio. Se quedó plantado delante de nosotros mientras yo formulaba las preguntas y tomaba notas.

Todo estaba bastante claro. Conor había ido a reparar la valla, siguiendo órdenes de Griffin. Vio la tela del vestido de Lily sobre las rocas, fue hasta allí corriendo y encontró el cadáver. No intentó moverla, pero le levantó la mano para tomarle el pulso. Tal como yo sospechaba, el tatuaje fue lo que le reveló su identidad. Luego, descendió de la montaña y llamó a Griffin.

—Gracias, Conor. —Le dirigí una sonrisa triste—. Seguramente tendré que hacerte algunas preguntas más.

—Vale. —Una lágrima le resbaló por la mejilla—. Estudiamos juntos en el instituto. Lily y yo, quiero decir. Fuimos novios en tercero. Luego rompimos, pero ella siempre fue…

Las lágrimas se sucedieron con más rapidez.

Nunca es fácil encontrar un cadáver, pero si encima se trata de una persona querida… La imagen perseguiría a Conor durante mucho tiempo.

—Lo siento mucho.

—Yo también. —Le temblaba la mandíbula—. Ojalá hubiera hablado conmigo. Ojalá yo hubiera hablado con ella.

—No es culpa tuya —dijo Griffin, cuya figura corpulenta apareció a mi lado—. Vete con Jim, ¿vale?

—¿Y la camioneta con las vallas?

—Ya me encargo yo.

Conor se dio impulso para levantarse y, al hacerlo, se tambaleó un poco. Griffin se acercó y lo cogió del brazo para acompañarlo hasta el lugar donde aguardaba Jim.

Los seguí con la mirada y vi a Griffin abrazar al chico y ayudarlo a acomodarse en el asiento del copiloto de una camioneta blanca. En la puerta había estampada una «E» subrayada por una línea curva: el emblema del rancho Eden.

Griffin habló con Jim durante unos instantes antes de que el hombre, mayor que él, asintiera y ocupara el asiento del conductor.

—¿Le hará compañía a Conor? —pregunté mientras el señor y el chico se alejaban por el sendero marcado con huellas de neumáticos.

—Sí.

—Tengo que manejar esto con discreción un tiempo hasta asegurarme de que la identidad es la correcta, pero luego informaremos a los familiares más cercanos.

—La madre de Lily es enfermera, trabaja en la residencia de ancianos. Allen puede darte sus datos de contacto.

—¿Y si no es Lily?

—Es ella, Winslow. Conocemos bien a nuestra gente.

Lo dijo como si quisiera recalcar que yo no formaba parte de ellos. «Tocada».

Se levantó otro rastro de polvo cuando un coche se acercó por la carretera de grava. Esperaba que fuera el médico forense.

—Este terreno pertenece a vuestra finca, ¿verdad? —le pregunté a Griffin.

—Sí.

—¿Alguna vez se prohíbe el acceso? Me refiero a si hay alguna verja que se cierre por las noches o algo así.

—No. —Él sacudió la cabeza—. Antes el terreno del otro lado de la valla pertenecía a otro rancho, pero lo compré hace dos años. Ahora todo es nuestro. No hay ninguna razón para vallarlo, salvo para marcar las parcelas en las que debe pastar el ganado.

—¿Alguna vez vienen otras personas aquí?

—No, la verdad. Es una propiedad privada. —Griffin puso los brazos en jarras y apretó los puños—. ¿Por qué?

—¿Has visto algún vehículo extraño entrando o saliendo esta semana?

—El rancho es enorme. Es imposible tener controlado todo el tráfico. —Griffin tensó la mandíbula—. ¿Por qué me lo preguntas?

Miré a ambos lados de la carretera de grava. No había a la vista ningún vehículo que pudiera pertenecer a la chica. Además, estaba descalza. ¿Dónde tenía las botas?

—Solo pregunto.

Para eso estaba allí.

—Esa chica se ha tirado de la montaña y se ha matado. Su madre debe de estar preocupadísima. ¿Por qué no dejas de hacer preguntas y empiezas a dar respuestas?

—¿Qué te parece si tú te ocupas del rancho y yo me ocupo de la investigación? Solo hago mi trabajo.

—Si de verdad quieres hacer tu trabajo, ve a hablar con la madre de Lily —me espetó—. Todo lo demás es una puta pérdida de tiempo.

Y, sin más, se marchó hecho una furia y se dirigió a su camioneta. Me dejó plantada en mitad del campo, contemplando las luces traseras del vehículo que se alejaba.

—Pues qué éxito —musité—. Mierda.

Alcé la mirada al cielo.

Tal vez mi predecesor hubiera actuado de otra forma; a lo mejor con solo ver a la pobre chica habría sabido que se trataba de un suicidio. Pero…

—Ahora la jefa soy yo.

Y las cosas se harían a mi manera.

Tanto si a Griffin Eden le gustaba como si no.

4

Griffin

El botellín de cerveza helada apenas me había rozado los labios cuando sonó el timbre de la puerta.

—Dios —masculle—. ¿Qué pasa ahora?

Había sido un día largo de cojones y no estaba de humor para visitas. Aunque seguro que se trataba de algún empleado —los miembros de mi familia no sabían llamar al timbre—, de manera que ignorarlo no era una opción.

Con la cerveza en la mano y los pies descalzos, recorrí el pasillo hasta la puerta. Si tenía suerte, cosa que ocurría rara vez, no haría falta que volviera a calzarme las botas para atender lo que fuese que me deparaba aquella visita.

Había veces en que me gustaría poner distancia entre el trabajo y mi hogar, vivir en algún sitio fuera del rancho donde no resultara tan fácil dar conmigo. Y lo decía tanto por los empleados como por mi familia. Pero no existía lugar en el mundo por el que estuviera dispuesto a cambiar ese rancho, ni siquiera cuando alguien se presentaba en la puerta de mi casa sin previo aviso.

Abrí esperando encontrarme a... Bueno, a cualquiera menos a Winslow.

Sus ojos, del color de los arándanos maduros, parecían más azules con la luz tenue del atardecer. Por un momento me olvidé de respirar al toparme con la belleza de sus rasgos.

—Hola —me dijo.

Me llevé el botellín a los labios y le pegué un buen trago.

Con esa mujer cerca, beber se me hacía imprescindible.

Claro que, seguramente, no era la decisión más acertada teniendo en cuenta que el alcohol era el motivo por el que me había metido en semejante embrollo con ella, pero solo mirar esos ojos y ese pelo sedoso hacía que se me endureciera la polla en la entrepierna de los pantalones.

¿Por qué coño no podía controlarme en su presencia?

Me miró entornando sus atractivos ojos mientras yo me bebía la mitad de la cerveza.

—¿Tienes sed?

Me obligué a apartar el botellín de los labios.

—Más o menos.

No tuve necesidad de preguntarle cómo había averiguado dónde vivía. Además de que podía consultarlo en la base de datos de la comisaría, cualquier persona de Quincy habría sabido darle indicaciones. Joder, si hasta lo más probable era que se topara con algún pariente mío si pasaba más de tres minutos en Main Street. Dar con un Eden en esta ciudad era casi tan fácil como encontrar un árbol con hojas en el mes de junio.

—¿Qué estás haciendo aquí? —le pregunté.

—No contestaste a mis preguntas el miércoles.

El miércoles. Un día que me gustaría olvidar. Llevaba desde entonces de un humor de perros. Le habría ladrado a cualquiera igual que hice con ella en el escenario del crimen. En mi defensa diré que era la segunda vez que encontraba a una mujer muerta en mi propiedad.

—¿Y por eso te plantas en mi casa?

—¿Habrías ido a la comisaría si te lo hubiera pedido?

—No.

—Lo que me imaginaba.

Levantó la barbilla, los pies bien firmes en el suelo. Winn no pensaba marcharse hasta que hablara con ella, y esta vez no podía irme y escurrir el bulto. Suspiré y me hice a un lado mientras la invitaba a pasar con un movimiento de cabeza.

Ella se deslizó por mi lado y su dulce perfume cítrico me envolvió como una enredadera. Mi cuerpo reaccionó al instante tensándose en todos los puntos donde no debería hacerlo. Di otro trago de cerveza. Ese deseo tan exasperante que sentía tenía que deberse a que estaba salido; no había otra explicación posible. Llevaba demasiado tiempo sin sexo y estaba empezando a comportarme como un adolescente cachondo.

Estaba salido. Sin duda.

Y las pecas de su nariz no ayudaban. Eran mi puta perdición.

Estaba demasiado ocupado para entretenerme contando sus pecas, joder.

—¿Sabías quién era yo? —le espeté.

—¿Cómo dices?

—Aquel día en el Willie's. ¿Sabías quién era?

—No. Dijiste que no vivías en la ciudad. Asumí que no eras de aquí.

—Y tú dijiste que eras de Bozeman. Pensé que eras una turista.

—¿De verdad no sabías quién era?

—No habría follado contigo en mi camioneta si lo hubiera sabido. Por regla general, no me lío con mujeres de aquí. Las cosas siempre se complican cuando se dan cuenta de que no quiero tener ninguna relación seria. No tengo tiempo.

—Ah, pues estás de suerte, porque yo tampoco quiero ninguna relación. Por lo que a mí respecta, es como si no hubiera pasado nada entre nosotros.

Y una mierda era «como si no hubiera pasado nada». Tenía el recuerdo de esa noche grabado a fuego en la memoria. Si ella quería fingir que no había sucedido, a mí me parecía bien. Ninguna persona de Quincy tenía por qué enterarse de que había hecho que la jefa de policía se corriera tres veces.

—Volviendo al motivo de mi visita, me gustaría saber más sobre la carretera que lleva a la Cumbre Índigo.

Era todo profesionalidad. Tenía la espalda erguida y la expresión estoica. Como el miércoles. No se observaba el menor rastro de aquella sonrisa cautivadora en sus suaves labios.

Probablemente era mejor así.

—¿Quieres una cerveza?

—No, gracias.

—¿Estás de servicio?

—Por eso he venido.

Me terminé la mía y la dejé allí de pie, observándome, mientras iba a la cocina a por otra más. A lo mejor dos Bud Light me atontaban lo suficiente para no tener una erección tremenda mientras Winn estaba en mi casa. En esos momentos tenía la polla a punto de mandarlo todo a la mierda y arrastrarla a mi dormitorio.

El asiento trasero de mi camioneta no nos había dejado mucho espacio para movernos. En cambio, en una cama de tamaño extragrande podríamos pasarlo muy bien.

«Dios». Me froté la cara con la mano mientras abría la nevera. ¿Qué me estaba pasando? Winn había venido para hablar de una chica muerta y yo no hacía más que pensar en sexo.

La imagen mental del cuerpo destrozado de Lily Green sirvió para que me pusiera serio. Renuncié a la cerveza y cerré la nevera.

—¿Has hablado con la madre de Lily? —pregunté.

—Sí. —Una oleada de tristeza quebró su expresión neutral—. No nos costó mucho confirmar la identidad con las huellas dactilares. Hablé con ella el miércoles por la noche.

—¿Lo habías hecho alguna vez? Lo de decirle a una madre o a un padre que su hijo ha muerto.

Ella asintió con la cabeza.

—Es la peor parte de este trabajo.

—Lo siento.

—Mi mentor en el Departamento de Policía de Bozeman solía decirme que era nuestro deber y nuestra responsabilidad aligerar la carga que acarreaban las personas como pudiéramos. Decía que nunca se sabe hasta qué punto podemos cambiarle la vida a la gente con la que nos cruzamos en nuestro trabajo. Una vez tuvo que contarle a una mujer que a su marido lo habían asesinado durante un robo en una licorería. Años más tarde, volvió a toparse con ella. Empezaron a salir juntos y ahora están casados. Él solía recordarme que incluso los días más oscuros tocan a su fin. Que nos acabamos recuperando de las pérdidas. No sé si eso es cierto cuando se pierde a un hijo, pero espero por su bien que el tiempo le traiga consuelo a la madre de Lily. Y también espero haber contribuido a suavizar el golpe en la medida de lo posible.

La observé mientras hablaba. Sus palabras desprendían delicadeza, sinceridad y vulnerabilidad. Si se había dirigido así a la madre de Lily, con tanta franqueza y compasión, entonces seguro que había suavizado el golpe. En la medida de lo posible.

La noticia del suicidio de Lily se había propagado con rapidez por todo Quincy, como era de esperar. Esa mañana fui a la ciudad para poner un anuncio clasificado en el periódico y encontré a los Nelsen emocionadísimos por el caso. Sin duda, ocuparía el titular de la edición de la semana siguiente. Emily estaba buscando la forma de obtener más información y, al ver que yo no soltaba prenda, me hizo una insinuación nada discreta de intercambiar sexo por secretos.

Decidí colgar el anuncio en internet en lugar de publicarlo en el periódico.

El año anterior había cometido el error de enrollarme con Emily una noche. Aún estaba pagando por ello.

Tenía la esperanza de que con Winslow no me sucediera lo mismo.

—¿Lily dejó alguna nota? —dije.

Ella ignoró mi pregunta y me hizo otra.

—¿Me puedes contar más sobre el camino que lleva a la Cumbre Índigo?

—Es una carretera de grava. No hay gran cosa que contar.

—Hay un sendero que sube por la montaña. Ayer lo recorrí a pie. ¿Con qué frecuencia lo usáis tú o el personal de tu rancho?

—¿Para qué quieres saberlo?

—Porque hay una investigación en curso.

—Sobre un suicidio.

—Sobre la muerte de una joven.

Hablaba como si a Lily la hubieran asesinado.

—No alargues esto innecesariamente buscando algo que no existe. Solo conseguirás empeorarlo.

Ella apretó los puños.

—Hago preguntas porque es mi trabajo y se lo debo a esa chica y a su madre.

—Tendrías las respuestas a tus preguntas si Lily hubiera dejado una nota antes de suicidarse —le espeté. Winn ni siquiera pestañeó—. Así que no hay ninguna nota —comprendí.

Se cruzó de brazos.

—Antes de venir aquí —dijo—, he pasado por casa de tus padres. Tu padre me ha contado que lo has relevado en la dirección del rancho. Preferiría hablar contigo, porque me ha dicho que eres quien mejor conoce las rutinas del día a día, pero si tengo que volver allí y preguntarles a ellos…

—No.

Joder. No me apetecía nada que acribillara a mi padre con este tema.

El primer suicidio de la Cumbre Índigo había tenido lugar varios años atrás. Fue él quien encontró el cadáver y lo pasó muy mal. Desde ese día hasta el presente, evitaba esa carretera a toda costa. Por nada del mundo quería que tuviera que revivir aquella experiencia, aunque eso significara tener que revivirla yo.

—Hablemos en la sala de estar.

Mi casa no era ni mucho menos tan grande como la de mis padres. La suya tenía más de quinientos metros cuadrados, pero a mí me bastaba y me sobraba con la mitad. La construcción diáfana y los techos abovedados le conferían a mi rancho mucha personalidad y sensación de apertura. Con los tres dormitorios y el despacho disponía de espacio más que suficiente. Yo no tenía que lidiar con seis hijos a los que criar, a diferencia de mis padres, que se habían visto obligados a ampliar la casa dos veces para que cupiéramos todos.

Fui hasta el sofá y tomé asiento mientras Winslow se dirigía al otro lado de la mesita de centro y se acomodaba en un sillón de piel.

Miró la foto enmarcada que había sobre la mesa auxiliar, junto al sofá.

—¿Son tus hermanos?

—Ahí estamos los seis. Yo soy el mayor. Luego viene Knox. Y después, Lyla y Talia, las gemelas. También está Eloise, la que dirige el hotel.

—Mi abuelo me la presentó el lunes, después de la comida.

Sí, aquel horror de comida incómoda.

—Mateo es el pequeño. Trabaja en el rancho y en el hotel hasta que decida qué quiere hacer.

Seguramente se ocuparía de alguno de los negocios de la familia o empezaría uno propio. Es lo que habíamos hecho los demás. Mis padres nos habían contagiado su espíritu emprendedor. Y su amor por Quincy.

Todos nos habíamos marchado fuera para estudiar. Knox y Talia eran quienes más tiempo habían pasado fuera, pero, al final, la ciudad y la familia habían ejercido su poderoso influjo y también ellos habían acabado por volver a casa.

Winslow examinó la foto y memorizó las caras. A muchas personas les costaba distinguirnos, sobre todo cuando éramos más jóvenes. En general, nos llevábamos pocos años. Knox y yo teníamos la misma constitución, aunque a él lo delataban sus tatuajes. En cuanto a las chicas, no cabía la más mínima duda de que eran hermanas.

Sin embargo, sospechaba que a Winslow no le costaría nada saber quién era quién. Era inteligente y observadora.

Buenas cualidades para una agente de policía.

—Vale, jefa. —Apoyé los codos en las rodillas—. ¿Qué quieres saber?

Ella se movió para sacar un pequeño bloc de notas y un bolígrafo del bolsillo trasero de sus vaqueros. Era el mismo cuaderno que llevaba el miércoles. Lo abrió y dejó el bolígrafo suspendido sobre el papel.

—¿Para qué se utiliza el camino que sube hasta la Cumbre Índigo?

—Hoy en día, para nada. Antes de que compráramos el terreno de al lado, nos servía para subir con el ganado a la montaña, pero incluso entonces lo usábamos pocas veces. Solo si había sequía y no teníamos hierba suficiente. Hay un atajo que rodea la montaña hasta la parte de atrás y allí tenemos unas ochenta hectáreas de terreno.

Winn movía con rapidez el bolígrafo sobre el papel.

—Creo que vi el atajo cuando estaba arriba.

—Ahora está lleno de maleza. Al comprar el terreno de al lado tuvimos acceso directo a la montaña, así que desde entonces no he vuelto a utilizar ese camino.

En parte, el motivo por el que había insistido tanto en adquirir el terreno adyacente era que detestaba subir por ahí con el ganado. Era muy empinado y nos obligaba a ir en fila india y a seguir a los animales a caballo.

—Creo que también vi el camino que utilizáis ahora. Aunque me parece exagerado llamarlo así, la verdad. No es más que un sendero entre los árboles.

—Ese es.

—¿Alguien lo emplea para subir a la montaña? ¿O es solo para el ganado?

—Mi tío. Ahora vive allí. Cuando compré el terreno de al lado, se construyó una cabaña en la montaña, justo en la frontera con la zona en la que está el Servicio Forestal. Lleva un año viviendo allí.

Se oía el sonido de su bolígrafo al arañar el papel mientras tomaba nota.

—¿Crees que tu tío se acordaría de haber visto a alguien subiendo o bajando por el camino?

—No. Su casa no está cerca de ahí.

Además, a Briggs le costaba recordar cosas últimamente.

—¿La gente va allí a hacer senderismo?

—No pueden pasar sin permiso, y, si me lo pidieran, les diría que no.

El acceso a la Cumbre Índigo estaba vetado.

—O sea que no sube nadie.

—Algunos adolescentes, a veces —reconocí—. Tienen curiosidad porque saben que allí se han suicidado dos chicas. En otoño pillé a un grupito, pero desde entonces no he vuelto a ver a nadie más.

—¿Lily formaba parte de ese grupito?

—No, ellos eran más pequeños. Del instituto.

Volvió a garabatear con el bolígrafo sobre el papel.

—El médico forense determinó que probablemente la chica murió durante la noche del domingo o bien el lunes de madrugada. ¿Alguno de tus empleados estuvo en la zona durante ese intervalo? ¿O tal vez tu tío?

—Lo que me estás preguntando es si tienen coartada.

—Llámalo así si quieres. Estoy intentando averiguar si alguien la vio subir y si de verdad iba sola. Hemos encontrado su coche aparcado cerca de la carretera. Desde allí hasta el sitio del que debió de saltar hay once kilómetros. Ayer recorrí el tramo a pie y tardé casi tres horas. Me pregunto si alguien podría haberla visto.

—Ninguno de mis trabajadores la vio.

—Si subió de noche, tuvo que llevar una linterna, pero no hemos encontrado ninguna en el sendero ni junto al cadáver. Tampoco hemos encontrado sus zapatos.

—¿Adónde quieres ir a parar?

—¿Dónde están? Si anduvo todo ese tramo descalza, debería de tener los pies hechos papilla, y es cierto que tiene algunos rasguños, pero no de haberse hecho once kilómetros. ¿Y cómo llegó hasta allí arriba a oscuras? A las once es completamente de noche.

—Has dicho que el médico forense cree que pudo morir el lunes por la mañana.

—Como muy tarde. Pero esa es la hora de la muerte.

—A lo mejor subió durante el día y pasó allí la noche. No lo sé.

Winn volvió la página del cuaderno de notas.

—¿Había alguien allí el lunes por la mañana temprano que pueda decirnos si vio a alguna persona bajar de la montaña?

—O sea que crees alguien subió con ella.

—Es posible.

—¿Y qué? ¿La mató? —Sacudí la cabeza y suspiré—. Es un suicidio, jefa. Igual que el de las otras chicas que saltaron desde el despeñadero. No sé cuál fue el motivo y lo siento en el alma por sus familiares, pero lo que ha ocurrido ahora es calcado a lo de las otras veces. Lo sé porque he estado presente en las tres ocasiones.

Winn pestañeó, perpleja.

—No lo sabías, ¿verdad? —musitó—. Mi padre encontró el primer cadáver. Yo encontré el segundo.

—Y ahora el de Lily Green.

Asentí.

—Es horrible —dije—. Lo que necesitamos en esta ciudad son más recursos para chicas como ellas, no empezar a buscar a un asesino que no existe. Si fueras de aquí, lo entenderías. Pero no lo eres.

Winn abrió la boca, pero la cerró sin pronunciar palabra. Se le hincharon las aletas de la nariz.

—¿Qué pasa?

—Nada. —Se sentó un poco más erguida—. ¿Hay algo más que puedas contarme sobre las otras chicas?

—Seguro que hay algún expediente que lo explica todo.

—Sí, seguro que sí, pero aun así prefiero que me lo cuentes tú.

—Encontré a la segunda hace dos años. Era una de las amigas de Eloise. Nos afectó mucho a todos. Ella sabía que estaba pasando por un mal momento, pero no creía que fuera a llegar tan lejos. —Mi hermana todavía se sentía culpable y todos nosotros también—. Mi padre encontró a la primera hace cinco años. Era amiga de Lyla.

—Lo siento mucho. Todo eso debió de ser muy duro para tu familia.

—Lo fue.

Winslow cerró el bloc de notas y se puso de pie.

—Gracias por tu tiempo.

—¿Ya has terminado?

—De momento sí. No hace falta que me acompañes a la puerta.

Sin decir nada más, abandonó la sala de estar con paso decidido.

Lo más sensato era dejar que saliera. Mantener la distancia. Dejar que se marchara sin siquiera moverme del sofá. Sin embargo, me levanté impulsado por los modales que mi madre nos había enseñado desde que éramos niños. A las visitas se las acompañaba hasta la puerta y se les daba las gracias por venir.

Alcancé a Winn cuando estaba a punto de tirar del pomo. Me adelanté para abrirle y pasé casi rozándola. Era otra de las normas que me habían inculcado: los hombres siempre les abren la puerta a las mujeres.

Ella levantó la cabeza para mirarme y contuvo la respiración. De nuevo, aquel dulce perfume me invadió la nariz. Winn separó un poco los labios, pero, por lo demás, no hizo el más mínimo movimiento.

Solo nos separaban unos centímetros, y en ese pequeño espacio crepitaba con la misma fuerza la electricidad que ya había sentido entre nosotros cuando nos conocimos en el Willie's. Era mucho más guapa de lo que pude apreciar ese día en aquel bar oscuro y mohoso.

Apartó su mirada azul oscura de la mía y en el momento en que recayó en mis labios me sentí perdido.

Me acerqué más.

—¿Qué haces? —susurró.

—No tengo ni puñetera idea.

Y, al instante, mi boca cubrió la suya. Le rocé el labio inferior con la lengua y, de pronto, ya no estábamos de pie en la puerta de mi casa, sino en el Willie's, dentro de mi camioneta. Nuestra ropa esparcida por el suelo. Nuestras bocas pegadas cuando me rodeó la cintura con las piernas.

Habían pasado varios días y aún sentía la forma en que se movía sobre mí, subiendo y bajando las caderas. Los arañazos que me había dejado en los hombros habían desaparecido, pero me moría de ganas de volver a tenerlos.

Solté la puerta para rodear a Winn con los brazos y pegármela al pecho.

Ella no se resistió y entrelazó la lengua con la mía mientras yo saboreaba su dulzura. Tenía los labios suaves pero anhelantes. Se aferró a mi camiseta y la arrugó entre las manos cuando yo incliné la cabeza para profundizar el beso.

Notaba palpitar el pulso en las venas. Estaba tan excitado que sentía la polla de acero, tan dura como el arma que Winn llevaba enfundada en la cadera. Faltaba solo un segundo para que cerrara la puerta de una patada y la llevara a mi dormitorio cuando un caballo relinchó y nos separamos.

Winslow apartó sus labios de los míos, pero nuestro aliento aún se entretejía. Tenía los ojos muy abiertos cuando se soltó de mis brazos.

El pecho me subía y bajaba mientras me esforzaba por recobrar la respiración. Y, antes de que consiguiera quitarme de encima el deseo que sentía, ella se marchó. Se fue sin mirar atrás.

Yo me quedé de pie en el umbral, con los brazos cruzados, mirando cómo se montaba en su coche y se alejaba por el camino de grava para desaparecer entre la arboleda que rodeaba mi propiedad.

—Mierda.

Me froté el labio para borrar su beso y entré a tomarme esa segunda cerveza.

Cualquier cosa con tal de quitarme de la boca aquel sabor embriagador.

Pero la segunda cerveza no lo consiguió. Ni la tercera tampoco.

5

Winslow

¿Por qué lo había besado? En los últimos tres días, le había dado más vueltas a esa pregunta que las que da un niño puesto hasta las cejas de azúcar en una piscina de bolas.

Llevaba solo ocho días viviendo en Quincy y había besado a Griffin dos veces de las cuatro que nos habíamos visto. Estaba empezando a convertir en un hábito el hecho de pasarme el día cuestionándome el traslado e incluso mi cordura. Y también la noche, porque me costaba mucho dormir. Esa mañana, mientras me cepillaba los dientes, me planteé durante una fracción de segundo regresar a mi hogar de Bozeman.

Pero, claro, allí ya no tenía hogar.

Además, lo de rendirme no era lo mío.

Tiempo. Eso era lo que necesitaba. Sobreviviría a mi segunda semana, igual que había sobrevivido a la primera. Si conseguía pasar los siguientes ocho días sin besar a Griffin Eden, tal vez fuese capaz de quitármelo de la cabeza.

El trabajo exigía toda mi atención. Estaba concentrada en construir una relación positiva con los agentes. De momento, las cosas en la comisaría eran… complicadas. Pero esperaba que, con el tiempo, conseguiría caerles bien, ¿verdad?

Entré en la sala de descanso comunitaria y la conversación se interrumpió.

—Buenos días.

Los tres agentes reunidos en torno a la cafetera se dispersaron y todos me saludaron con una inclinación de cabeza al dirigirse a sus mesas.

Reprimí un gruñido y rellené la taza antes de retirarme a mi despacho y cerrar la puerta. Luego, me apoyé en ella y dejé caer los hombros.

—No pienso rendirme.

El ambiente de la comisaría se había vuelto más frío. Incluso Janice me lanzó unas cuantas miradas de soslayo cuando empecé a hacer preguntas sobre Lily Green, la Cumbre Índigo y la gran cantidad de suicidios de la última década.

Al parecer, era un tema tabú. O todo el mundo me miraba como si lo fuera. A lo mejor Griffin tenía razón: quizá debía dejarlo estar y aceptar lo que había sin darle más vueltas. No tenía ganas de desenterrar recuerdos dolorosos y ponerles las cosas más difíciles a los familiares y amigos de la víctima.

Sin embargo…, había algo que no cuadraba.

El mejor policía que conocía me dijo una vez que siguiera siempre mi instinto.

Volvía a tener la mesa llena de expedientes de casos a pesar de que la tarde anterior había dedicado una hora entera a ordenarla. Todavía no había terminado de revisar la documentación de los últimos tres meses, pero le había pedido a Janice que me buscara los casos de tres meses más atrás, de manera que había ampliado el periodo a seis.

Mi secretaria había cumplido su cometido de buena mañana. Encima de la pila estaban los expedientes con los casos de todos los suicidios ocurridos en Quincy.

Siete muertes en total.

Ya me había leído cada informe tres veces con la esperanza de que eso acallara la inquietud que sentía, pero no había sido así. ¿Qué era lo que estaba pasando por alto? Seguro que se me escapaba algo, ¿verdad?

Me di impulso para apartarme de la puerta, me dirigí a mi silla y dejé el café a un lado. A continuación, cogí el teléfono y marqué el número al que llevaba una semana planteándome llamar.

—Cole Goodman —respondió.

Sonreí al oír aquella voz cálida.

—Hola.

—¿Quién es?

—Muy gracioso —dije con voz impasible—. Más te vale no haberte olvidado de mí tan pronto.

Él se echó a reír.

—Eso nunca. ¿Es este el número de tu nuevo trabajo?

—Sí. Me parece que mi teléfono personal está enterrado en alguna de las cajas que aún tengo sin abrir en casa. Llevo días sin verlo.

—Eso me suena —bromeó.

Cole había pasado muchas horas escuchando mis constantes quejas acerca de que había perdido mi móvil. En mi defensa diré que jamás había extraviado el teléfono del trabajo ni los aparatos de telecomunicación.

No es que se me diera mal organizarme. Podía ser una persona muy ordenada. Pero tampoco me molestaba que hubiera un poco de caos a mi alrededor. Cuando tenía las miras puestas en algo, perdía un poco la perspectiva de todo lo demás. Y deshacer las cajas o encontrar mi móvil no me parecía tan importante como averiguar qué le había sucedido a Lily Green.

—Justo estaba pensando en ti —dijo Cole—. ¿Cómo te ha ido la primera semana?

—Ha sido… interesante.

—Vaya, vaya… ¿Qué ha pasado?

Suspiré y solté de golpe toda la verdad.

—A nadie parece sentarle bien que esté aquí. No paran de mirarme como si fuera demasiado joven para el puesto y solo me lo hubieran dado gracias a mi abuelo.

—Ya sabías que no te lo iban a poner fácil.

—Lo sé —musité—. Pero… tenía esperanzas.

—Aguanta. Solo ha pasado una semana. Eres una policía fantástica. Dales tiempo para que se den cuenta.

Ya me había dicho esas cosas a mí misma, pero oírlas de boca de Cole me proporcionó un chute de confianza.

Él había sido mi mentor en Bozeman. Cuando me ascendieron a inspectora, estuvo allí en todo momento para ayudarme. Siempre que debía enfrentarme a un caso difícil, Cole era la persona a quien acudía en busca de consejo.

Durante los años que trabajamos juntos, llegó a ser algo más que un compañero. Se convirtió en un buen amigo. Su mujer, Poppy, regentaba mi restaurante favorito de Bozeman. Sus hijos eran los niños más dulces del mundo. Cuando perdí a mi familia, la suya estuvo allí para ayudarme a superar los días más duros.

—Os echo mucho de menos. Ojalá tuviera aquí a unos Goodman.

—Nosotros también te echamos de menos. Poppy ha sugerido que vayamos a verte un fin de semana.

—Me encantaría.

Por ellos estaba dispuesta incluso a terminar de desempaquetar las cajas de la mudanza.

—Cuéntame cosas de la comisaría.

—De hecho, si tienes un momento, me gustaría pedirte tu opinión sobre algo.

—Claro, siempre que lo necesites.

Pasé los siguientes quince minutos explicándole el caso de Lily Green y los otros suicidios. Le conté que la madre de Lily se me desmoronó en los brazos cuando fui a su casa para darle la horrible noticia. Su grito contenía una agonía tan intensa que jamás lo olvidaría.

La angustia tenía un sonido oscuro y horrendo.

Esa noche me quedé mucho rato con Melina Green. Le sostuve la mano mientras ella llamaba a su exmarido y le contaba lo de Lily. Después, esperé a su lado mientras él recorría el trayecto de dos horas desde Missoula. Cuando llegó, con los ojos enrojecidos y el alma destrozada por la muerte de su hija, le di el pésame y dejé que ambos lloraran la muerte de su hija a solas.

El día anterior había vuelto a casa de Melina para comprobar cómo estaba. Ella salió a recibirme vestida con un albornoz. Tenía las mejillas manchadas de lágrimas. Y, de nuevo, se dejó caer en mis brazos y yo la sostuve mientras lloraba.

Sin embargo, Melina era una mujer fuerte. Se recompuso y empezó a hablarme de su hija. Durante una hora me estuvo explicando lo inteligente, guapa y alegre que era. Lily tenía veintiún años y vivía con su madre para ahorrar dinero. Cuando le pregunté a Melina si había encontrado alguna nota de suicidio en su dormitorio, me confesó que no se había sentido con ánimo de comprobarlo, pero que su exmarido entró allí cuando estuvo en Quincy y no encontró nada.

—Estoy intentando tener delicadeza y no agobiar en exceso a la madre —le dije a Cole—. Pero tengo la impresión de que Lily y ella se llevaban muy bien. Está en shock. No puede creerse que Lily se haya suicidado.

—No soy capaz de imaginarme cómo se debe de sentir —dijo Cole—. Es posible que no quiera pensar en las señales que se le hayan podido pasar por alto, o en el hecho de que tal vez su hija le estuviera ocultando algo. Tienes que hablar con más gente que conociera a Lily.

—Esa es mi intención. He empezado por los agentes y el personal de la comisaría.

—¿Y qué te han dicho?

—Nadie la conocía demasiado bien. Uno de los agentes me ha dicho que su hijo y Lily se graduaron a la vez, pero perdieron el contacto cuando el chico se marchó para estudiar en la universidad. Los demás, en general, solo la conocían porque había trabajado de cajera en un banco. Todo el mundo dice que siempre sonreía, que era una joven feliz.

Eso no tenía por qué ser significativo. Sabía bien lo que se sentía cuando estabas perdida y sola, pero, en cambio, forzabas una sonrisa de cara al mundo.

—¿Y qué hay de los otros suicidios?

—Los informes no son demasiado extensos.

El anterior jefe de policía no era muy riguroso con los detalles. El personal tendría que cambiar en ese aspecto, porque yo no pensaba permitir que por norma me entregaran unos informes escuetos y elaborados a toda prisa.

—El año pasado, un chico de diecisiete años se ahorcó en el sótano de su casa. Los casos anteriores fueron todo mujeres. Tres, incluida Lily, se tiraron desde lo alto de una montaña. Una se cortó las venas en la bañera. Otra se tomó un bote entero de pastillas. La primera, hace diez años, se pegó un tiro con la pistola de su padre. Deduzco que el hombre era policía.

En la comisaría, nadie había querido hablar de ese caso.

—Joder. —Cole exhaló un largo suspiro—. Son muchos casos para una ciudad tan pequeña. Sobre todo porque la gran mayoría son mujeres.

—Exacto. —La tasa de suicidios era tres veces más alta en hombres. Sin embargo, en Quincy, daba la impresión de que las estadísticas se habían vuelto del revés.

—No es inaudito, pero me da que pensar.

—A mí también. No tiene por qué ser nada del otro mundo, pero todas las chicas habían cumplido ya los veinte años. Me cuadraría más si fueran más jóvenes y estuvieran enfrentándose al instituto, ¿sabes? Todas esas chicas tenían trabajo y estaban empezando a vivir una vida adulta. Hacía tiempo que habían dejado atrás los problemas de la adolescencia.

—¿Eran todas de Quincy?

—Sí.

—Bueno, aunque ya no fuesen mayores, seguramente siguieran conectadas de alguna manera a esa etapa de sus vidas. A una relación, buena o mala. A cosas de la ciudad.

—Eso es cierto.

—¿Qué te dice tu instinto? —me preguntó.

—Estoy un poco perdida —reconocí—. A lo mejor, si hubiéramos encontrado una nota, un diario o algo que demostrara que la chica lo estaba pasando mal, no me sentiría tan inquieta.

—Sigue observando y haciendo preguntas.

—Estoy cabreando a la gente.

Cole se echó a reír.

—Se te da de miedo perder el teléfono o las llaves, pero si en algo destacas de verdad es en cabrear a la gente.

—Ja, ja —masculló con una sonrisa en los labios.

Echaba de menos que Cole me tomara el pelo.

—Tócales las narices, Winnie. Si es lo que necesitas para quedarte tranquila, cabrea a todo aquel que haga falta.

—Gracias.

El nudo de nervios que se me había hecho en el estómago se aflojó. Cole solía decirme cosas que yo ya sabía, pero eso no le restaba fuerza a sus palabras.

—Llámame si necesitas volver a hablar del tema.

—Vale. Dale un abrazo a Poppy de mi parte. Y a Brady y MacKenna también.

—Lo haré. Luego te escribo proponiéndote los fines de semana que nos van bien.

—Me muero de ganas.

Nos despedimos y, a continuación, volví a recostarme en la silla y contemplé la cantidad de expedientes que me quedaban por revisar.

A lo mejor le estaba dando demasiadas vueltas al caso de Lily Green. Quincy era una ciudad pequeña y debía fiarme del criterio de mis agentes para determinar qué estaba pasando. Si había algún motivo para sospechar que se trataba de un crimen, lo habrían detectado, ¿verdad? Y el abuelo también. No había abierto la boca con relación a los suicidios.

A menos que el motivo por el que nadie había cuestionado nada fuera, precisamente, que todos eran de Quincy. Yo era la única persona que no llevaba varios años trabajando en ese departamento. Y no solo eso, sino que todos y cada uno de los empleados habían nacido y crecido en esta región.

Tal vez para ellos esto fuera lo normal.

Pero qué verdad más triste sería si tuvieran razón.

Llamaron a la puerta.

—Adelante —dije.

Janice asomó la cabeza.

—Emily, del periódico, está al teléfono y quiere hablar contigo.

—¿Podrías decirle que estoy en una reunión y que me pasarás el mensaje, por favor?

—Claro —respondió, y cerró la puerta y me dejó con mis pensamientos.

Di unas cuantas vueltas en la silla: derecha, izquierda, derecha, izquierda. No aparté los ojos ni una vez de la pila de archivos.

¿Por qué? ¿Por qué me inquietaba tanto la muerte de Lily Green?

—No hay nota.

Esa era la pieza más importante que faltaba en el puzle.

—Su coche.

¿Por qué se encontraba a varios kilómetros de la Cumbre Índigo? ¿Quién la había acompañado hasta allí arriba?

—Sus zapatos.

Si había subido andando, ¿dónde estaban sus zapatos?

El sábado, tras pasarme la noche del viernes dando vueltas en la cama gracias al hombre que me había dejado tonta a besos, volví a la Cumbre Índigo. Rastreé toda la zona y subí de nuevo el tramo hasta el despeñadero, no una vez, sino dos. Luego recorrí el camino hasta donde estaba el coche de Lily.

No encontré ninguna pista, y desde luego no había ningún par de zapatos.

Lo que de verdad tenía ganas de hacer ese día era regresar allí, pero el montón de carpetas no iba a reducirse por arte de magia, así que di un sorbo del café, ya frío, y me puse manos a la obra.

Ocho horas más tarde y tras haber revisado tantos archivos que había perdido la cuenta, no hallé nada destacable, aunque había añadido tres cosas más a la lista de requisitos de los nuevos informes. Le había pedido a Janice que programara reuniones individuales con todos los agentes del Departamento, de manera que, a partir del día siguiente, hablaría con ellos uno a uno.

Tenía comentarios positivos para todos —a excepción del agente Smith—, pero también quería transmitirles algunas críticas. Dudaba mucho que al terminar aquella tanda de reuniones me hubiera ganado muchas simpatías, pero me daba igual. Allí mandaba yo y en adelante los informes estarían bien elaborados.

Cuando Janice entró en mi despacho para despedirse, me sentía agotada y tenía un hambre voraz. Estaba preparando unos cuantos informes para llevármelos a casa y revisarlos por la noche cuando sonó el teléfono.

—Hola, abuelo.

—Estoy haciendo hamburguesas para la cena.

—Ya voy. ¿Necesitas que compre algo?

—Cerveza fría.

—Eso está hecho. —Sonreí y me apresuré hacia la puerta.

Paré un momento en una tienda 24 horas para comprar Coors Original, la cerveza favorita del abuelo, y crucé la ciudad hasta su casa.

Vivía a las afueras de Quincy, en un barrio situado junto al río. La casa había sido suya y de mi abuela hasta la muerte de ella, quince años atrás, y desde que yo era pequeña siempre había tenido el mismo aspecto. La fachada estaba pintada de color verde oliva y las paredes interiores lucían una paleta de diferentes tonos de beis. A mi abuela le encantaban los gallos y las gallinas y su colección de figuritas estaba expuesta con orgullo sobre los armarios de la cocina. Cada vez que cruzaba aquella puerta era como si volviera a mi infancia. El amor que el abuelo sentía por su mujer estaba en las anticuadas cortinas floreadas, las mantas de cuadros de colores tejidas a ganchillo y las fundas de cojín de punto de cruz que aún seguían allí tras su muerte.

—¿Abuelo? —lo llamé desde la entrada.

Él no contestó, así que me dirigí al porche trasero. En cuanto puse un pie en el exterior, el olor del humo de su barbacoa me dio la bienvenida junto con otra cara familiar.

—Mira a quién tenemos por aquí. —Frank, el vecino y amigo del abuelo, se levantó de una de las tumbonas. Dio una palmada y, a continuación, abrió mucho los brazos—. Ya estaba esperando yo a que te pasaras por aquí a vernos.

Me eché a reír y me acerqué para que me abrazara.

—Hola, Frank.

—He extrañado ver esta carita tuya, encanto. Bienvenida. Me alegro de que ahora seas una de las nuestras.

¿En serio era una de las suyas, una habitante de Quincy? Porque yo me sentía como una forastera, y un malestar persistente en el estómago me advertía de que tal vez lo fuera siempre.

Frank dejó de abrazarme, me posó las manos en los hombros y me miró de arriba abajo.

—Qué mayor estás ya. Aún no me puedo creer que seas la jefa de policía de la ciudad. Te miro y todavía veo a aquella niña con coletas que venía a casa y hacía tartas de barro en el jardín de Rain.

—¿Cómo está?

—Pásate un día y compruébalo tú misma. Le encantará que vayas a verla.

—Claro —le prometí y me sentí mal por no haberlo hecho todavía.

Rain y Frank se mudaron a la casa contigua cuando yo era pequeña. Aquel fin de semana habíamos ido a visitar a los abuelos y recuerdo lo guay que me pareció que el remolque de la mudanza tuviese matrícula de Mississippi.

Eran mayores que mis padres y más jóvenes que mis abuelos, pero, tras la muerte de la abuela de un repentino ataque al corazón cuando yo tenía quince años, Frank y Rain adoptaron al abuelo. Le hicieron compañía durante el duelo por su mujer.

Y también cuando perdió a su hijo y su nuera.

Frank y Rain había estado a su lado cuando yo no pude. Formaban parte de la familia. Frank era el mejor amigo del abuelo. Ahora yo también vivía en la ciudad y teníamos la oportunidad de formar una familia todos juntos.

—¿Te quedas a cenar? —le pregunté.

—No puedo. Estoy arreglando este viejo Jeep para Rain.

Acaba de llegar el nuevo guardabarros y tengo que ponerme a montarlo. —Se dio unas palmaditas en su vientre plano—. Además, me ha prometido paella para cenar.

Frank, igual que el abuelo, era un hombre atractivo con el pelo cano, los hombros anchos y el cuerpo fibroso. Los dos salían juntos a caminar por la montaña casi todos los fines de semana de verano y durante la semana compartían el trayecto en coche hasta el gimnasio.

—Será mejor que me vaya —dijo.

—Me alegro de verte, Frank.

—Yo a ti también, Winnie. —Me dirigió una sonrisa amable y luego se volvió y le estrechó la mano al abuelo—. ¿Te apetece salir a pescar mañana después del trabajo?

—Por supuesto.

—Pues trato hecho.

Frank se despidió con un gesto de la mano y se alejó en dirección a la escalera del porche. Cruzó el jardín, entró en su garaje y desapareció.

—¿Cómo está mi chica? —El abuelo se acercó y me envolvió en un abrazo de oso.

—Estoy bien. —Me apoyé en su amplio pecho. El corazón le latía con fuerza contra mi oído con un ritmo que me reconfortaba y que había sido una constante de estabilidad a lo largo de toda mi vida—. ¿Y tú cómo estás?

—Hambriento.

Me eché a reír y me aparté.

—¿Qué puedo hacer para ayudar?

—Trae aquí esa cerveza fría.

Mientras él hacía las hamburguesas a la parrilla, yo preparé los panecillos, las salsas y las servilletas. Luego, cenamos juntos en el porche y el río que discurría cerca del jardín puso música a la velada.

—Gracias por encargarte de cocinar —le dije cuando acabamos de fregar los platos y nos disponíamos a pasear por el barrio.

—No hay problema. Me alegro de haber dado contigo. He

intentado llamarte al otro número, pero me decía que tenías el buzón de voz lleno.

Todos los mensajes debían de ser de Skyler. Habíamos roto hacía cuatro meses y las llamadas constantes eran cada vez más molestas.

—No encuentro ese teléfono. Ni siquiera sé cuándo lo perdí.

—Ya me lo imaginaba —rio—. ¿Cómo lo llevas?

—Estoy… tirando. —Ni bien ni mal. Solo tirando—. Menuda semana.

—Aún no me creo lo de esa chica tan encantadora, Lily Green. Se me rompe el corazón.

—Y a mí. —Me vino a la memoria la expresión descompuesta de Melina—. No me habías contado nada de los suicidios.

Él se metió las manos en los bolsillos de sus pantalones de color caqui.

—No quería cargarte con todo eso cuando tenías tanto lío en Bozeman. Y, aunque es horrible, son cosas que pasan. Aquí y en todas partes.

—Siete suicidios en diez años. ¿No te parecen demasiados?

—Pues claro. Cada vez empleamos más recursos para contratar a asesores de apoyo en las escuelas. Tenemos dos y son gratuitos. Pero, si los chicos no dicen nada, si no sabemos que lo están pasando mal, ¿cómo se supone que vamos a ayudarlos?

Suspiré.

—No pretendo criticar. Solo es que… ha sido una semana muy larga.

El abuelo sacó una mano del bolsillo y me rodeó los hombros.

—Lo siento.

—¿Crees que hay alguna posibilidad de que no se trate de suicidios?

—Ojalá pudiera decirte que sí, que hay otra explicación. Pero cada una de esas muertes se investigó. La mayoría de las víctimas había dejado una nota.

—Lily no dejó ninguna.

—Puede que aún no la hayas encontrado.

—Seguiré buscando.

—Lo sé. No me gusta que tengas que vértelas con todo esto. Es algo muy duro y triste, pero alguien tiene que encargarse de ello y confío en que tú harás lo correcto.

—Gracias. —Me apoyé en su costado.

Su fe en mí era inquebrantable. Me la había ganado y seguiría trabajando para merecerla, empezando por proporcionarle a Melina Green todas las respuestas que obtuviera acerca de la muerte de su hija.

—Cambio de tema —dijo—. El sábado me pasé por el Willie's.

—Mmm... Vale.

«Mierda». No me había dado la impresión de que Willie fuera un bocazas. No le habría contado al abuelo nada de lo mío con Griffin, ¿verdad?

—Ha visto una foto tuya en el periódico —prosiguió el abuelo.

—¿Te refieres a esos cotilleos asquerosos?

El único periódico que yo había leído no contenía exactamente noticias. Claro que no lo había leído entero; tuve que dejarlo después de ver la primera plana.

El artículo que hablaba de mi puesto de jefa de policía básicamente proclamaba que era una niñata y que solo había conseguido el trabajo gracias al abuelo. El periódico se había publicado el miércoles, cuando estuve en la Cumbre Índigo y luego con Melina Green.

El abuelo me llamó y me dejó un mensaje en el contestador. Estaba que echaba chispas y puso a los Nelsen de vuelta y media. Cuando lo escuché, paré en una tienda para comprar un ejemplar del periódico, pero ya era de noche. Y, cuando por fin me senté a leerlo, estaba en un punto en que ya me importaba todo una mierda.

—Willie me comentó que Griffin Eden y tú estuvisteis allí juntos la semana pasada.

Joder con Willie.

—Sí —musité.

—¿No quieres contarme nada?

—No.

—Ya me pareció que la comida del otro día fue un poco tensa.

—«Tensa» es quedarse corto.

Él se echó a reír.

—Entonces creo que prefiero que no me cuentes nada.

—Ya te digo yo que es mejor que no lo sepas.

—Bueno, ten cuidado. Griffin es un buen hombre, pero tiene fama de haber roto unos cuantos corazones.

—No te preocupes por el mío. No tengo ningún interés en Griffin Eden.

Eso no era del todo cierto.

Habíamos pasado solo una noche juntos, pero ocupaba mis pensamientos a todas horas. A lo mejor si dejaba de besarlo, la cosa mejoraba. Pero era demasiado guapo para su propio bien (y para el mío), y, Dios, qué bien besaba.

La química que teníamos era impresionante. Él poseía un magnetismo impresionante. Jamás había sentido mi cuerpo responder de esa forma al tacto de un hombre, ni siquiera con Skyler.

Rememorar la noche que pasamos juntos se había convertido para mí en una vía de evasión. Cuando en mi cabeza había demasiado ruido, pensaba en sus besos. En sus manos y en su lengua recorriéndome la piel.

Era preocupante que pensara tanto en un hombre. Pero, como no tenía intención de volver a verlo en el futuro cercano, ¿qué tenía de malo dejar vagar la mente mientras estaba sola en la cama?

El abuelo y yo terminamos nuestro paseo casi en silencio. En las calles de Quincy se respiraba una paz incomparable. Le di un abrazo de buenas noches y me marché con la esperanza de desempaquetar una caja como mínimo antes de acostarme.

Sin embargo, en cuanto divisé mi casa de color gris con la puerta roja, también vi una camioneta que me resultaba familiar.

De hecho, había dos.

Una estaba cubierta de polvo. La otra era de un negro reluciente y estaba recién encerada.

—Joder.

No tenía tiempo para eso, la verdad. Iba a joderme la noche, ¿no?

Aparqué en el camino de entrada, salí del coche y cerré de un portazo. Junto a la entrada de mi casa me aguardaban dos hombres muy atractivos. Uno estaba de pie, con los brazos cruzados y las piernas, enfundadas en unos vaqueros desgastados, un poco separadas. El otro iba vestido con un traje y ni siquiera se había aflojado el nudo de la corbata.

Intercambiaron una mirada cautelosa y posaron su atención en mí cuando me planté en el primer escalón y me crucé de brazos.

—¿Qué haces aquí?

6

Griffin

¿Estaba hablando conmigo?

Entornó sus intensos ojos azules, pero la mirada no iba dirigida a mí.

El hombre del traje se puso tieso.

—Hola.

—Contéstame, Skyler. —Winn subió las escaleras de la entrada sin descruzar los brazos—. ¿Qué estás haciendo aquí?

—He intentado llamarte.

—Que no te lo cogiera debería haber sido la primera pista de que no quería hablar contigo.

«O de que había perdido el teléfono». Mantuve la boca cerrada mientras observaba a aquel tipo encogerse ante ella.

Winn había conseguido desarrollar a la perfección la mirada asesina. Me resultaba muy atractivo ver en acción a una mujer con tanto carácter como ella, sobre todo porque sabía que, en un momento dado, era capaz de pasar de todo y bajar la guardia para ligar y bromear como hizo en el Willie's. Y bajo esa capa aún había otra más: la de la profesional de mente aguda que acudió a mi casa pertrechada con su bloc de notas y el bolígrafo.

Compleja. Segura de sí misma. Compasiva. Todas y cada una de las facetas de Winslow Covington me atraían.

Reprimí una sonrisa mientras ella permanecía impasible aguardando una respuesta por parte del hombre trajeado.

—Estaba preocupado por ti, Winnie.

Ella palpó la Glock que llevaba enfundada en el cinturón, junto a su flamante placa.

—No había por qué.

El hombre miró en mi dirección, muy serio. Skyler me había estado observando con hostilidad desde el momento en que aparqué en la calle y me dirigí al porche de Winn.

Antes siquiera de llamar a la puerta o preguntarle quién era, me informó de que ella no estaba en casa. Seguramente pensaba que me iría. ¿Por qué no lo había hecho? Tal vez porque sentí una aversión inmediata por ese hombre y la arrogancia que desprendía su traje a medida.

—¿Quién es este tipo? —preguntó, señalándome con el pulgar.

Ella ignoró su pregunta.

—¿Cómo has averiguado mi dirección?

Él volvió a mirarme y se acercó un poco a Winn.

—¿Podemos hablar en privado? Es sobre la casa.

—¿Qué pasa con la casa? Te he dicho mil veces que no la quiero. Si tú la quieres, cómprame mi parte. Si no, deja de perder el tiempo y ponla a la venta.

—Winnie.

—Skyler.

Ella descruzó los brazos y agitó la mano en el aire como si el otro fuese una mosca que quisiera quitarse de encima. A continuación se volvió hacia mí y, por un momento, esperé que me dedicara la misma mirada fulminante y el mismo rechazo. Pero su expresión se suavizó de una forma tan repentina que lo único que pude hacer fue mirarla perplejo.

No quedaba ni rastro de hostilidad en sus ojos. Ni tampoco de la mandíbula apretada y el entrecejo fruncido. Una sonrisa deslumbrante le había transformado el rostro, resaltando su belleza, y, joder, ya tenía ganas de besarla otra vez.

—Hola, cariño.

«¿Cariño?». Antes de que le encontrara sentido a aquella palabra, Winn se me acercó, se puso de puntillas y posó los labios en la comisura de mi boca.

Cuando bajó los talones al suelo, cambió de posición para quedar de espaldas a Skyler.

—Por favor —musitó, abriendo mucho los ojos.

Debía fingir que era su novio.

A mí no me suponía ningún problema, siempre y cuando tuviese claro que jamás lo sería de verdad.

—Hola, cariño.

—¿Qué tal el día?

Yo me agaché, incapaz de contenerme, y le di un suave beso en los labios.

—Ahora mejor.

Y lo peor era que no estaba mintiendo, joder. Cada vez que la veía, me parecía más guapa.

—¿Te quedas aquí esta noche? —me preguntó.

—Eso pensaba.

—Bien.

Pasó por mi lado e introdujo la llave en la cerradura. Luego, sin mirar a Skyler, entró en su casa y desapareció.

—Winnie —la llamó él.

Pero ella ya no estaba allí.

Yo solté una risita, entré y cerré la puerta. Tras cruzar un laberinto de cajas, encontré a Winn en la cocina, de pie frente a la encimera, echando chispas en silencio.

—¿Es amigo tuyo?

—Es mi ex.

—Ah. Ahora entiendo la farsa del novio.

—Gracias por seguirme la corriente.

—De nada.

Me apoyé en la pared.

—Espera. —Me dirigió una mirada cautelosa—. ¿Por qué me has seguido la corriente?

Me encogí de hombros.

—Ese tipo me ha puesto de los nervios.

—A mí también —masculló ella.

—¿Quieres que me quede aquí hasta que se vaya?

—Sí, si no te importa.

—¿Hay algo que deba saber? —pregunté, porque si ese cabrón la estaba acosando pensaba salir ahí fuera y dejarle claro que habían cambiado las tornas.

—No. —Winn negó con la cabeza—. Es inofensivo, solo que me toca mucho las narices.

—¿Qué ha pasado entre vosotros?

Ella se encogió de hombros.

—Estuvimos ocho años juntos. Seis de ellos prometidos. Rompimos hace cuatro meses y él se marchó de nuestra casa. Y ahora se niega a ponerla en venta.

Ocho años era una relación larguísima. Y seis, para un compromiso, también era mucho tiempo. ¿Por qué no se habían casado?

—¿Por eso te has mudado aquí? ¿Por la ruptura?

—En parte sí. Necesitaba un cambio. Y, cuando mi abuelo me comentó que el anterior jefe de policía iba a jubilarse, decidí solicitar el puesto, por lo menos. Aunque lo cierto es que no pensaba que me lo dieran.

—¿A pesar de que Covie es el alcalde?

—Mi abuelo me quiere mucho, pero también quiere mucho a esta ciudad. No permitiría que el puesto de jefe de policía quedara cubierto por alguien no cualificado para el trabajo. Yo lo estoy, Griffin.

Cuantas más cosas sabía de ella, más sospechaba que, en efecto, así era.

—Me he enterado de que ayer fuiste a ver a Melina Green.

—¿Quién te lo ha dicho?

—Conor. Él también fue a verla. Parece que llegó justo después de que tú te marcharas.

—Qué amable por su parte.

—Y por la tuya.

Winn bajó la mirada al suelo.

—Lo menos que puedo hacer es demostrarle que no está sola.

Ese simple gesto en sí mismo la diferenciaba del anterior jefe de policía, quien siempre había mantenido las distancias con los habitantes de la ciudad. A lo mejor lo hacía a propósito. Debía de ser difícil detener a un amigo o a un miembro de la familia. Seguro que era más fácil mantenerse al margen que tener que castigar a un colega por haber infringido la ley.

O tal vez era un cabrón más frío que un témpano, como opinaba mi padre.

En cambio Winslow no era para nada fría.

La observé mientras permanecía de pie frente a mí. El silencio de aquella casa era ensordecedor. Había un peso evidente sobre los hombros. Tenía mirada de estar agotada.

—Menuda semana de mierda, ¿eh? —dije.

—Yo no lo habría expresado mejor. —Se quedó mirando una de las cajas colocadas sobre la encimera de la cocina, fue hasta allí despacio y la abrió a la vez que suspiraba—. Como ves, deshacer las cajas no ha sido mi prioridad.

Había dejado de lado su vida para dedicarse a investigar sobre Lily Green e ir a ver a su pobre madre.

—Esta casa es muy bonita. Y está en un buen barrio. Un compañero mío del instituto vivía en la casa de color verde que hay un poco más abajo de la calle.

—¿Por eso has sabido dónde vivía?

—No, se lo he preguntado a mi madre. Tu agente inmobiliaria es una de sus mejores amigas.

—Veo que aquí la gente es muy discreta —masculló.

—Es una ciudad pequeña. Lo de la privacidad es relativo.

—Supongo que tienes razón.

Sacó un vaso de la caja y lo metió directamente en el lavavajillas.

—¿Necesitas ayuda?

—No, pero gracias.

Terminó de sacarlos todos y, como no solía quedarme de

brazos cruzados mientras había trabajo que hacer, le quité la caja de cartón de las manos y la doblé tras recoger el papel de embalar del interior.

—¿Dónde quieres que ponga esto?

—Hay una pila de cajas vacías enfrente de mi dormitorio, en el pasillo.

—Vale.

Me dirigí allí con paso decidido, llevándome la caja y el papel.

Tuve la impresión de que en aquel suelo de madera mis botas hacían el doble de ruido. Al final del estrecho corredor había dos habitaciones. La de la derecha era el dormitorio de Winn. Vi en el suelo un colchón con las sábanas arrugadas. Enfrente, apoyadas en la pared, había tres maletas abiertas y llenas a rebosar.

Winslow parecía una persona metódica. ¿Le sentaría mal vivir entre todo aquel caos? A mí no me sentaría muy bien, desde luego.

Frente a su dormitorio había otra habitación abarrotada de cajas. Añadí la mía al pequeño montón de cartón apilado y regresé a la cocina.

El lavavajillas estaba en marcha. Winn se había refugiado en la sala de estar. A su lado, en la plaza central del sofá de piel, reconocí el bolso que llevaba cuando entró en la casa y una pila de carpetas.

El sofá era el único mueble de aquella sala, y tal vez de toda la casa. Lo habían ubicado formando un ángulo extraño debajo de la instalación de la lámpara del techo. A un lado había una caja sin abrir que Winn había colocado junto a un sillón para utilizarla como mesita auxiliar.

¿Se habría quedado su ex con el resto de los muebles? ¿O es que todavía no había terminado con la mudanza? Estaba a punto de preguntárselo cuando me llamó la atención una carpeta situada debajo de su bolso. Me acerqué y leí el nombre de la lengüeta:

HARMONY HARDT.

La chica que encontré al pie de la Cumbre Índigo.

Seguramente, la carpeta contenía fotos. Fotos de las imágenes que se me habían quedado grabadas para siempre en la cabeza. El cabello oscuro enmarañado y mezclado con la sangre seca. Las extremidades desencajadas. La sangre. La muerte.

—Estás investigando los suicidios —dije.

—Sí.

—¿Por qué?

—Porque tengo que hacerlo.

—Fueron suicidios, Winn —dije. Ella permaneció en silencio, sin mostrar acuerdo ni desacuerdo—. Es muy triste —proseguí—. Es horroroso. Entiendo que quieras encontrar otra explicación. A la mayoría de la gente de fuera le ocurre lo mismo.

—¿Sabes? No paras de recordarme que soy nueva en esta ciudad, pero no lo soy tanto como crees. He pasado mucho tiempo aquí a lo largo de mi vida, sobre todo de niña. Era la ciudad de mi padre.

—No es lo mismo venir a Quincy de visita que vivir en Quincy.

—Bueno, pues ahora vivo aquí.

—Sí, es cierto.

Lo cual complicaba de forma exponencial la insaciable atracción que sentía por ella.

Winn se incorporó y se inclinó sobre el respaldo del sofá para asomarse al exterior de la ventana que daba a la entrada de la casa. El exnovio seguía en el mismo sitio, con la mirada pegada al teléfono y los dedos recorriendo la pantalla a toda velocidad.

—Sigue ahí —gruñó, y puso los ojos en blanco—. Oye, por cierto, ¿y tú por qué has venido?

Saqué su móvil del bolsillo trasero de mis vaqueros.

—Esto estaba en mi casa.

—Mierda. —Se puso de pie y cruzó el salón para quitármelo de la mano. A continuación, lo arrojó hacia donde tenía el bolso, como si no le importara que volviera a desaparecer—. Se me debió de caer del bolsillo. Ahora lo tengo todo un poco descontrolado, pero habría acabado por dar con él.

—¿No lo necesitas?

—La verdad es que no. Es mi teléfono personal, al que Skyler no para de llamarme. —Fue hasta el sofá y se desplomó en el mismo asiento de antes—. Puedes sentarte. Pero, si tienes que irte, no pasa nada.

Lo único que me esperaba en mi casa era una pila de facturas por pagar. La compañía de esa mujer era mucho más divertida que pasar horas en mi despacho, así que ocupé una plaza a su lado, aunque dejé suficiente espacio libre para que mi entrepierna no empezara a hacerse la idea equivocada.

—¿Por qué lo dejaste? Lo del compromiso, quiero decir.

No era asunto mío, pero había decidido preguntárselo de todos modos. Tal vez, si la comprendía mejor, lograría quitármela de la cabeza. Y también si además dejaba pasar unos cuantos años sin besarla, claro.

Hacía ya varios días de nuestro primer encuentro y la tentación que suponían sus labios era exactamente la misma.

Winn resultaba tan cautivadora como peligrosa.

—No es el hombre que yo creía —dijo.

El muy hijo de puta seguro que se había follado a otra. «Qué idiota».

—Lo siento.

—Mejor descubrirlo a tiempo y no después de casada.

—Cierto.

Como si Skyler supiera que estábamos hablando de él, llamó al timbre de la puerta.

A Winslow se le hincharon las aletas de la nariz.

—Es un pesado.

—¿Por qué ha venido?

—Yo qué sé. Dejó de hablarme después de irse de casa. Entonces unos amigos comunes le contaron que yo pensaba mudarme a Quincy y de golpe empezó a decir que estaba «preocupado». Puede que vaya diciendo por ahí que ha venido para hablar de la casa, pero la pelota está en su tejado. Además, la agente inmobiliaria sabe perfectamente que la mejor forma de contactar conmigo es escribirme un correo.

—¿Por qué decía que estaba preocupado?

—Skyler está acostumbrado a salirse siempre con la suya. Creo que esperaba que siguiera detrás de él. A lo mejor creía que lo perdonaría, que le suplicaría que volviera conmigo. No tengo ni idea. Es probable que no le guste mi decisión de no dedicarle más tiempo. Ya se ha llevado ocho años. Y me niego a suplicarle nada a ningún tío.

Eso no era del todo cierto. A mí sí que me suplicó en el asiento trasero de la camioneta cuando tenía el dedo en su clítoris y quería correrse.

Noté cierta tensión en los calzoncillos.

—¿Quieres que sufra un poco? —le pregunté.

—¿En qué estás pensando?

Sonreí.

—Enseguida vuelvo.

En cuanto abrí la puerta, Skyler se volvió de inmediato hacia mí. De nuevo estaba al teléfono.

Erguí la cabeza, pasé por su lado y me dirigí a mi camioneta. Antes había ido al supermercado a comprar unas cuantas cosas. Estaba pensando en Winslow cuando había pasado por delante de los condones, así que cogí una caja, movido por un impulso. O tal vez por un deseo.

La recuperé de la camioneta y regresé a la casa con mi compra en la mano.

Skyler se fijó en ella al instante y apretó la mandíbula.

—Anda, pero si sigues aquí. Buenas noches. —Le dirigí una sonrisa de suficiencia, crucé la puerta y la cerré con el pestillo.

Winn se irguió en el sofá cuando me senté de nuevo a su lado y ambos nos quedamos escuchando lo que ocurría.

Oímos unos pasos que descendían por la escalera de la entrada. Al cabo de un momento, un motor se puso en marcha.

—Qué satisfactorio ha sido eso —dijo ella, riendo—. Gracias.

—De nada.

Llegado ese momento, estaba claro que ya podía marcharme, pero, en vez de eso, me arrellané más en el sofá y extendí un brazo por el respaldo.

La mirada de Winn aterrizó en la caja de condones que tenía en la mano.

—¿Puedo preguntarte una cosa?

—Si te digo que no, ¿lo harás de todas formas?

—Sí.

Me eché a reír.

—Dispara —dije.

—En el Willie's pensaste que era una turista. ¿Es tu rollo? ¿Las turistas?

—Mi rollo son las mujeres guapas. Pero sí, es menos complicado si no viven aquí. Se crean menos expectativas.

Ella se quedó pensativa y preguntó:

—¿Por qué me besaste en tu casa?

—¿Por qué me besaste tú?

Una de las comisuras de los labios se le curvó hacia arriba.

—¿Para quién son los condones?

—Para ti.

No tenía sentido mentirle. No podía sacármela de la cabeza.

Había algo en Winslow que la hacía diferente a todas las demás. En su belleza. En su inteligencia. En su atractivo.

La confianza que tenía en sí misma me obsesionaba tanto como las pecas de su nariz.

Con un movimiento elegante, Winn se incorporó y eliminó la distancia que nos separaba. Pasó una pierna por encima de mi regazo y las rodillas quedaron pegadas a mis muslos. Deslizó las manos, delicadas pero fuertes, por el suave tejido de algodón de mi camiseta gris oscuro. A continuación, se sentó sobre mi polla, que se hinchaba por momentos, y empezó a frotarse contra la hebilla de mi cinturón.

—Trae esa boca —le ordené.

Ella se inclinó y me rozó los labios con los suyos.

Le aferré la cabeza por detrás y la sostuve contra mí mientras me incorporaba para deslizar la lengua entre sus dientes.

Winn jadeó y movió las caderas sobre las mías con fuerza.

Cualquier esperanza de marcharme de allí antes del anochecer se evaporó de golpe.

7

Winslow

Cuando me desperté tenía un grito atascado en la garganta. El sudor me perlaba las sienes.

Cerré los ojos con fuerza y respiré hondo para calmar mi acelerado corazón a la vez que hacía acopio de toda mi fortaleza mental con el fin de apartar de mí aquella pesadilla.

«Es solo un sueño desagradable, Winnie», solían decirme mis padres.

Pero aquello no era ningún sueño.

Era real. La sangre y los cuerpos mutilados. Los ojos desprovistos de vida. El grito, mi propio grito, que aún me resonaba en los oídos cinco años después.

¿Algún día terminarían esas pesadillas? No habían hecho más que empeorar desde que me mudé a Quincy. Los sueños me asaltaban todas las noches.

Griffin se removió a mi lado. La sábana con la que nos había tapado a ambos después del último revolcón resbaló hacia abajo y dejó al descubierto los contornos cincelados de su espalda musculosa. Sus anchos hombros. Los hoyuelos que tenía justo encima del culo.

Me escabullí por debajo de la tela de algodón y me levanté

del colchón, aún en el suelo. Salí de la habitación de puntillas y, con cuidado, cerré la puerta tras de mí.

La ropa que me había puesto para trabajar estaba tirada junto a la de Griffin en la sala de estar. Cogí su camiseta y me la acerqué a la nariz. Olía a detergente y al aroma natural y masculino del hombre que la noche anterior me había hecho ver fuegos artificiales. Volví a aspirar su olor y dejé que me invadiera aquella sensación tan reconfortante antes de introducirme la prenda por la cabeza. La camiseta apenas me rozaba los muslos y me cubría las nalgas, pero por lo menos tenía el cuerpo tapado por si alguno de mis vecinos anduviese también despierto.

Una de las mejores cosas de aquella casa era el mirador acristalado de la sala de estar. Enfrente había un banco demasiado estrecho para tumbarse en él, pero que bastaba para sentarse y contemplar el panorama nocturno. La quietud de la calle me tranquilizaba. Sentía la paz del silencio de los hogares cuyos miembros dormían y de los porches iluminados.

La pesadilla me tamborileaba las sienes y me suplicaba atención. La ignoré y, en su lugar, me centré en la camioneta de Griffin y seguí con la mirada el emblema del rancho Eden estampado en la puerta del copiloto. A continuación, cerré los ojos y me vino a la cabeza la imagen de él sentado en el sofá. Desnudo. Sus abdominales haciendo fuerza. Sus caderas empujando hacia arriba. Su polla, a la vez terciopelo y acero.

Seguramente, distraerme con sexo no era la mejor forma de enfrentarme al pasado, pero por una noche eso me daba igual. Solo quería librarme de la pesadilla. De manera que imaginé la cara de Griffin mientras se corría, su apretado mentón cubierto de barba incipiente y sus abultados bíceps mientras los espasmos lo sacudían hasta liberarlo de toda la tensión.

Habíamos follado duro en el sofá. Pensaba que después se marcharía, pero me llevó hasta el dormitorio. Y si antes, incluso con poco espacio para movernos, el sexo me había parecido bueno, me demostró todo lo que era capaz de hacer con su poderoso cuerpo.

Un orgasmo siguió al otro y tras el último me quedé prácticamente sin sentido.

Noté que una sonrisa me estiraba los labios.

Acostarme con él era, sin duda, una idea estúpida. Una idea estúpida y adictiva que hacía que me retorciera de placer. Por norma general se me daba muy bien el autocontrol, pero al parecer cuando se trataba de él las normas no servían de nada.

Griffin Eden era irresistible. Magnético. Masculino y salvaje.

Y estaba desnudo en mi cama.

Encogí las piernas y estiré su camiseta para cubrirme con ella las rodillas. Tres bostezos seguidos fueron la manera en que mi cuerpo me recordó lo cansada que estaba, pero no quería dormir. Aquel sueño aparecería de nuevo, lo tenía demasiado a flor de piel. De modo que apoyé la frente en la ventana y me quedé mirando la oscuridad. Sola.

La pesadilla, que procedía de un recuerdo, siempre hacía que me sintiera sola.

Mi aliento empañó el cristal y el frío de la casa me erizó el vello de los brazos. Estaba a punto de rendirme y colarme en el dormitorio para darme una ducha caliente cuando en la sala resonaron las pisadas de unos pies descalzos.

Griffin apareció en la puerta del pasillo con la sábana enrollada en su estrecha cintura. Se detuvo cuando me vio en la ventana con su camiseta puesta.

—¿Estás bien?

—Sí, solo que no podía dormir —mentí.

Nadie sabía lo de mis pesadillas, ni siquiera Skyler. Nunca me había preguntado por qué me levantaba en mitad de la noche, solo me pedía que no encendiera la luz, porque podría despertarlo y tenía que madrugar para ir al trabajo.

Griffin asintió y fue a buscar sus pantalones. Soltó la sábana para ponérselos, introduciendo por turnos en cada pernera sus piernas fuertes y robustas. Dejó el botón desabrochado y el cinturón colgando mientras se dirigía a mí con paso decidido a la vez que se pasaba una mano por su pelo revuelto de color chocolate.

Yo misma se lo había despeinado hacía un rato al aferrarme a él mientras él se metía uno de mis pezones en su boca experta.

—Será mejor que me vaya —dijo. El sueño empañaba su voz profunda y aquel sonido ronco me estremeció de placer.

—Vale —accedí mientras me fijaba en su pecho desnudo.

El discreto vello que lo poblaba era demasiado tentador, de manera que alcé la mano y pasé los dedos por la superficie áspera. El latido del corazón de aquel hombre era tan sólido y fuerte como todo él.

—¿No me vas a devolver la camiseta?

—¿No me la vas a quitar?

Asió el borde de la prenda y la levantó para pasármela por la cabeza. Luego esbozó una sonrisa a la vez que se la ponía y se cubría con ella el vientre firme y la definida «V» de sus caderas.

Ese hombre era mejor que cualquier fantasía. Mejor que cualquier héroe de novela romántica y cualquier estrella de cine. Mejor que cualquier amante con el que me hubiera acostado jamás…, aunque no habían sido muchos.

El aire frío procedente de la ventana me alcanzó la piel desnuda, pero no me moví del banco. Esperé a que Griffin recogiera la sábana, se acercara y me cubriera los hombros con ella antes de recuperar sus botas de entre las cajas de cartón.

Un silencio extraño invadía la habitación. Los rollos no iban nada conmigo. Incluso durante mi veintena solo me había acostado con novios. Luego conocí a Skyler.

No sabía muy bien qué decir ni qué hacer. Por eso me quedé tal cual, escuchando a Griffin abrocharse el cinturón. En el bar fue más fácil: solo tuve que subirme a mi coche y alejarme de allí.

Mi madre me dijo una vez que yo no era de las que se acuestan con un hombre porque sí. Era como ella, una mujer de las que se enamoraban primero. ¿El hecho de que me gustase aquella aventura con Griffin quería decir que mi madre estaba equivocada? Lo que había entre nosotros no era amor, solo atracción sexual.

No me gustaba pensar que mi madre se había equivocado en ningún sentido. Quería conservar un recuerdo perfecto de aquella mujer maravillosa que me había querido antes de que apareciera la pesadilla.

—Oye —Griffin me posó una mano en el hombro y trazó un círculo en la sábana con el pulgar—, ¿estás bien?

—Sí. —Tragué saliva para deshacer el nudo que se me había formado en la garganta—. Cansada.

—¿Seguro?

Asentí y me levanté del banco.

—Gracias por quedarte conmigo cuando Skyler estaba aquí.

—¿Va a seguir molestándote?

—No lo sé.

Aunque, después del numerito de Griffin con los condones, dudaba que volviera a verlo.

—Bueno… Entonces…, esto… —Hizo un gesto para señalarnos a ambos—. Seguramente no es una buena idea repetirlo a menudo. Estoy muy liado.

«¿Liado?». Esa excusa me puso de los nervios, pero daba igual. Yo también estaba muy liada.

—Sí, de acuerdo.

Los orgasmos habían sido algo increíble, pero era demasiado pronto para meterme en cualquier tipo de relación, aunque solo fuera sexual.

—Bien. —El suspiró, como si hubiera creído que yo me iba a oponer—. Cierra la puerta con llave cuando me vaya.

La jefa de policía era yo. Tenía un cinturón negro de kárate y sabía cómo usar una pistola, y, sin embargo, este hombre se empeñaba en ofrecerme protección.

Detestaba lo bien que eso me hacía sentir.

—Ya nos veremos, Griffin.

—Adiós, Winn.

Se despidió con un gesto de la mano y se dirigió a la puerta. Yo aguardé junto a la ventana y lo observé hasta que su camioneta desapareció de la manzana de casas. A continuación, cerré la puerta con llave y regresé al dormitorio. El aire olía a Griffin y a sexo.

La sábana ajustable que cubría el colchón estaba arrugadísima y habíamos bajado el edredón hasta los pies de la cama a fuerza de patadas. El despertador negro que yacía en el suelo junto a una almohada marcaba las tres y media. No habría manera de volver a conciliar el sueño, por lo menos en ese momento, de modo que dejé la sábana encimera y me dirigí al cuarto de baño para darme una ducha de agua hirviendo.

Me vestí con unos vaqueros y la blusa negra de cuello abotonado que formaba parte del uniforme del cuerpo de policía y me fui al trabajo.

El turno de noche estaba compuesto por un grupo mínimo de agentes, y por eso se respiraba un ambiente tranquilo cuando ocupé mi plaza de aparcamiento. El teleoperador dio un respingo cuando me vio entrar por la puerta.

—Anda, hola, jefa.

—Buenos días. —Sonreí—. Espero que haya café.

El agente asintió.

—Recién hecho —dijo y me abrió la puerta automática para que no tuviera que sacar la llave.

Con una taza humeante en la mano, me retiré a mi despacho, donde me esperaban las pilas de informes del día anterior. Me zambullí en ellos sin perder tiempo. A las seis tuvo lugar el cambio de turno, con el ajetreo correspondiente, y más de un agente me miró con los ojos como platos cuando salí de mi despacho y me dirigí a las mesas.

Las conversaciones cesaron; las risas se volvieron más contenidas. Me quedé escuchando mientras los agentes del turno de noche se hacían el traspaso de información y luego regresé a la soledad de mi despacho para concederles unos minutos a salvo del control de la jefa.

A lo mejor algún día me acogían en su grupo.

A lo mejor algún día dejaba de importarme si lo hacían o no.

—Toc, toc. —Janice asomó la cabeza por la puerta—. Buenos días.

—Hola. —La saludé con una sonrisa y agité la mano para indicarle que pasara.

—¿Estás bien? —me preguntó, examinándome el rostro.

Abrí la boca para soltar una mentira, pero en vez de eso formulé una pregunta.

—¿Puedo confesarte algo?

—Claro.

Tomó asiento al otro lado de la mesa y se apoyó en el regazo la carpeta que llevaba consigo.

—Este es el primer trabajo en el que soy la jefa. Seguramente ya lo sabes.

Ella asintió.

—Sí.

—¿Tanto se nota que es mi primera vez?

—No, pero todos leemos el periódico.

Se me curvaron los labios en una mueca. En el artículo habían omitido por completo la información sobre mi carrera profesional y daba la impresión de que mi único mérito era mi apellido: Covington.

—Estoy acostumbrada a trabajar en una mesa al lado de todos los demás y no en un despacho privado. Estoy acostumbrada a participar en las conversaciones y no a enterarme de las cosas por los informes oficiales. Estoy acostumbrada a formar parte del grupo. Y no esperaba notar tanto la diferencia entre ser una agente y ser la jefa de policía.

—Es comprensible. —Janice me dirigió una sonrisa amable, pero no me dio ningún consejo.

Porque no podía. Ya no era agente de policía. Era la jefa.

La frontera jerárquica era necesaria, aunque implicara que tuviera que quedarme sola.

—En fin. —Hice un ademán para quitarle importancia al asunto y señalé la carpeta—. ¿Qué me has traído?

—Ha llegado el informe forense de la autopsia de Lily Green. He pensado que querrías echarle un vistazo antes de llevárselo a Allen.

—Sí, por favor.

Allen era el agente a quien se le había asignado oficialmente el caso de la muerte de Lily Green, aunque no parecía importarle que yo me inmiscuyera. De hecho, casi dio la impresión de sentirse aliviado cuando le dije que pensaba involucrarme activamente en el caso. Y, cuando me ofrecí para ir a hablar con Melina Green sobre la muerte de su hija, se mostró de acuerdo de inmediato.

Janice me entregó el informe y, a continuación, mencionó unos cuantos asuntos que era necesario tratar. Después, dejó que me ocupara de la autopsia.

Era casi exactamente tal como lo había imaginado. La causa de la muerte fue el traumatismo extremo a causa de la caída. No se observaban sustancias en la sangre ni ninguna marca ni herida más allá de las provocadas por el impacto.

El único dato interesante era la actividad sexual de Lily. El médico que la examinó había observado que era probable que hubiese mantenido relaciones en las veinticuatro horas anteriores a su caída, porque tenía restos de lubricante en la piel, aunque no de semen.

—Mmm...

Saqué el cuaderno donde había tomado las notas sobre el caso y fui pasando las páginas.

Cuando le pregunté a Melina si Lily tenía novio, me respondió que no. ¿Era posible que no lo supiera? Si Lily había estado saliendo con alguien, ¿tendría su novio algo que contarme sobre su estado de ánimo? ¿Habría estado con ella antes de su muerte, puede que conduciendo su coche? ¿La habría llevado él hasta aquellas carreteras de grava cercanas al rancho Eden?

Aunque me moría de ganas de averiguar la respuesta a esas preguntas, tendría que dejarlo estar de momento. Me esperaba un día lleno de reuniones y llamadas; otro de los efectos colaterales de estar al mando. No me imaginaba que tendría tantas reuniones, y me costaría un tiempo acostumbrarme a dejar de lado las investigaciones para ocuparme de la gestión.

El poco tiempo de gracia que tanto la plantilla como el vecindario me habían concedido durante mi primera semana allí había tocado a su fin y el trabajo administrativo estaba empezando a entrar a raudales.

Por fin, alrededor de las cuatro, las cosas se relajaron un poco por primera vez en la jornada. Tenía la agenda libre hasta el día siguiente y, aunque aún me quedaban correos por contestar, necesitaba alejarme de aquel escritorio, así que cogí mi bolso y escapé de la comisaría.

Conocía bien el camino hasta casa de Melina Green y, cuando aparqué enfrente de su valla de postes blancos, la encontré arrodillada en el suelo junto a un macizo de flores.

—Buenas tardes —saludé.

Ella se volvió a mirarme. Llevaba el pelo rubio recogido en una trenza que asomaba por debajo de un sombrero de paja. Me dirigió una sonrisa temblorosa y se puso en pie para acercarse a la vez que yo abría la verja.

—Hola, Winnie.

—¿Cómo estás?

Abrí los brazos y ella se acercó y dejó que la estrechara.

—Minuto a minuto. Es lo que me aconsejaste, ¿verdad?

—Minuto a minuto.

Era algo que me dijo el abuelo cuando murieron mis padres. Cuando le pregunté cómo iba a soportar el dolor que me desgarraba por dentro a cada segundo.

—¿Qué haces? —le pregunté tras soltarla.

—Estoy quitando las malas hierbas. Tenía ganas de quedarme todo el día en pijama, pero… —En sus ojos brillaban lágrimas sin derramar—. Necesito hacer algo, cualquier cosa que no sea llorar.

—Lo comprendo. ¿Me dejas que te ayude?

Pasamos los siguientes treinta minutos limpiando dos macizos de flores. El sol de media tarde me quemaba a través de la blusa negra, pero permanecí sentada junto a Melina arrancando brotes de hierba y pequeños cardos borriqueros, con la frente empapada de sudor.

—Tengo que hacerte una pregunta sobre Lily. ¿Te importa?

—No.

Ella negó con la cabeza sin apartar los ojos del desplantador que tenía en la mano ni de los brotes de hierba que había cortado de raíz. Hundía la hoja en la tierra con fuerza. Melina soportaba el dolor de aquella pérdida manteniéndose ocupada. Yo hice lo mismo. Porque, cuando estás ocupada, tienes menos tiempo para pensar. Para sufrir.

Hasta que llega la noche y los recuerdos se cuelan en tus sueños.

—Me dijiste que no tenía novio, pero ¿es posible que estuviera saliendo con alguien desde hacía poco? ¿Tal vez había quedado un par de veces con algún chico?

—No que yo sepa. ¿Por qué?

—Solo intento averiguar con quién pasaba el rato.

Normalmente creía en la transparencia absoluta, pero, hasta que tuviera más información sobre Lily y quien fuese que había estado con ella antes de su muerte, no quería dejar a Melina con preguntas sin responder.

—A Lily le gustaba salir con sus amigos por el centro los viernes y los sábados por la noche. Solían quedar en algún bar. Yo siempre tenía la impresión de tener que ir con pies de plomo... Vivía conmigo y a mí me encantaba. Pero era una persona adulta, así que procuraba tener la boca cerrada sobre que saliera de fiesta.

Si Lily era como la mayoría de las chicas de veintiún años, probablemente había conocido a algún chico en el bar. Joder, yo ya había cumplido los treinta y había conocido así a Griffin.

—No le preguntaba mucho —prosiguió Melina—. Intentaba no ponerme pesada con que llegara a casa antes de las dos. Quizá fue ese mi error. Pero era joven y yo también lo fui una vez, hace mucho.

Empezó a derramar lágrimas y, al enjugárselas con los guantes de jardinería, se manchó las mejillas de tierra.

—Creo que... —Se quitó los guantes—. Creo que será mejor que me lave un poco.

—Claro.

Cuando se excusó y entró en la casa, yo abandoné el jardín.

Cualquier otra pregunta tendría que esperar, pero Melina me había proporcionado un punto de partida.

Había hablado con muchos amigos de Lily. Sin embargo, no había preguntado por ella en los bares de la ciudad. Esa sería mi próxima parada. Sin embargo, primero, antes de que se pusiera el sol, iría de nuevo a la Cumbre Índigo.

Tras marcharme de casa de Melina, conduje hasta las montañas y recorrí el camino de grava hasta la cumbre. No llevaba el mejor calzado para andar por aquel terreno, pero aparqué al pie de la ruta e inicié el ascenso de todos modos. Paso a paso, empecé a subir por el sendero de tierra. Llegué a la cima jadeando y empapada en sudor. La brisa que se colaba entre las rocas me enfrió la parte alta de la espalda.

Me acerqué un poco al borde y me incliné para mirar el despeñadero. El cuerpo de Lily ya no yacía sobre las rocas escarpadas, pero aún veía su imagen. Su cabello rubio. El vestido empapado de sangre.

Un salto. Un paso. Era lo único que hacía falta. Un traspié. Una caída.

Y una vida hecha pedazos.

—¿Qué cojones estás haciendo?

Una mano me agarró por el codo y me apartó del borde del precipicio. Con el corazón a punto de salírseme del pecho, di media vuelta y por poco no le planté un puñetazo en la nariz a Griffin. Conseguí parar el golpe antes de darle, pero fue por los pelos. Le rocé la piel con los nudillos mientras él me miraba con los ojos como platos, extrañado por la rapidez con que había actuado.

—Joder, Winn. —Me soltó el codo—. ¿Qué coño te pasa?

—¿A mí? ¿Qué coño te pasa a ti? Me has dado un susto de muerte. Podría haberme caído.

—¡Pues no te acerques tanto al puto precipicio! —vociferó a la vez que se pasaba la mano por el grueso pelo—. Joder. Lo último que necesitamos es que tengas un accidente.

—¡Este sitio debería tener el paso cerrado! —bramé, cubriéndome con la mano mi corazón desbocado.

—Por eso estoy aquí. —Señaló el sendero con el pulgar—. He subido para colocar una valla a lo largo del camino y he visto tu coche. Te he seguido hasta aquí y he llegado justo a tiempo de ver cómo te asomabas al borde.

Al ver que ponía mala cara, fruncí el entrecejo.

—Solo estaba mirando.

—Pues mira desde más lejos. —Volvió a agarrarme por el brazo y me hizo retroceder hasta quedar pegada a él—. No quiero encontrarme también tu cadáver ahí abajo.

La mirada de súplica que encerraban sus ojos azules y el temor que denotaba su expresión terminaron con cualquier rastro de mi enfado. Dejé caer los hombros.

—De acuerdo. Lo siento.

Él soltó un hondo suspiro para deshacerse de su frustración.

—No pasa nada. Y ¿se puede saber qué estabas buscando?

—No lo sé —reconocí—. Ya me has dicho que tú lo consideras un suicidio, y yo no sé exactamente qué pensar, solo que… hay algo que no encaja y necesito averiguar qué es. Por Lily. Por su madre. A veces, cuando no le encuentro sentido a una cosa, empiezo por el final y voy retrocediendo hasta el principio.

Por eso había querido plantarme en ese lugar hasta que consiguiera reconstruir los pasos de Lily. Y eso era lo que había hecho. Había subido y me había quedado mirando al vacío más allá del sendero.

Griffin permaneció a mi lado sin pronunciar palabra. Sin moverse. Se limitó a quedarse junto a mí mientras me sumía en mis pensamientos.

Lily había subido hasta allí. Estaba aterrada. Desesperada. Probablemente sola.

Di un paso más hacia el borde.

Griffin me cogió de la mano y me sujetó con fuerza.

Dejé que fuera mi punto de anclaje mientras yo me asomaba al precipicio para ponerme en el lugar de Lily.

La chica tenía un buen trabajo y unos padres que la querían. También tenía amigos en Quincy. Algo la había empujado a arrojarse desde allí.

—¿Tal vez le rompieron el corazón?

—¿Cómo dices? —preguntó Griffin, y volvió a apartarme del precipicio.

—Nada —musité. La autopsia era confidencial y Griffin no estaba autorizado a conocer los detalles—. Me gustaría saber lo que estuvo haciendo Lily antes de su muerte. Si salió con sus amigos. O con su novio. ¿Adónde suelen ir los jóvenes de su edad un domingo por la noche?

—Al Willie's —contestó él.

—¿Te habrías fijado si la hubieras visto entrar?

—Solo estuvimos tú y yo.

—¿Se te ocurre algún otro bar?

Se frotó el marcado mentón.

—Los del centro. Los jóvenes suelen pasar el rato allí con los turistas en verano. Y estás de suerte.

—¿Yo? ¿Por qué?

Me cogió del brazo y me alejó un paso más del borde.

—Justo estaba pensando en ir al centro.

—No me digas. —Arqueé las cejas—. Creía que ibas a poner una valla para señalar el límite del camino.

—Cambio de planes.

8

Griffin

—No tienes por qué venir conmigo. —Winn se detuvo en la puerta del Big Sam's Saloon—. ¿No estás muy liado?

Sí, lo estaba. Pero, de todos modos, abrí la puerta y me hice a un lado para dejarla pasar.

—Detrás de ti.

Ella frunció el ceño, pero entró y se olvidó de mí al instante mientras absorbía cada detalle, desde las lámparas del techo fabricadas con ruedas de carro hasta las juntas de los paneles de madera que forraban las paredes.

Los propietarios del local lo habían renovado a fondo unos diez años atrás. Se habían mudado a Quincy desde Texas y habían llevado consigo unas cuantas cabezas de vaca Longhorn que ahora exhibían tras la barra. Las mesas eran barriles de whisky con el tablero de cristal. Los taburetes estaban forrados de piel de vaca con manchas blancas y negras.

Habían ideado una decoración al estilo del lejano Oeste para los turistas y de fondo sonaba música country procedente de la máquina de discos de la esquina.

Yo odiaba el Big Sam's.

—Está lleno hasta los topes —dijo Winn tras echar un vistazo.

—Pasa casi siempre en verano.

Vi entre la multitud a unas cuantas caras conocidas y, cuando nos dirigimos a la barra, levanté la mano para saludar a uno de los tipos que trabajaban en la ferretería.

Saludé al camarero con un gesto de la cabeza cuando se acercó. La calva le brillaba a causa de la luz que reflejaban los estantes de espejo donde se exhibían los licores.

—Hola, John.

—Griffin. —Extendió el brazo por encima de la barra para estrecharme la mano. John tenía una barba blanca y la llevaba más corta que la última vez que estuve allí, hacía aproximadamente un mes. Ahora le terminaba a la altura del pecho y no de su barriga cervecera—. ¿Qué te trae por aquí?

Señalé a Winn con la cabeza.

—John, esta es Winslow Covington.

—La nueva jefa de policía. —Le tendió la mano a Winn—. Bienvenida a Quincy.

—Gracias. —Ella le estrechó la mano y se sentó en un taburete—. ¿Te importa que te haga unas cuantas preguntas?

—Depende de cuáles.

Tomé asiento junto a ella y, antes de que tuviera tiempo de empezar con el interrogatorio, pedí una cerveza.

—A mí ponme una Bud Light, John. Y a la jefa, un vodka con tónica.

—Estoy de servicio —masculló ella mientras el camarero se alejaba.

—Pues no te lo bebas.

Volvió a dirigirme aquella mirada iracunda que, como todo en aquella mujer, me resultaba tremendamente seductora.

—Qué sitio tan curioso.

—Antes era uno de los negocios de mi familia. Big Sam era mi tío abuelo.

Los nuevos propietarios no le habían cambiado el nombre al local, seguramente porque encajaba bien con la temática bochornosa del local, pero eso era lo único que quedaba del bar que fue en otro tiempo.

—¿Ya no lo es?

—A Sam se le daba mejor la bebida que ocuparse del negocio y se lo vendió a los actuales propietarios antes de que se fuera a pique.

—Ah, ya. ¿John es uno de los actuales propietarios?

—No, él solo lleva el negocio. Pero, si Lily estuvo aquí el domingo por la noche, sabrá informarte mejor que nadie. Trabaja casi todos los fines de semana.

—¿No puedo preguntarle y ya está? ¿Por qué has pedido bebidas?

Me incliné para acercarme y le rocé el hombro con el mío.

—En las ciudades pequeñas, los camareros de los bares siempre están al corriente de lo que pasa. Se enteran de todos los cotilleos y notan cuando el ambiente está caldeado, pero también protegen a su gente. John es un buen tipo, pero no te conoce y no se fía de los forasteros.

Winn apretó los dientes.

—¿Tienes que seguir llamándome así?

—Es lo que eres. ¿Quieres integrarte? Pues siéntate aquí conmigo. Tómate algo y deja una propina decente. Si quieres dejar de ser una forastera, tendrás que molestarte en conocer a la gente.

—Vale —dijo con un suspiro en el momento en que John llegaba con las bebidas—. Gracias.

Él le correspondió con un gesto de asentimiento. Ella se llevó la copa a los labios y me dirigió una mirada furibunda por encima del borde del vaso.

Yo solté una carcajada y di un sorbo de mi cerveza.

—Bueno, ¿qué preguntas son esas? —quiso saber John, que apoyó una cadera en la barra.

—Querría averiguar más cosas de Lily Green. Era...

—Ya sé quién era.

Winn se puso tensa al notar su tono cortante.

—¿Te acuerdas de haberla visto aquí el sábado o el domingo por la noche?

—No, no estuvo aquí.

—¿Venía a menudo? Su madre me dijo que, desde que cumplió los veintiuno, iba de bares a menudo los fines de semana.

John se encogió de hombros.

—No más que los otros jóvenes de por aquí. Vienen, se toman unas copas y juegan al billar. Charlan con los turistas.

—¿Viste a Lily con alguien en concreto más de una vez?

—Sí. —El hombre asintió—. Con sus amigos de siempre.

A quienes Winslow conocería si fuese de Quincy. Eso había sido un golpe bajo por parte de John. Le habría costado lo mismo darle los nombres.

Sin embargo, no hizo falta, porque fue Winn quien se los proporcionó.

—Frannie Jones, Sarina Miles, Conor Himmel, Henry Jacks, Bailey Kennedy y Clarissa Fitzgerald. ¿Esos amigos?

Di un trago para ocultar mi sonrisa al ver desaparecer la expresión petulante de John.

—Sí —masculló.

—¿Viste a Lily con alguien más? —preguntó ella—. ¿Con algún novio?

—No. Ella no era así. Venía y se tomaba un par de copas. Siempre era responsable y llamaba a un taxi o se marchaba con la persona que hubieran acordado que conduciría esa noche. No recuerdo ninguna vez que se fuera con un chico.

En el entrecejo de Winn se formaron unas arrugas, como si no hubiera quedado satisfecha con la respuesta. ¿Qué esperaba descubrir? Conor sabría si Lily había estado saliendo con alguien. Y Melina también.

—¿Algo más? —preguntó John—. Tengo que ir a atender a los otros clientes.

—No, gracias. Te agradezco la ayuda y ha sido un placer conocerte.

—Igualmente.

John dio unos golpecitos en la barra y se marchó para tomar nota.

—¿Qué andas buscando? —pregunté en voz baja.

—Como te he dicho cuando estábamos en la montaña, quiero volver sobre sus pasos y averiguar qué hizo antes de morir. Pero parece que no estuvo aquí.

—John lo sabría.

Winslow dio otro sorbo de su bebida. Luego rebuscó en su bolsillo y sacó un billete de veinte dólares.

—Adiós, Griffin. —Estampó el dinero encima de la barra y se dirigió a la puerta.

Abandoné mi cerveza, fui tras Winn y la alcancé antes de que pusiera un pie en la calle.

—Vamos al Old Mill. A lo mejor estuvo allí.

—No necesito escolta —dijo, pero siguió caminando a mi ritmo.

—Los dos bares de Main Street delimitan la zona turística de Quincy. —El Eloise Inn estaba casi exactamente en el centro—. ¿Quieres saber por qué?

—Porque hay una ordenanza municipal que exige dejar por lo menos cuatrocientos metros de distancia entre los establecimientos que sirven bebidas alcohólicas.

Sonreí al ver la sonrisa de suficiencia que se dibujó en sus bonitos labios.

—Veo que te has estado informando.

—Qué va, es que he venido muchas veces. Mi abuelo ha pasado aquí toda su vida adulta y le encanta contar anécdotas. Sé muchas cosas de Quincy. Aunque todavía no conozca a la gente. Aunque sea una forastera.

Vaya, sí que odiaba esa palabra. Imagino que, si yo estuviera en su lugar, también la odiaría.

—La ordenanza fue idea de mi tatarabuela —le expliqué mientras recorríamos los cuatrocientos metros que nos separaban del Old Mill—. Mi tatarabuelo fue el fundador de la ciudad y desde entonces nuestra familia siempre ha vivido aquí. Hay una frase popular que dice que, en Quincy, es imposible tirar una piedra y no darle a un Eden.

Contando a los tíos y a los primos, tenía un sinfín de parientes que vivían allí. La mayoría de los negocios que habían establecido mi tatarabuelo y sus descendientes habían ido a parar a manos de mi abuelo. Y él los traspasó a mi padre.

Otros familiares también tenían negocios en la ciudad, pero la mayoría de los que llevaban el nombre de los Eden nos pertenecían a mis padres, a mis hermanos y a mí, y los regentábamos nosotros mismos.

—El Old Mill fue el primer bar de Quincy —expliqué—. Se abrió poco después de que se fundara la ciudad. La historia es que mi tatarabuela permitió que mi tatarabuelo pusiera el bar con la condición de que ella elegiría al camarero. Así podía poner ella las normas.

—¿Las normas? ¿Como, por ejemplo, cuántas bebidas podía tomar?

Asentí.

—Y hasta qué hora se le servía. Pero a mi tatarabuela le preocupaba que alguien viniera y abriera otro bar. Según el rumor que corre en la familia, era toda una mujer de negocios y muy lista, de manera que propuso lo de la ordenanza municipal. Y como los Eden tenían la sartén por el mango...

—... se aprobó.

—Exacto. En aquella época, Quincy tenía solo dos manzanas. Mi tatarabuela pensó que pasaría un siglo antes de que doblara su tamaño. Con un radio de cuatrocientos metros, no solo tenía control sobre el alcohol que se consumía en la ciudad, sino también sobre los hábitos de su marido.

Winn sonrió.

—Y las normas no han cambiado.

—No. La ciudad ha crecido, pero la ordenanza sigue vigente.

—Por eso el Willie's no está en Main Street.

—La calle no es lo bastante larga, de modo que lo instalaron a cinco manzanas y se convirtió en el local al que suelen ir los habitantes de la ciudad.

Y el sitio en el que para nada esperaba encontrarme a esa criatura tan peculiar.

Pasamos junto a dos hombres; turistas, a juzgar por los polos, los vaqueros y las botas inmaculadas. Los dos miraron a Winn de arriba abajo. No fueron nada discretos y ella se puso muy seria y los ignoró sin dejar de mirar al frente.

Tenían agallas, la verdad. Y no solo porque ella fuera armada con una pistola, sino porque yo era un cabrón muy posesivo. Les clavé una mirada furibunda y los dos bajaron la vista al suelo.

Con Winn siempre tendría este problema.

Era demasiado guapa. Nadie espera encontrar a una mujer así de deslumbrante caminando por las calles de Quincy. Se había dejado el pelo suelto y la melena, lisa y larga, le caía por la espalda. Sin gafas de sol que los ocultaran, sus ojos azules resplandecían ante la luz de la tarde.

Llegamos a una intersección y Winn miró a ambos lados antes de cruzar la calle y dirigirse al bar. Tenía la espalda erguida y su expresión más seria puesta cuando abrió la puerta.

El Old Mill no era un bar extravagante, como el Big Sam's Saloon. Era más bien un local de juegos y, cuando no iba al Willie's, iba allí para echar unas partidas y tomar una copa. Había pantallas planas colocadas entre anuncios de cerveza de neón. Tres máquinas de keno ocupaban por completo la pared contigua a la puerta. Justo encima había una camiseta de los Quincy Cowboys. Esa noche se jugaban dos partidos de béisbol simultáneos y las voces de los comentaristas sonaban amortiguadas a través del sistema de audio del bar.

—¿Este bar sigue siendo de tu familia? —me preguntó mientras nos dirigíamos allí.

—Ya no. Mis padres se lo vendieron a Chris cuando yo era niño.

—¿Quién es Chris? —preguntó, y yo señalé al camarero—. ¿En Quincy también hay una ordenanza que exige que todos los camareros lleven una poblada barba blanca?

—Que yo sepa, no —dije, riéndome entre dientes, y le ofrecí un taburete de la barra antes de ocupar el mío—. Hola, Chris.

—Griff. —Asintió a modo de saludo y le tendió la mano a Winn—. Tú eres la nieta de Covie, ¿verdad?

—Sí. —Encajó su delicada mano en la de él, gruesa y carnosa—. Soy Winslow. Encantada.

—Igualmente. ¿Qué te trae por aquí?

—Quiere hacerte unas preguntas, pero ¿qué tal si antes nos tomamos una cerveza? De barril, la que tengas. Sorpréndenos.

—Claro.

Chris no era tan brusco como John, aunque este, comparado con Willie, era dócil como un gatito. De los tres camareros habituales de la ciudad, era el más amable.

Winn no necesitaba mi presencia allí, pero me costaba mucho marcharme.

Las preguntas que le hizo a Chris fueron las mismas que le había planteado a John: ¿estuvo Lily allí el sábado o el domingo por la noche? ¿Se acordaba de haberla visto con el mismo chico más de una vez? ¿Tenía novio?

Las respuestas de Chris fueron las mismas que Winn había obtenido en el Big Sam's. No nos terminamos la cerveza y, cuando quiso pagar, yo me adelanté. Nos despedimos del camarero con un gesto de la mano y fuimos hasta los coches, que habíamos aparcado en el extremo opuesto de Main Street.

—Has hablado con todos los amigos de Lily, ¿verdad? —pregunté.

—Sí. Tenía la esperanza de que alguno hubiera detectado algo raro. Pero todos están tan sorprendidos como Melina.

—Conor está destrozado. Creo que sentía algo por ella.

—¿En serio?

—Pero no creo que fuera correspondido. Hace mucho tiempo que se quedó como «solo amigo».

—Mmm… —Winslow dejó caer los hombros.

—Estás convencida de que tenía novio, ¿verdad?

Guardó silencio.

Era un sí. A lo mejor Lily se había enrollado con el chico misterioso antes de morir. Pero ¿quién era? De pronto, yo también sentí curiosidad. Si estaba saliendo con alguien, Conor lo sabría. A menos que ella se lo hubiera ocultado para no herir sus sentimientos.

—A lo mejor se acostaba con algún compañero del banco donde trabajaba —aventuré.

—Yo no he dicho que se acostara con nadie.

Le dirigí una mirada de suficiencia.

—Se sobreentiende.

—¿Por qué has venido conmigo? —Se cruzó de brazos—. Me dijiste que no siguiera con esto. Me dijiste que lo dejara estar, ¿te acuerdas?

—Sí que me acuerdo. Pero respeto que quieras encontrar más respuestas por el bien de Melina y el de Conor.

—Ah. —Winn dejó caer los brazos—. Gracias.

—De nada.

—Adiós, Griffin.

Antes de que subiera a su Durango y desapareciera, me dirigí a la puerta del copiloto.

—¿Qué haces? —preguntó, mirándome con los ojos entornados a través de la ventanilla.

—Vamos en un solo coche al Willie's.

—¿Cómo sabes que voy allí?

Me eché a reír.

—¿Quieres que conduzca yo?

—No —respondió con un bufido, pero quitó el seguro de la puerta.

El trayecto de cinco manzanas era demasiado corto. El interior de su coche me recordó a su cama. En cuanto entramos en el aparcamiento, la temperatura se disparó y la atracción que nos unía crepitó como si saltaran chispas.

¿Sería capaz de volver alguna vez al Willie's sin recordar a Winn en mi furgoneta? «Seguramente no».

Winslow aparcó y salió del coche con tanta prisa que casi fue corriendo hasta la puerta del local. Cuando la alcancé, tenía las mejillas encendidas.

Le di un pequeño codazo a la vez que abría la puerta.

—¿Jugamos al tejo?

—No. —Aquel rubor tan atractivo se intensificó—. Estoy aquí de servicio. Además, Ya lo has dicho tú esta mañana. Mejor no repetir. Estás muy liado.

Sí, había dicho muchas tonterías.

Cuando entramos, Willie estaba de pie detrás la barra. Tenía aquella expresión adusta bien instalada en el rostro.

—Griff.

—Hola, Willie.

Winn no se molestó en tomar asiento y pareció haber olvidado todo lo que le dije en los otros bares acerca de mostrarse amable. O tal vez sabía que con Willie no le serviría de nada pedir una bebida y charlar. Disparó sus preguntas sobre Lily y, cuando no obtuvo más respuesta que gruñidos negativos, le dio las gracias por su tiempo.

Se volvió, dispuesta a marcharse, cuando se abrió la puerta y una cara conocida entró en el local.

—Harrison. —Mi tío Briggs se acercó con la mano extendida—. ¿Qué tal, hermano? No sabía que pensaras venir a la ciudad esta noche.

«Joder». Se me cayó el alma a los pies.

Winn nos miraba alternativamente.

—Griffin. —Le di una palmada en el hombro—. Soy Griffin, tío Briggs.

Él me examinó el rostro con la mirada empañada por la confusión. Sus vaqueros y su camisa roja le daban una apariencia normal, pero llevaba dos botas diferentes: una de punta redonda y la otra cuadrada. De una de las manos le colgaba un juego de llaves.

—¿Qué haces por aquí? —le pregunté.

—Se me ha ocurrido venir a tomarme una cerveza. —Tenía el entrecejo fruncido, aún extrañado por el hecho de que yo no era mi padre.

—Te invito yo. —Le indiqué a Briggs que fuera a la barra y me volví hacia Winn—. Me quedo aquí con él.

—Claro. —Miró a mi tío y la expresión se le suavizó—. Buenas noches, Griff.

—Adiós, Winn.

Mientras ella iba hacia la puerta, yo me reuní con él en la barra. Me llamó por el nombre de mi padre tres veces durante la hora que estuvimos allí sentados tomándonos nuestras cervezas. A Willie lo recordaba bien, pero a mí no paraba de mirarme con extrañeza.

—Debería marcharme —le dije—. ¿Te importa llevarme? Hace siglos que no paso por tu casa.

—Pero si estuviste la semana pasada.

¿Cómo?

—Ah, es verdad. Qué cabeza tengo. —Pagué las bebidas y cogí las llaves de la camioneta de Briggs—. Conduzco yo, ¿vale? No me he terminado la cerveza.

—Vale. —Se encogió de hombros y caminó delante de mí hasta el aparcamiento, donde aguardaba su vieja camioneta Chevrolet.

Me coloqué frente al volante y me estremecí al notar el olor del interior del vehículo. Había un gran vaso de café en el soporte de las bebidas y tenía la impresión de que la crema de leche que mi tío le había añadido llevaba tiempo caducada.

Con las ventanillas bajadas, conduje hasta el rancho y pasé junto a la carretera de grava que había recorrido antes, justo donde había encontrado el coche de Winn. El siguiente desvío llevaba a la cara posterior de la Cumbre Índigo y, mientras ascendíamos por las estribaciones de la montaña, me fijé en Briggs.

Parecía estar más mayor que nunca. La piel de las mejillas se le descolgaba un poco y tenía el bigote blanco. Contaba cinco años más que mi padre y había pasado la vida entera en ese rancho.

Cuando mis hermanos y yo éramos niños, lo ayudó a construirnos una cabaña en un árbol, y a mí a preparar mi primer caballo para la monta.

En el momento en que mi abuelo se sintió preparado para traspasar el rancho y los negocios a sus hijos, Briggs dejó que fuese mi padre quien se ocupara. La gestión nunca le había apasionado y estuvo satisfecho con una cuenta corriente de la que apenas gastaba dinero y una vida sencilla en las tierras que le tenían robado el corazón.

La cabaña de Briggs se hallaba enclavada en mitad de un bosque de árboles de hoja perenne, en la que se consideraba la pradera más bella del rancho. Alrededor del porche había una pila de leña cortada de forma irregular y vi un hacha apoyada en la escalera de la entrada.

—¿Has estado cortando leña? —pregunté.

Briggs asintió.

—Quiero adelantarme al invierno.

—Bien pensado.

Aunque no me hacía mucha gracia que encendiera una estufa de leña si ni siquiera podía casar un par de botas.

Aparqué, cogí el vaso de café y deseché el contenido de camino a la casa. No tenía ni idea del panorama que encontraría y me fui mentalizando mientras seguía a mi tío hasta allí. Sin embargo, la cabaña estaba igual de limpia y ordenada que siempre.

—¿Cómo van las cosas en el rancho, Griffin? —me preguntó a la vez que me quitaba el vaso de la mano y lo llevaba al fregadero.

Era la primera vez en toda la noche que me llamaba por mi nombre.

—Bien. Hay mucho trabajo. Estamos a punto de acabar de reparar la valla por esta temporada.

—Siempre se agradece la sensación de estar a punto de terminar el trabajo —rio—. ¿Quieres quedarte un rato? ¿Cenas conmigo?

—No, pero gracias. —Le dirigí una sonrisa—. Será mejor que me vaya.

—Te agradezco la visita.

—No hay de qué.

¿Se acordaría de que había ido al bar?

Joder, qué situación tan dura. Tenía el corazón encogido. Sus ojos azules eran como los que veía en el espejo todas las mañanas. Era el mejor tío que un chaval podía desear. Trataba a los hijos de su hermano como si fueran los suyos propios.

Se había casado una vez, pero el matrimonio duró poco. Su mujer lo dejó después del tercer aniversario de la boda. Desde entonces, mis padres, mis hermanos y yo éramos su única familia. No se había perdido ninguno de mis partidos de baloncesto ni de fútbol y había estado presente en todas las graduaciones escolares.

Verlo así... Joder, era muy difícil.

—Hasta pronto. —Me despedí con un gesto de la mano y salí de la casa.

Tenía muchas ganas de volver a mi hogar.

Pero no tenía coche, lo había dejado en el centro.

—Mierda. —Saqué el teléfono y llamé a mi padre—. Hola, ¿puedes recogerme y llevarme al centro?

—¿Ahora?

Parecía que tenía la boca llena.

—Sí, ahora. Estoy en la cabaña del tío Briggs.

—¿Dónde tienes la camioneta?

—En la ciudad. Y necesito hablar contigo.

—De acuerdo. —Se oyeron unos pasos y, de fondo, una breve conversación con mi madre antes de que colgara.

Empecé a caminar por la carretera y, cuando llevaba recorrido un kilómetro y medio aproximadamente, oí el sonido de un motor y la nueva camioneta de mi padre emergió de una curva entre los árboles.

Tenía una mancha de salsa barbacoa en la camisa.

—Siento haber interrumpido la cena.

—No pasa nada. —Dio media vuelta al vehículo y se dirigió hacia casa—. ¿Qué ocurre?

Dejé escapar un hondo suspiro y le conté lo de Briggs.

—Maldita sea —refunfuñó, aferrando el volante con fuerza—. Hablaré con él.

—Tienes que hacer algo más que hablar.

—Me ocuparé de ello.

—A lo mejor tendríamos que avisar al médico del abuelo, a ver si puede internar a Briggs en algún centro o...

—Te he dicho que me ocuparé de ello, Griffin —me espetó.

«Por Dios». Levanté las manos y dije:

—Vale.

La tensión fue creciendo en el interior de la camioneta y, cuando mi padre aparcó en Main Street y me apeé del vehículo, no dijo ni una palabra. Dio media vuelta y se alejó sin siquiera darme tiempo a sacar las llaves del bolsillo.

Abrí mi camioneta, me subí y cerré de un portazo.

—Joder.

Briggs había sufrido unos cuantos episodios parecidos durante el último año. Empezó confundiendo los nombres durante una cena familiar, pero eso le pasaba a todo el mundo, ¿verdad? Muchas veces, mi madre, cuando éramos niños, nombraba a todos sus hijos antes de acertar con el que estaba haciendo de las suyas.

Lo que ocurría era que, en el caso de Briggs, los errores se habían convertido en algo frecuente. El invierno anterior acudió al centro y Knox se topó con su camioneta en Main Street. Briggs había olvidado dónde estaba. Seis meses antes, Talia se lo encontró en el supermercado y vio que llevaba la camiseta del revés.

Pero esta noche… El episodio de esta noche había sido el peor. Me había confundido de veras con mi padre durante todo el tiempo que estuvimos en el Willie's. Tal vez, si mi abuelo no hubiese padecido demencia, la cosa no me preocuparía tanto. Sin embargo, yo era adolescente cuando la salud del abuelo sufrió un grave deterioro y fui testigo de cómo se convertía en una mera sombra del hombre al que conocía.

Fue un duro golpe para mi padre y para Briggs. Y ahora mi familia tenía que volver a pasar por lo mismo.

Noté que me rugía el estómago y eso hizo que dejara de darle vueltas al tema. En casa me esperaban unas cuantas sobras de comida, además de un montón de trabajo. Pero, a medida que avanzaba por Main Street, mi camioneta decidió desviarse hacia una casita gris con la puerta roja.

No tenía tiempo para esto. El rancho no se dirigía solo y tenía una burrada de cosas que hacer. No obstante, aparqué junto a la acera y divisé a Winn a través de la ventana de la fachada principal.

Se había cambiado la blusa negra de antes por un sencillo top blanco, por cuyos tirantes asomaba un sujetador del mismo color. Llevaba el pelo recogido en una coleta alta y algunas puntas le rozaban los hombros mientras arrastraba una gran caja de cartón por el pasillo.

Cuando llamé al timbre, oí un golpe seco y el sonido amortiguado de unos pasos antes de que se abriera la puerta.

—Hola. —Se retiró un mechón de la frente sudorosa—. ¿Cómo está tu tío?

—No muy bien —reconocí—. Mi abuelo tuvo demencia. Alzhéimer. Había cumplido ya los setenta cuando apareció la enfermedad, pero Briggs ha empezado antes.

—Lo siento.

Me indicó que entrara y cerró la puerta.

Examiné la sala de estar, en la que seguía habiendo las mismas cajas que esa mañana.

—¿Las estás vaciando?

—Más o menos. Hoy ha llegado la cama.

—Ah, así que no tenías pensado dormir en el suelo para siempre.

—En la tienda no tenían el producto disponible. Entregaron el colchón antes de que yo me mudara, pero la estructura aún no había llegado.

—¿Y la que tenías en Bozeman?

—Era de Skyler. —Las comisuras de los labios se le curvaron hacia abajo—. Le dejé todos los muebles porque quería empezar de cero.

—Ya —asentí—. ¿Y dónde tienes la cama?

—Empaquetada. Acabo de arrastrarla hasta la habitación.

—¿Tienes herramientas?

—Hummm… Sí. —Dio unas palmadas en la parte superior de una caja—. Tengo un destornillador en alguna parte. Estará en una de estas cajas o quizá en alguna del despacho.

Se había pasado una hora intentando encontrar las herramientas.

Sin pronunciar palabra, me dirigí a mi camioneta y cogí las

que siempre tenía bajo el asiento trasero. Cuando volví a entrar, Winn estaba en el dormitorio, al lado de una caja de cartón recién abierta.

—¿Lleva instrucciones? —pregunté.

Ella señaló el embalaje y un folleto adjunto.

—Puedo hacerlo yo.

—Te ayudo.

—¿Por qué?

Sonreí.

—Porque así también podré ayudarte a estrenarla.

—Creía que no querías repetirlo.

—Puedo sacar tiempo para una noche más. ¿Qué me dices, jefa?

Winn cogió el folleto con las instrucciones y me lo entregó.

—Una noche más.

9

Winslow

Griffin deslizó la lengua entre mis labios y acarició la mía antes de apartarse. Después se agachó para calzarse las botas.

Yo me recosté y observé cómo atrapaba su pelo bajo la gorra de béisbol desgastada que llevaba puesta la noche anterior. Las puntas que yo había estado acariciando antes de que se levantara de la cama se le curvaban sobre la nuca.

Me costó un verdadero esfuerzo no acercarme a él, no pasarle las manos por el pecho musculoso y pedirle un beso más. Sin embargo, permanecí anclada en el brazo del sillón, porque, para que todo esto funcionara, era crucial respetar los límites.

—Nos vemos.

Griffin se acercó y se inclinó como si fuese a besarme en la frente, pero en el último segundo se apartó y se colocó bien la visera de la gorra.

No debería haberme decepcionado que lo hiciera. Los gestos tiernos y los besos en la frente no formaban parte de esta relación. Estábamos disfrutando de sexo esporádico, nada más.

«Los límites».

—Hasta luego.

Lo seguí hasta la puerta y esperé en el umbral a que saliera.

Sus botas resonaron en las escaleras del porche hasta que llegó a la acera y empezó a avanzar con aquellas zancadas largas y ágiles.

Verlo marchar se había convertido en parte de mi rutina diaria.

Había venido a casa todas las noches durante una semana. Y todas las mañanas se iba antes del amanecer y yo me preguntaba si volvería otra vez o si la noche anterior había sido la última.

Algunos días llegaba temprano, no mucho después de que yo regresara del trabajo. Otros, ya había oscurecido y me encontraba desempaquetando alguna caja. Entonces interrumpía mi progreso y me llevaba al dormitorio, por lo cual la sala de estar seguía llena de cajas y yo seguía sacando la ropa directamente de la maleta. La cocina ya estaba en orden, pero no había avanzado mucho con todo lo demás.

El sexo con él... me distraía. Y de qué forma. Nuestro lío nació sin esperanzas de durar mucho, así que las cajas podían esperar a que Griffin y yo lo dejáramos.

Mientras rodeaba la cabina de la camioneta, se volvió a mirar atrás e incluso en la oscuridad observé la sonrisa seductora que se le esbozaba en los labios. Sí, iba a volver esta noche.

Yo no era la única que estaba disfrutando con aquello.

Tras cerrar la puerta, esperé a oír el motor de su camioneta antes de regresar al dormitorio. Las sábanas estaban arrugadas y su olor a especias, cuero y tierra impregnaba el aire. La noche anterior me había quedado dormida rodeada de ese olor, tumbada sobre su pecho con el cuerpo lacio y completamente saciado.

Había sido una noche salvaje. Me dejaba tan agotada que no había tenido ni una pesadilla en toda la semana.

Si mi nueva cama pudiera hablar, gritaría: «¡Uf, madre mía, Griff!».

¿Qué tenía ese hombre que hacía que me costara tan poco desinhibirme? Con Skyler siempre me había mostrado reservada con respecto al sexo. Había tardado años en relajarme en la cama, aunque no es que él fuera el más original de los amantes.

Tal vez con Griffin fuese diferente porque no nos ataba

nada. No sentíamos la presión de una relación a largo plazo. Tal vez fuese porque mi propio placer se había convertido en una prioridad para mí. Tal vez fuese porque Griffin también lo había convertido en su prioridad.

Joder, qué hombre. Tenía un cuerpo hecho para dar placer. Sus manos me convertían en arcilla. Sus labios, en un manojo de nervios tembloroso. Su polla, en una esclava esperando sus órdenes.

Sonreí mientras me dirigía al cuarto de baño y mientras abría el grifo de la ducha. El agua caliente alivió un poco mis doloridos músculos.

Desde que vivía en Quincy, había abandonado el hábito de salir a correr por las mañanas. En realidad, no hacía ejercicio porque el sexo ocupaba ese espacio de tiempo en mi vida. Tal vez al día siguiente, si me sentía con ánimos y Griffin no me tenía despierta hasta la una o las dos de la madrugada, buscaría las deportivas y saldría a correr unos cuantos kilómetros por el barrio. O podría probar el pequeño gimnasio de la comisaría. No disponía de mucho más que una bicicleta elíptica y unas cuantas pesas, pero había un par de agentes que acudían allí a menudo. A lo mejor hacer cardio juntos nos unía. Lo dudaba mucho, pero llegados a ese punto estaba dispuesta a intentar cualquier cosa.

Tras poner una lavadora y leer los expedientes de los casos que no había terminado la noche anterior —un altercado por una borrachera, un hurto y un acto vandálico contra alguien disfrazado de Papá Noel durante las últimas Navidades—, me dirigí a la comisaría.

El agente Smith estaba preparado en su puesto del vestíbulo, a punto para obsequiarme con su habitual saludo gélido.

—Buenos días, agente Smith.

Nada.

Cabrón.

Su nombre de pila era Tom, pero los dos seguíamos llamándonos por el apellido. Daba la impresión de que me odiaba más y más cada día.

Al final tendría que molestarse en conocerme mejor, ¿no? Quizá su frialdad se derretiría cuando se diera cuenta de que no me iría a ninguna parte. O si no... le propondría la jubilación anticipada. Le ofrecería unas cuantas semanas para demostrarme que pensaba cambiar y, si no, le plantearía esa alternativa.

Mi escritorio era un caos, como siempre, pero me había dejado la mañana libre para poner orden. Pasé horas enteras revisando expedientes y ocupándome de los correos y de mi larga lista de quehaceres. Por fin, al mediodía, empezó a divisarse el tablero de color gris parduzco.

—Tengo que hacer esto mismo en casa.

Afirmarme. Ocuparme del orden y de la limpieza.

Giré la silla para orientarme hacia a la ventana que tenía detrás y contemplé el bosque al otro lado del cristal.

La comisaría estaba entre un pinar y un bosque de abetos con los troncos tan anchos que era imposible rodearlos con los brazos. Sus ramas servían de toldo al edificio y evitaban que el sol se colara dentro. Me había concentrado tanto en el trabajo que no había dedicado ni un minuto a mirar por esa ventana.

Un error al que pondría remedio en el futuro.

Al igual que me sucedía con la quietud de mi calle bajo la luz de la luna, podía hallar cierta tranquilidad en esos árboles.

Ahora que ya me estaba asentando y, poco a poco, había empezado a establecer una rutina, había llegado el momento de poner orden en mi casa para que cuando cruzara la puerta por la noche pudiese, simplemente, respirar.

Alguien llamó a la puerta y me obligó a apartar la vista de la ventana.

—¡Guau! —El abuelo abrió los ojos como platos a la vez que entraba en mi despacho—. Sí que has estado ocupada.

—Ha sido una mañana productiva. —Sonreí—. ¿Qué te trae por aquí?

—Había pensado en invitar a comer a mi jefa de policía favorita.

—Qué bien. Me muero de hambre. Y después tendré que ir

al juzgado. Tengo que pedir el traslado del registro del coche y cambiar los datos del carnet de conducir.

Más pasos para consolidar la mudanza.

Una vez registrado, el Durango se quedaría aparcado en el garaje la mayor parte del tiempo. Al principio tenía dudas sobre si debía utilizar el Ford Explorer sin distintivo que había pertenecido al anterior jefe de policía, porque olía a tabaco; pero, tras una limpieza a fondo, aquel tufo estaba empezando a desaparecer.

—¿Nos encontramos en el centro? —propuso el abuelo.

—¿Dónde?

—En el Café Eden.

La cafetería de la hermana de Griffin. Me asaltaron los nervios, pero asentí y salí detrás del abuelo. Igual que la última vez que habíamos quedado para comer juntos, tuvimos que aparcar lejos de Main Street y caminar un trecho.

—Es bonito —dije, admirando el edificio verde.

En la puerta destacaba el nombre del establecimiento con letras doradas: CAFÉ EDEN. Las ventanas de cuarterones con el marco negro relucían bajo el sol de junio y en mitad de la acera había una pizarra de pie que anunciaba los platos del día con una caligrafía intrincada. El olor a café, vainilla, mantequilla y azúcar me invadió incluso antes de entrar.

—Ahora sí que tengo hambre.

—¿Aún no has probado este sitio? —preguntó el abuelo.

—Siempre me tomo el café en casa o en la comisaría. —Tenía la esperanza de que conseguiría hacer migas con los agentes si me relacionaba a menudo con ellos en la sala de descanso—. Además, no me había dado cuenta de que servían comidas.

—Lyla cocina muy bien. El domingo podemos venir a desayunar aquí. Por culpa de sus bollos me está saliendo barriga.

Solté una risa burlona y le di una palmada en el pecho musculoso.

—Venga ya.

Él se echó a reír y me abrió la puerta. Encima de nosotros sonó una campanilla y nada más entrar en el local estuve a punto de chocar con Frank.

—Ah, hola. —Sonrió de oreja a oreja y me atrajo hacia sí para darme un abrazo rápido—. ¿Cómo va todo, encanto?

—Bien. —Le correspondí con otra sonrisa—. El abuelo y yo hemos venido a comer.

—Yo también. Acabo de entrar y estaba buscando una mesa.

—Siéntate con nosotros —lo invitó mi abuelo, señalando la barra.

Los seguí mientras observaba el interior del restaurante. Estaba pintado del mismo tono que el exterior, lo cual le confería un aire alegre y moderno. Detrás de la barra había vitrinas de cristal con bollería, magdalenas y otras delicias horneadas. Unas cuantas mesas de madera se alineaban junto a la pared y todas estaban ocupadas excepto una.

Titubeé al ver un rostro atractivo frente a la mesa más cercana a la barra.

Griffin llevaba la misma ropa con que esta mañana se había vestido en mi casa. La gorra desgastada seguía cubriéndole el pelo rebelde. Estaba sentado junto a dos mujeres muy guapas, una de las cuales tenía el pelo del mismo tono castaño que él y recogido en un moño despeinado. Llevaba puesto un delantal verde. «Es Lyla». Reconocí la misma cara que había visto en la foto de familia de casa de Griff.

El pelo largo y rubio de la otra mujer formaba mechones lisos y brillantes que le cubrían los hombros. Un top de tirantes finos destacaba sus esbeltos brazos y los vaqueros que llevaba le quedaban como una segunda piel. Posó una mano sobre el brazo de Griffin y una punzada de celos me corrió por las venas.

Aparté la mirada y me obligué a cruzar el local. Lo nuestro no era nada serio. Lo nuestro era temporal. Pero no habíamos hablado de exclusividad. Había dado por sentado que, como pasaba todas las noches en mi cama, era la única mujer con quien se acostaba. ¿Estaba saliendo con ella? ¿Por eso se excusaba diciendo que estaba liado? Mantuve la vista fija hacia delante, negándome a mirarlos.

Se me revolvió el estómago y el hambre que tenía antes se

desvaneció mientras cruzaba la cafetería detrás del abuelo y de Frank.

—Hola, Covie. —Lyla se levantó de la mesa y dobló la esquina para situarse detrás de la barra.

—Hola, Lyla —la saludó Frank, agitando la mano.

—Frank. —Ella pronunció su nombre, pero tenía la mirada fija en el abuelo.

—Lyla, hoy es un día especial. —Mi abuelo le dedicó una amplia sonrisa—. Me gustaría presentarte a mi nieta, Winslow Covington. Hoy va a tener la oportunidad de ver la magia que eres capaz de hacer con tus platos.

—¡Hola! —Sonrió y, al tenderme la mano, sus ojos azules emitieron destellos—. Me alegro de conocerte por fin. Mi padre no para de hablar de ti.

Pero su hermano no hablaba de mí. Porque yo era un secreto. La rubia, en cambio, no lo era.

—Me alegro de conocerte también.

Le estreché la mano e hice lo posible por fingir que Griffin no estaba sentado a una mesa desde donde lo oía todo. Pero mi esfuerzo no sirvió de nada.

La mirada de Griffin me abrasó la espalda.

—¿Qué vais a comer? —preguntó Lyla.

Los tres pedimos el plato del día y, después de que el abuelo pagara la cuenta, abandonamos la barra con una placa en la que se leía el número de nuestra mesa.

Griffin se puso de pie y dejó dinero en efectivo sobre la suya.

La rubia también se levantó y se le acercó con aire zalamero. Sus brazos se rozaron.

Un halo verde me empañó la visión y la mandíbula se me cerró con tanta fuerza que me sentí incapaz de abrir la boca para comerme el sándwich de ensalada de pollo que había pedido. No tenía derecho a ponerme celosa, y, sin embargo, allí estaba, echando humo. No solo estaba furiosa con Griffin por el hecho evidente de que mantenía una relación con aquella mujer y no me lo había dicho; también lo estaba conmigo misma.

De nuevo, había dejado que me la jugara un hombre guapo.

—Hola, Griffin. —El abuelo se acercó a él—. ¿Cómo estás?

—Bien, Covie. ¿Y tú?

—Famélico. Aunque Lyla siempre tiene solución para ese problema.

—Yo he venido por lo mismo. —Griffin sonrió, pero la sonrisa no le llegó a los ojos. Posó la mirada en Frank y su expresión se tornó seria—. Hola, Frank.

—Hola, Eden —masculló este y se alejó para ocupar la última mesa libre.

¿Qué pasaba? ¿Qué era lo que yo no sabía?

—Aquí tienes tu café, Covie. —Lyla se acercó con una taza en equilibrio sobre un plato—. ¿Quieres que te lo lleve a la mesa?

—Ah, ya lo llevo yo. —Le cogió la taza de las manos y sonrió, centrándose por completo en Griffin y Lyla.

La rubia le lanzaba dardos con la mirada al abuelo, igual que Griffin había hecho con Frank.

«Está claro que aquí pasa algo».

El silencio se hizo más denso e incómodo cuando el abuelo se llevó la taza a los labios e hizo caso omiso de la presencia de la rubia. Por fin, Griffin se aclaró la garganta y me miró por primera vez.

—Winslow Covington, esta es Emily Nelsen.

«Emily Nelsen».

La periodista.

Vaya, qué bien. La cosa no hacía más que mejorar.

—Hola. Un placer —mentí con una falsa sonrisa.

—Lo mismo digo —dijo ella, y se acercó más a Griffin.

Él se puso tenso, pero no se retiró. «Cabrón».

—Será mejor que vayamos a ocupar nuestra mesa —dijo el abuelo—. Que vaya bien, Griffin.

—Igualmente. —Cruzó la mirada con la mía durante una fracción de segundo, pero enseguida la apartó y se dirigió a la puerta.

Emily se apresuró a seguirlo.

«No los mires. No los mires».

Griffin no era más que un polvo. Un rollo sin importancia. Y uno que, además, ahora se había terminado definitivamente.

Ya tendría tiempo más tarde de lamentarme por perder el sexo y la diversión, así que seguí al abuelo y nos reunimos con Frank.

La pared principal de la cafetería estaba ocupada de punta a punta por ventanas que daban a Main Street. Era imposible no ver a Emily dirigirse a la camioneta de Griffin.

—Con la puñetera periodista… —mascullé—. ¿En serio?

¿Por qué Griffin había tenido que elegir precisamente a la maldita reportera que había manchado mi nombre sin siquiera conocerme? Abandoné la pretensión de no fijarme en ellos y observé todos sus movimientos.

Él le dijo algo con expresión severa. Eso no significaba gran cosa. Solía estar serio. Lo raro era verlo sonreír o reírse. Aunque yo sí lo había visto hacerlo unas cuantas veces. Conmigo.

Se inclinó hacia Emily y le habló en voz baja. El mohín en los labios de ella puso en evidencia que no le había gustado mucho lo que acababa de oír. Se cruzó de brazos y lo miró con una expresión suplicante y patética.

Él negó con la cabeza y dejó caer los hombros. A continuación, hizo un breve gesto de asentimiento, fue hasta la camioneta y se subió.

Ella corrió hasta la puerta del copiloto y ocupó el asiento con una sonrisa petulante dirigida hacia la cafetería. Sin duda podía verme mirándolos desde detrás del cristal. Menuda zorra.

¿Cuál era la broma esa que me había enseñado la otra noche? «En Quincy, es imposible tirar una piedra y no darle a un Eden». En ese momento le habría tirado con gusto un buen pedrusco.

Aparté los ojos de la camioneta de Griffin cuando salió del aparcamiento y se alejó por Main Street.

—Malditos Nelsen —dijo el abuelo.

—Malditos Eden —masculló Frank.

Lyla eligió justo ese instante para aparecer con tres vasos de agua en las manos. Tenía las mejillas encendidas y supe que los había oído.

Frank no se dio cuenta, pero el abuelo le ofreció una sonrisa de disculpa.

—Gracias, Lyla.

—De nada, Covie.

Se alejó y regresó a la barra.

—¿No te caen bien los Eden? —le pregunté a Frank.

Si era así, ¿por qué iba al Café Eden?

—Ah, Lyla no me cae mal. Ni Talia ni Eloise. Pero no les tengo cariño precisamente a Harrison, ni a Griffin tampoco. Se creen los dueños de la ciudad.

Su voz estaba teñida de envidia. Detrás de aquello tenía que haber algo más que simple antipatía, pero no me apetecía oírlo. Ese día no.

Por el momento, Griffin no me había dado la impresión de considerarse el dueño de la ciudad. Claro que tampoco me había imaginado que estuviera viéndose con otra mujer, así que estaba claro que yo no era la mejor persona para juzgar a ese miembro en concreto de la familia Eden.

Dios. De repente, se me hizo un nudo en el estómago. El lunes no había llegado a mi casa hasta las diez. ¿Sería porque había quedado con ella? ¿Había estado en su cama antes que en la mía?

—¿Estás bien, Winnie? —me preguntó el abuelo.

—Sí. —Asentí y di un sorbo de agua—. Es que esta semana está siendo muy movida.

—¿Cómo van las cosas en la comisaría?

—Bien.

Acabarían por ir bien. Algún día.

Quizá este encontronazo con Griffin era justo lo que me hacía falta. ¿No me decía a mí misma que era urgente que pusiera mi vida en orden? Mientras, él ocupaba mis pensamientos constantemente y me interrumpía cada noche.

Tenía que asentarme en Quincy. Tenía una casa que debía convertir en un hogar. Era más importante construir relaciones sólidas con mis subordinados que tener un lío con un vaquero, por guapo que fuera.

Me había mudado a esta ciudad para sanar mis heridas, para empezar una nueva vida, para recuperarme de la ruptura con Skyler. Acostarme con Griffin no iba a ayudarme a alcanzar ninguno de esos objetivos.

Tenía que acabarse. Esa misma noche.

Cuando se presentara en mi casa, le pondría fin a esto.

Salté de la cama con el corazón acelerado y el estómago encogido.

En el dormitorio dominaba el color gris, pero mi mente estaba inundada de rojo. Rojo sangre.

Corrí hacia el cuarto de baño y tropecé con el zapato que antes había mandado al centro de la habitación de una patada. Conseguí frenar antes de estamparme contra la pared y recuperé el equilibrio a la vez que me cubría la boca con la mano.

Golpeé las baldosas del suelo con fuerza con las rodillas cuando aterricé junto al váter. Vomité hasta que tuve el estómago completamente vacío. Las lágrimas me resbalaban por las mejillas mientras me apartaba el pelo de los ojos.

—Mierda —renegué en medio del baño y enterré la cara en las manos.

Era la peor pesadilla que había tenido en meses. O en años, tal vez. Se parecía a las primeras, aquellas en las que yo me encontraba en el lugar del accidente.

Era la pesadilla en la que descubría el brazo de mi padre tirado en la acera, cercenado. El sueño en el que veía a mi madre con la cabeza separada del cuerpo.

Cerré los ojos con fuerza mientras deseaba apartar de mí el olor a carne desgarrada, a neumático quemado y a metal chafado.

«Piensa en otra cosa. En lo que sea».

Lo primero que me vino a la cabeza fue la imagen de Lily Green, su cuerpo destrozado sobre las rocas al pie de la Cumbre Índigo.

Se me revolvió el estómago otra vez, pero no me quedaba nada por vomitar.

—Joder. —Me presioné los ojos con las yemas de los dedos hasta que el negro se tornó blanco.

Hice un esfuerzo para levantarme del suelo y, con las piernas temblorosas, me acerqué al lavabo. Después de lavarme la cara con agua, me cepillé los dientes y encendí las luces.

Todas.

Fui accionando todos los interruptores que encontré en el camino del dormitorio a la cocina. El reloj del horno me reveló que pasaban unos minutos de la medianoche.

En la casa seguía reinando el silencio. Los latidos de mi corazón llenaban todas las estancias con un sonoro bum, bum, bum.

Preparé una cafetera. Esta noche me sería imposible volver a dormir. Con una taza humeante en la mano, regresé al dormitorio y empecé a ordenar cosas. Me entregué en cuerpo y alma a la tarea, negándome a volver a pensar en la pesadilla. Negándome a volver a pensar en Griffin.

Durante la última semana, mientras él había dormido en mi cama, yo había descansado sin problemas. Lo más probable era que, aunque esta noche hubiera estado conmigo, yo hubiese tenido la pesadilla de todos modos. O quizá me había estado acechando para pillarme en mi peor momento.

A veces me daba la sensación de que aquellas imágenes tenían sus propias intenciones retorcidas. Cuanto más luchaba por apartarlas, con más fuerza me atacaban. Desde mi traslado a Quincy, todas las pesadillas habían sido horribles. Era como si acecharan en mi almohada nueva y aguadaran para abalanzarse sobre mí.

Y, claro, tenían que asaltarme la noche en que Griffin no estaba.

Tal vez estuviera con la periodista.

O tal vez no.

Ya no importaba.

Esta noche no se había presentado en mi casa, así que no había podido decirle oficialmente que se había terminado. Pero suponía que aquel era un final igual de válido.

Así pues, me dediqué a desempaquetar las cajas yo sola. Porque esa era la realidad.

Estaba sola.

10

Griffin

Mantenerse alejado de Winslow requería una fuerza de voluntad descomunal.

Llevaba dos noches prácticamente atrincherado en casa. Ya había conseguido dejar la bandeja de entrada del correo vacía y el escritorio despejado. La noche anterior, después de cenar, me asaltó con tal fuerza el deseo de estar con ella que pasé tres horas limpiando los compartimentos del establo.

Intentaba permanecer ocupado.

Guardar las distancias.

Pero mi piel anhelaba el cálido contacto de la suya. Mis dedos temblaban de las ganas de hundirse en su pelo. Mis brazos se morían por sostenerla mientras la vencía el sueño.

Echaba de menos sus ojos azules. Echaba de menos todas las pecas de su nariz.

Las noches estaban siendo tremendas. No conseguía pegar ojo. Pero incluso los días se me hacían duros. Había llegado ya el mediodía y solo tenía ganas de dirigirme con la camioneta a la ciudad e ir en su busca.

Sin embargo, no estaba dispuesto a ceder. El rancho y la familia requerían toda mi atención. No me quedaba tiempo para nada más.

No debería resultarme tan difícil. Jamás en mi vida había luchado tanto para sacarme de la cabeza a una mujer, y menos aún si no me ataba ningún compromiso a ella. Joder, había tenido novias en la universidad que me había costado mucho menos olvidar, a pesar de que había salido con ellas durante varios meses antes de poner fin a la relación.

¿Por qué narices tenía a Winslow metida en la cabeza de esa forma?

Su belleza era incomparable y su inteligencia resultaba tan atractiva como su esbelta figura. La manera en que respondía a los estímulos en la cama y la forma en que se compenetraban nuestros cuerpos no tenían nada que ver con lo que yo había sentido hasta entonces.

Debía de haber algún motivo físico, ¿verdad? La química y las hormonas me tenían bien jodida la capacidad de razonar. Solo con imaginar su piel blanca y desnuda, me excitaba otra vez. Y así llevaba dos días.

—Mierda —mascullé.

—¿Qué pasa? —preguntó Mateo desde el asiento del copiloto de mi camioneta.

—Nada, nada. —Agité la mano para quitarle importancia—. Gracias por venir hoy.

—Sin problema. —Encogió sus anchos hombros.

A sus veintidós años, aún no tenía el cuerpo completamente desarrollado, pero llegaría el día. Si seguía devorando la comida de nuestra madre y trabajando en el rancho igual que ese verano, sudando la gota gorda y poniendo a prueba esos músculos cada vez más marcados, pronto sería tan alto y corpulento como yo. De todos mis hermanos, Mateo y yo éramos los que más nos parecíamos. Todos teníamos el pelo del mismo tono castaño y los ojos azules, pero nosotros compartíamos la misma nariz, con el hueso un poco abultado. La nuez de su garganta era tan prominente como la mía, un rasgo al que no le había prestado mucha atención hasta que conocí a Winn.

Ella adoraba pasarme la lengua por el cuello, sobre todo cuando estaba dentro de su cuerpo.

«Joder». ¿Por qué no podía parar de pensar en ella?

—¿Qué planes tenemos para hoy?

Mateo apoyó el brazo en la ventanilla abierta. El olor de la hierba, la tierra y el sol impregnaba el aire.

No había muchos lugares en el mundo que me atrajeran tanto como una carretera de tierra de Montana en el mes de junio.

Aunque últimamente la cama de Winslow amenazaba con ocupar ese primer puesto.

—Me gustaría comprobar el vallado de la carretera de la Cumbre Índigo. Conor empezó, pero…, ya sabes. No me he atrevido a enviar a nadie allí desde lo de Lily Green.

—Entiendo —masculló Mateo—. ¿Cómo está Conor?

—Lo mantenemos ocupado. Lo he puesto en el otro lado del rancho, lo más lejos posible de aquí.

—Siempre le había gustado esa chica. Y yo siempre pensé que acabarían juntos, incluso después de que rompieran.

—Lo siento. —Me volví a mirarlo y esbocé una pequeña sonrisa.

Lily tenía un año menos que Mateo, pero como el instituto de Quincy no era muy grande debían de conocerse bien.

—Hacía tiempo que no hablaba con ella. Aun así, cada vez que me la encontraba me sonreía. Y me daba un abrazo. Era muy cariñosa. Te trataba como a un antiguo amigo al que no has visto en muchos años, no como alguien a quien solo ves una vez al mes cuando vas al banco. No tenía ni idea de que estuviera pasando por un mal momento. Nadie lo sabía.

«Quizá porque no estaba pasando por un mal momento».

Ese pensamiento espontáneo me asaltó con tanta rapidez e intensidad que me hizo estremecerme.

Las dudas eran por culpa de Winslow. Me las había metido en la cabeza y ahora, cada vez que se mencionaba a Lily, las ideas que antes tenía de ese asunto se habían ido al garete.

¿Acaso su muerte escondía algo más? ¿Y si no se había suicidado?

Durante nuestras visitas a los bares, Winn se había centrado en buscar un novio o alguien con quien Lily tuviera algún lío.

Quizá se había estado acostando con alguien. Y quizá había sido ese tipo quien le había metido ideas raras en la cabeza. Quizá no había subido sola a la Cumbre Índigo.

Quizá había algo más.

—¿Sabes si Lily salía con alguien? —pregunté.

—No, que yo sepa. Siempre que me la encontraba en el bar estaba con sus amigas.

Seguro que las mismas cuyos nombres Winn le recitó a John en el Big Sam's Saloon, chicas de Quincy. Y, conociendo a Mateo, no debió de prestarles mucha atención.

Mi hermano pequeño también se me parecía en eso. No le interesaban las relaciones serias y las turistas no estarían allí para incordiarlo al día siguiente.

Era un consejo que le había dado yo.

Aunque yo mismo no lo siguiera.

—He oído que te has liado con la nieta de Covie, Winslow. —Mateo esbozó una sonrisita—. La semana pasada me puso una multa por superar el límite de velocidad. ¿Podrías convencerla para que me la quite?

La idea de que Winn y yo conseguiríamos mantener lo nuestro en secreto se desintegró con la misma facilidad que el papel higiénico mojado.

—No es lo que piensas.

—Ah, ¿sois follamigos?

La expresión me sentó como una patada y aferré el volante con fuerza. Era cierto, pero me sentí como si alguien hubiese arañado una pizarra junto a mi oído.

—¿Quién te lo ha dicho?

—Anoche me encontré con Emily Nelsen en el Old Mill. Me preguntó dónde estabas y le dije que, seguramente, en casa. Y entonces comentó que a lo mejor estabas en casa de Winslow Covington.

—Maldita Emily. —Sacudí la cabeza.

Ella era el motivo por el que había evitado ir a casa de Winslow las dos noches anteriores. Al parecer, no había servido de nada.

El miércoles, me había pasado por el Café Eden para comprarme un sándwich de los que preparaba Lyla y la encontré hablando con Emily en tono cordial. Porque Lyla siempre era cordial. A lo mejor porque era más inteligente que yo. Sabía mantener cerca a sus amigos, y a sus enemigos se los metía en el bolsillo de su delantal verde.

Emily no se había portado nunca mal con ella. Se graduaron a la vez y durante un tiempo pensé que quizá eran amigas, pero tampoco es que prestara mucha atención. Sin embargo, la cagué hace un año cuando una noche me acosté con Emily y, desde entonces, no se despegaba de Lyla.

Mi hermana era lista. Sabía el motivo por el que la otra le hacía la pelota.

Ese día cometí el error de sentarme en la misma mesa que ellas para estar con mi hermana. Y me había topado con mucha… información. Emily se había dedicado a cotillear sobre todos los clientes de la cafetería, pero luego encima comentó que había visto mi camioneta aparcada enfrente de casa de Winslow tres noches seguidas.

Sabía que eso podía pasar. Joder, lo sabía. ¿Cómo había podido ser tan estúpido para olvidar que Emily vivía en ese mismo barrio? Por supuesto que había reconocido mi camioneta. Lo último que me hacía falta era que el rumor se extendiera por todo Quincy. Y también era lo último que necesitaba Winn.

Por eso me mantuve alejado de ella.

Era la decisión más inteligente. Para ambos.

Winn ya tenía bastantes frentes abiertos. La comisaría, los vecinos… Y el artículo de Emily no había ayudado. Solo le faltaba tener que vérselas también con cotilleos.

—Es buena policía —le dije a Mateo—. Creo que han elegido bien.

Le había dado mucho la vara a Winn con lo de que era una forastera, pero al final resultaba que encajaba bien en la ciudad. Se tomaba en serio su trabajo y tenía buenos contactos. Lo que no me gustaba demasiado era su amistad con Frank Nigel.

Ese cabrón podía irse a tomar por culo. Durante toda mi

vida, le había tenido ojeriza a mi familia sin ningún motivo. Era muy capaz de ir a la cafetería de Lyla, ligar con ella hasta incomodarla y luego publicar una reseña de mierda en Yelp. Podía pasarse por el restaurante de Knox, en el Eloise, y decirle a todo el mundo que estuviera dispuesto a escuchar que la comida era mediocre.

Hablaba de todos nosotros a nuestras espaldas, aunque a mi padre y a mí nos decía las cosas a la cara. Por lo menos había dejado de fingir cuando nos encontrábamos por la ciudad. La última vez que ése cabrón quiso estrecharme la mano, yo le dejé claro que no quería saber nada de él.

La amistad que Covie tenía con Frank era lo único que podía reprocharle a quien llevaba muchos años siendo nuestro alcalde. No llegaba a comprender cómo habían podido hacerse tan amigos. Imaginaba que era porque vivían el uno al lado del otro, pero esperaba que Winn no diera crédito a los comentarios envenenados de Frank.

Mateo y yo llegamos al extremo de la zanja que bordeaba la carretera. Del poste de la esquina colgaba un alambre suelto. Aparqué la camioneta, cogí un par de guantes de piel del asiento de atrás y me coloqué la gorra de béisbol de modo que me hiciera sombra en la cara. Luego mi hermano y yo nos pusimos a trabajar para reparar los filamentos del alambre de espino.

Dos horas más tarde, ya llevábamos la mitad del tramo.

—Más chatarra —dijo Mateo, recogiendo un tapacubos tirado sobre la hierba.

—Déjala en la camioneta. Te juro que parece que los anteriores propietarios desmontaron todo un concesionario y se dedicaron a esparcir las piezas por aquí para darme por saco.

Desde que compré el terreno, no había parado de encontrarme piezas de coche viejas y chatarra oxidada. Nos habíamos pasado un mes entero yendo continuamente a Missoula para deshacernos de todos los vehículos viejos que habían desmontado alrededor del establo.

—Odio reparar vallas —masculló Mateo a la vez que cogía las tenazas.

Yo me eché a reír.

—Es lo que tiene llevar un rancho.

—No, es lo que tiene ser tú.

Yo llevaba toda la vida deseando ocuparme del rancho. Tenía muy claro desde niño que viviría y moriría allí. Mi corazón pertenecía a esta tierra. Mi alma estaba atada a ese lugar. Nada me proporcionaba tanta tranquilidad como pasar un día de trabajo duro allí.

Me consideraba un hombre afortunado porque me resultaba fácil ser feliz con las botas llenas de polvo. No era solo un trabajo; era mi pasión. Mi libertad.

Mis hermanos le tenían cariño al rancho, pero ocuparse de él no formaba parte de sus sueños.

—¿Tienes alguna idea de lo que te gustaría hacer? —le pregunté a Mateo.

Le llevaba nueve años y solía sentirme más como un tío suyo que como un hermano. Él acudía a mí en busca de consejo, igual que yo con Briggs.

—No —dijo con un gruñido a la vez que apretaba una abrazadera para sujetar un nuevo alambre al poste de acero de la valla—. No lo sé. Pero esto seguro que no.

—En un rancho se hacen otras cosas aparte de poner vallas.

—Este siempre ha sido tu sitio.

—Pero no tiene por qué ser solo mío.

—Ya lo sé. Sé que, si quisiera trabajar aquí, me darías la oportunidad. Pero es que no quiero. Y aún no sé a qué quiero dedicarme. De momento ayudaré aquí y en el hotel hasta que lo descubra.

—La oferta siempre estará en pie.

—Gracias.

Asintió y se apartó del tramo de valla que acabábamos de reparar. Se volvió hacia mí y miró a lo lejos cuando se oyó el sonido de unos neumáticos sobre la grava.

Yo di media vuelta y vi la camioneta de Briggs acercándose a nosotros. Mi tío iba al volante y detrás, apoyados en la ventanilla, había dos rifles en los soportes para armas.

—¿Por qué va de naranja? —preguntó Mateo.

—Mierda.

Empujé hacia abajo el alambre superior de la valla para pasar la pierna por encima y cruzarla. A continuación, fui hasta la carretera, con Mateo siguiéndome, mientras nuestro tío aparcaba el vehículo.

—Hola, chicos.

—¿Qué tal, Briggs? —Me apoyé en la puerta de su camioneta—. ¿En qué andas hoy?

Él señaló los rifles con el pulgar.

—He pensado en ir a cazar alrededor de la Cumbre Índigo. Ayer vi una manada de ciervos mulos. Me irá bien hacer un poco más de conservas de carne antes de que empiece a nevar en las próximas semanas.

—Pero ¿qué coño dice? —masculló Mateo.

Yo suspiré y pensé que ojalá mi padre dejara de ignorar lo que ocurría. Estas situaciones con Briggs eran cada vez más frecuentes.

—Briggs, aún no estamos en temporada de caza.

—Estamos en octubre.

—No, en junio.

—No. —Frunció el entrecejo—. ¿A ti qué narices te pasa? Estamos en octubre.

—Estamos en junio.

Saqué el teléfono del bolsillo trasero de mis pantalones y abrí el calendario para que lo viera.

—Ya sabes que no me fío ni un pelo de esos cacharros —dijo, enfadado—. Deja de tomarme el pelo, Griff.

«Maldita sea».

—No puedes ir de caza, Briggs. No estamos en temporada.

—No me digas lo que puedo o no hacer en mi propio rancho. —Subió la voz a la vez que se iba poniendo rojo—. ¡Malditos mocosos! Os paseáis por aquí como si esto fuera vuestro. ¿Cuántos años llevo trabajando aquí? Esta tierra es mía. Nos pertenece a mi hermano y a mí. No vais a decirme lo que tengo que hacer.

—No pretendo decirte lo que tienes que hacer. —Levanté las manos—. Solo echa un vistazo a tu alrededor. ¿Te parece que estamos en octubre?

Arrugó la frente cuando enfocó la vista en el paisaje que tenía delante y reparó en la hierba verde y las flores silvestres de los prados.

—Pues… —Briggs se interrumpió mientras seguía mirando por el cristal delantero. Entonces, de repente, levantó una mano y la estampó en el salpicadero—. ¡Joder!

Me puse tenso.

Mateo dio un respingo.

—¡Joder! —volvió a rugir Briggs, dando otro golpe.

Aquel arrebato era tan poco propio de él, de su naturaleza amable y tranquila, que tardé unos instantes en reaccionar. En toda mi vida jamás lo había oído gritar, ni una sola vez. Mi padre y él se parecían mucho en ese sentido. Los dos sabía controlar su genio. Por eso se les daba tan bien tratar con caballos y con niños.

Este hombre no era mi tío.

Este hombre furioso, lleno de rabia porque se había dado cuenta de que la mente le estaba fallando.

Y que no podía hacerse nada.

Le posé la mano en el hombro.

—La temporada de tiro con arco empezará antes de que te des cuenta. Seguro que tienes mal el calendario de casa y te has confundido. A mí me pasa continuamente.

Él asintió, pero tenía la mirada perdida.

Mateo y yo intercambiamos una mirada y, cuando vi que abría la boca, lo disuadí negando con la cabeza. No era el momento de hacer preguntas. Eso vendría después, además de otra conversación con mi padre acerca de la salud mental de Briggs.

—Nos ha entrado sed y hoy se nos ha olvidado el agua —mentí. Tenía la cantimplora en la furgoneta llena—. ¿Te importa si nos acercamos a tu casa un momento?

Antes de que Briggs contestara, Mateo rodeó la cabina de la camioneta de nuestro tío y ocupó el asiento del copiloto.

—Nos vemos allí —dijo.

Asentí y esperé a que dieran la vuelta para dirigirse a la carretera de grava antes de volver a cruzar la valla y montarme en mi camioneta. Los alcancé a medio camino por el trayecto que subía por la montaña hasta la cabaña de Briggs.

Cuando llegamos, se bajó del coche y se quitó su chaqueta de cazador de color naranja. Iba sacudiendo la cabeza, como si no comprendiera por qué se la había puesto, y agitó la mano para invitarnos a entrar a Mateo y a mí.

Toda la furia que lo invadía un rato antes se había desvanecido por competo.

—¿Cómo van las cosas en la montaña? —le pregunté cuando nos acomodamos en las sillas a la mesa redonda del comedor.

—Bien. Estar jubilado es un aburrimiento, pero camino mucho. Intento mantenerme en forma.

—¿Por dónde sueles ir? —preguntó Mateo y dio un sorbo de agua.

—Sobre todo por la Cumbre Índigo. No es una zona fácil, pero las vistas desde la cima son impresionantes.

Era la segunda vez que mencionaba la montaña ese día. Diez años atrás seguramente no le habría dado mucha importancia, pero después de la muerte de las tres chicas… casi nunca subíamos allí.

Tragedias así tenían la capacidad de empañar la belleza.

—¿Alguna vez te has encontrado con alguien arriba? —pregunté, motivado por las dudas de Winslow.

—No. Siempre estoy yo solo. ¿Por qué?

—Por curiosidad.

Si Briggs hubiera visto a alguien, ¿se acordaría?

Nos terminamos el agua. Yo me llevé los vasos al fregadero y eché un vistazo al jardín.

Mi tío se había entretenido cortando la hierba de alrededor de la casa. Había instalado un pequeño macizo de flores. Los brotes de las verduras empezaban a despuntar en la tierra oscura y fértil. Alrededor había una valla de más de dos metros de altura construida con la esperanza de que los ciervos no la saltasen y se comiesen la cosecha. Junto a ella había unas botas de vaquero rellenas de tierra y con sendas flores rojas plantadas.

—Me encantan las botas, Briggs. Muy buena idea.

Él se echó a reír y se levantó del asiento para venir a mi lado.

—A mí también me lo parece. Son muy bonitas, pero demasiado pequeñas para mis pies. Las encontré un día por el camino cuando volvía a casa y me pareció una pena tirarlas, así que las convertí en macetas.

Me quedé helado.

—¿Te las encontraste?

—Sí. Había salido a buscar cornamentas.

—¿Dónde las encontraste?

—Ah, no sé. Por algún sitio no muy lejos de aquí.

En los alrededores de la Cumbre Índigo, lo más probable. Porque las botas tenían unos bordados de color rosa a lo largo de la caña de piel marrón. Había muchas botas de hombre con ese color, pero por la delicada forma de la puntera y del tacón... esas eran de mujer.

Winslow había estado buscando el calzado de Lily Green.

La sensación que me atenazaba el estómago me decía que lo tenía justo delante.

—Tenemos que irnos —le dije a Mateo—. Gracias por el agua, Briggs.

—Venid cuando queráis. Aquí arriba estoy muy solo.

Asentí con un nudo en la garganta.

—Ah —dije—, ¿te importa prestarme las botas? Es posible que a mamá le gusten y quiera hacer algo parecido.

—Claro, llévatelas. Y, si le gustan, puede quedárselas.

—Gracias.

Salí de la casa y las cogí. Estaban sucias, pero eran bastante nuevas. La piel de la puntera y del empeine estaba rígida. Las cogí pasando el dedo por las tiras superiores, con la esperanza de no dejar demasiadas huellas, y las llevé a mi camioneta.

—El tío Briggs está fatal. —Mateo resopló con fuerza cuando enfilamos la carretera—. Se ha pasado todo el camino llamándome Griffin.

—Hablaré con papá. —«Una vez más».

—¿Crees que tiene lo mismo que el abuelo?

Asentí.

—Sí, creo que sí.

—¿Y qué va a pasar?

—No lo sé.

Pero, si mi padre no actuaba pronto, intervendría yo y haría lo que fuese necesario.

Briggs debía ir al médico. Teníamos que saber a qué nos enfrentábamos. Quizá la medicación lo ayudara. O no.

Regresé a casa de nuestros padres y dejé a Mateo en la tienda.

—¿No te quedas?

—No, tengo que ir a la ciudad.

Podía culpar a Briggs por haber echado por tierra mi determinación de mantenerme alejado de ella, pero en realidad solo era cuestión de tiempo que acabara por venirse abajo.

—Vale. —Mateo señaló las botas que llevaba en el asiento de atrás—. ¿Quieres que me las lleve dentro?

—No. No son para mamá.

Eran para Winn.

11

Winslow

—¿Qué estás haciendo aquí? ¿Y por qué tienes flores dentro de las botas?

Griffin entró en mi despacho con unas botas de las cuales asomaban sendos geranios. Echó un vistazo a mi escritorio en busca de un espacio libre donde dejarlas, pero no había ninguno.

—Lo había limpiado —masculló mientras apartaba carpetas y papeles.

El desorden contra el que había estado luchando volvía de nuevo. Era la historia de mi vida.

En cuanto creía que tenía algo bajo control, el caos se apoderaba de mí de nuevo.

Como Griffin.

Me había pasado los dos últimos días haciéndome a la idea de que lo nuestro se había terminado. Estaba bien. Genial, incluso. Era la decisión correcta. Había llegado el momento de dejar a Griffin atrás y centrarme en el trabajo.

Por eso estaba en Quincy, ¿verdad? Debería pasar las noches fuera y no encerrada en mi dormitorio con un hombre guapísimo al que se le daba genial provocar orgasmos. Estaba decidida a desterrar las dos semanas que habíamos pasado juntos a un rincón de mi mente donde se dedicarían a coger polvo durante los próximos diez años.

Pero entonces él se presentaba en mi despacho con flores y, de pronto, todo lo que deseaba era más.

Más noches. Más semanas.

Más.

Dejó las botas sobre el escritorio, ocupó una silla y apoyó los codos en las rodillas. Cuando levantó la cabeza para mirarme por debajo de la visera de su gorra, vi que sus ojos azules no tenían el brillo habitual. Se lo veía agotado, como si llevara el peso del mundo entero sobre sus anchos hombros.

No había venido a verme a mí. No estaba allí para disculparse y las flores, fuera cual fuese su razón de ser, no eran un tributo para volver a meterse en mi cama.

Esperé para darle tiempo. La gente solía contarte mucho mejor las cosas cuando les concedías un momento para respirar.

—Mi tío… Briggs.

—El que nos encontramos en el Willie's y que tiene demencia.

Él asintió.

—Estas botas estaban en su casa. Me dijo que las encontró un día por la Cumbre Índigo.

Me puse tensa.

—¿Cuándo?

—No estaba seguro y no he querido presionarlo. Las encontró y las convirtió en macetas.

Una idea fantástica si no fuese porque, seguramente, había borrado cualquier prueba que yo pudiese hallar. Eran unas botas de mujer, con unos intrincados bordados en color rosa y coral formando un dibujo de cachemir y espirales.

—He intentado no tocarlas mucho —dijo Griffin.

Cogí el móvil del escritorio y tomé unas fotos rápidas desde todos los ángulos. A continuación, lo dejé allí sentado y salí a la oficina.

—Allen.

El agente levantó la cabeza y le hice señas para que entrara en mi despacho.

—¿Qué hay, jefa? —Luego saludó a Griffin con una inclinación de cabeza—. Griff.

—Han encontrado estas botas en la Cumbre Índigo —dije—. Sin las flores. ¿Te importaría quitarlas y clasificar el calzado como prueba? Habrá que buscar huellas, pero tengo la impresión de que pertenecían a Lily Green.

—Claro, me pongo con ello. ¿Quiere que hable con su madre para ver si las reconoce?

—Sí, por favor.

Allen salió de mi despacho y regresó con dos bolsas de pruebas. Lo ayudé a meter cada bota en una de ellas y, cuando se marchó, cerré la puerta.

—Tendré que ir a ver a tu tío —le dije a Griffin mientras volvía a ocupar mi silla.

—Lo suponía. —Se puso de pie y se acercó a la estantería de la esquina.

Detestaba lo mucho que me alegraba verlo allí, con sus vaqueros cubriéndole los fuertes muslos y amoldados a la curva del trasero y con su camiseta cubierta de polvo. Daba la impresión de que había estado trabajando toda la mañana.

El olor del jabón que utilizaba, mezclado con un poco de sudor, invadía la sala. El día anterior había lavado las sábanas y lo había borrado de mi cama. Ahora lo lamentaba, porque me resultaba embriagador.

Cogió una foto enmarcada del estante central.

—¿Quién es este?

—Cole.

—Cole —repitió entornando los ojos—. ¿Otro ex?

—Fue mi mentor. Trabajamos juntos en Bozeman. También era mi *sensei*.

En la foto se nos veía de pie, el uno junto al otro, vestidos con un kimono blanco, en el *dojo* donde yo iba a kárate. Cuando me ascendieron a inspectora, Cole me sugirió que aprendiera artes marciales, no solo para mantenerme en forma, sino como un recurso para protegerme.

—Eres cinturón negro.

—Sí —dije.

—Y estos son tus padres. —Señaló la foto del siguiente estante. No era ninguna pregunta, sino una afirmación, como si tal vez la hubiese visto antes.

Mi padre y mi madre estaban de pie a mi lado el día que me gradué en la academia de policía. Yo llevaba uniforme negro y una gorra. Los tres mostrábamos una sonrisa deslumbrante.

—Tu padre se parece a Covie —dijo Griffin—. Me lo crucé alguna vez por la ciudad. Y tú te pareces a tu madre.

No se imaginaba el cumplido que eso suponía para mí. Mi madre era la mujer más bella que había conocido en la vida, tanto por dentro como por fuera.

Durante un tiempo después de la muerte de mis padres, escondí todas sus fotos. Era demasiado duro verlos riendo, felices, cuando el tiempo se había detenido para ellos. En el momento en que entraba en mi dormitorio y los veía en la estantería, rompía a llorar. Sin embargo, después empezaron las pesadillas, así que devolví las fotos a su lugar original, porque, aunque me dolía contemplar su imagen y echarlos de menos, prefería un millón de veces su sonrisa a su muerte.

Griffin se desplazó hasta la última fotografía de la estantería, una en la que salíamos el abuelo y yo pescando durante mi adolescencia.

—Antes tenías más pecas.

—Pasaba los veranos al sol. Luego empecé a echarme crema solar todos los días.

Él hizo un sonido de asentimiento y volvió a ocupar su sitio. Se inclinó otra vez hacia delante y pegó los ojos al borde de mi escritorio. Y, de nuevo, aguardé a que estuviera preparado para hablar.

—¿Todavía piensas que quizá la muerte de Lily no fue un suicidio? —me preguntó.

—No lo sé —reconocí.

A medida que avanzaban los días, a pesar de que el mal presentimiento no había desaparecido, la parte racional de mi mente había empezado a hacerse oír. En algún momento tenía que dejarlo estar.

Tal vez las botas me sirvieran de ayuda.

O tal vez no.

Griffin levantó la cabeza y vi la desesperación en sus ojos. Era como si necesitara que le diera una respuesta distinta.

—Las cosas siguen sin cuadrarme —dije—. Cada vez que hablo con alguien que la conocía, no se pueden creer lo que ha pasado. Sus amigos, su familia… Nadie tenía ni idea de que estuviera pasando por un mal momento.

—Sí, es lo mismo que me dicen a mí.

—Lo cual no significa que no lo estuviera ocultando. Los problemas de salud mental suelen ser un secreto muy bien guardado. Pero me extraña no encontrar ni una sola persona en la que Lily hubiera confiado.

Esa persona o no existía o todavía no había dado con ella.

Y si existía, sospechaba que debía de tratarse de la misma que había estado con Lily antes de su muerte.

A lo mejor esas botas nos proporcionaban una pista, suponiendo que fuesen suyas y que no se hubiesen borrado las posibles huellas durante su transformación en un elemento decorativo para el jardín.

—Gracias por traerme las botas.

—Te dejo trabajar. —Se levantó y empezó a andar hacia la puerta.

—Griff —lo llamé y esperé a que se volviera. Entonces levanté la cabeza y me armé de valor. Odiaba la pregunta que estaba a punto de formular—. ¿Te estás acostando con otra mujer?

—¿Cómo dices? —Le tembló la mandíbula.

—La mujer con la que te vi el miércoles. Emily. —La periodista—. ¿Te acuestas con ella?

Él cerró los puños y puso los brazos en jarras.

—Usamos protección, pero no es infalible —dije—. Tomo medidas anticonceptivas, pero me gustaría saberlo por si pasa algo y tengo que hacerme alguna prueba.

Griffin arqueó las cejas. A continuación, con dos enérgicas zancadas, plantó las manos sobre el escritorio y se inclinó tanto hacia delante que noté la furia de su mirada sobre la piel como las llamas de un incendio.

—Nunca follo con dos mujeres a la vez.

Todo el aire me salió de golpe de los pulmones. Joder, menos mal.

Sabía que terminar con lo nuestro era lo mejor, pero mis sentimientos no estaban muy de acuerdo con la idea. Cada vez que me imaginaba a Griffin con la rubia Emily, los celos me reconcomían durante horas.

—No soy de esa clase de hombres —dijo con los dientes apretados.

—Vale.

—No, nada de «vale», joder. La pregunta sobraba.

—Bueno, en el Café Eden se os veía muy a gusto.

—¿Acaso la toqué?

—Pues...

Ella lo había tocado a él, pero él a ella no, ¿verdad?

—No, claro que no la toqué, joder. ¿La besé?

Tragué saliva y respondí:

—No.

Estaba cabreado. Muchísimo. Y lo cierto era que me gustaba que lo estuviera. Había puesto en entredicho su honor y los hombres como él no se detendrían ante nada a la hora de aclarar las cosas.

—No. Porque yo no juego con las mujeres. ¿Está claro?

—Clarísimo.

—Muy bien.

Se apartó del escritorio dándose impulso y salió de mi despacho hecho una furia. Se alejó por el pasillo y sus pasos retumbaron tanto como los latidos de mi corazón.

No pude dejar de contener la respiración hasta que oí que la puerta de la comisaría se abría y se cerraba. Entonces una sonrisa se asomó a mis labios.

No tenía nada con la periodista. Suspiré y me hundí en la silla. Me había pasado dos días enteros enfadada con Griffin por nada. Tal vez debería haber confiado más en él. Sin embargo, había pensado lo peor por culpa de mi relación con Skyler. Era la consecuencia de haberme visto traicionada por el hombre que había prometido amarme, ser mi compañero y mi amigo.

Griffin no era Skyler. No podían compararse.

Griffin era honesto y leal. Y sabía perfectamente dónde estaba mi clítoris.

Todavía tenía una sonrisa en los labios cuando moví el ratón del ordenador y retomé el trabajo. A lo mejor al día siguiente volvería a ver mi escritorio despejado.

Y, a lo mejor, la próxima vez que me topara con Griffin por la ciudad no sentiría el impulso de arrojarle una piedra.

El corcho de la botella de vino que tenía entre manos se soltó justo en el momento en que alguien aporreaba la puerta. No eran unos simples toques con los nudillos, sino más bien golpazos con el puño.

Solo había una persona en esta ciudad que acostumbraba a llamar a mi puerta.

Me serví una copa y la llevé conmigo cuando acudí a abrir.

—Hay un timbre.

Griffin tenía el ceño fruncido. Era evidente que una tarde entera no había sido suficiente para que se le pasara el cabreo que había pillado en la comisaría.

—¿Y tú qué?

—¿Y yo qué? —Di un sorbo de cabernet y dejé que las notas secas y contundentes me ardieran en la lengua mientras Griffin me fulminaba con la mirada.

—¿Te estás follando a alguien más?

Casi me atraganto.

—No.

—Bien.

Me obligó a retroceder con el tamaño de su cuerpo y entró en mi casa con paso decidido.

Yo cerré la puerta y lo seguí hasta la sala de estar. Una vez allí, recorrió todo el espacio con la mirada.

—Has desempaquetado las cajas.

—La mayoría.

—¿Dónde están los muebles?

—Llegan con retraso.

Igual que había sucedido con la cama.

Habían retrasado la entrega de todo lo que había comprado, de modo que solo tenía un sofá y una mesita auxiliar. Los libros que antes permanecían guardados dentro de las cajas estaban apilados contra una pared. La tele estaba en el suelo, a la espera del mueble donde iría colocada. Los cuadros y adornos varios acumulados a lo largo de los años estaban a un lado, listos para ocupar las estantería que me habían entregado el día anterior.

Además de la cama, el único mueble que había recibido era el escritorio, que había montado la noche anterior tras despertarme a las dos de la madrugada. Después, había pasado la madrugada montando el despacho donde trabajaría en casa.

Griffin lo recorrió todo con la mirada y a continuación se acomodó en el sofá.

—¿Te apetece una copa de vino? —pregunté.

—Vale.

Le di la mía y observé cómo se apoyaba el borde en los labios. Luego fui a la cocina y me serví otra. Cuando volví a la sala de estar, se había quitado la gorra de béisbol y se estaba pasando los dedos entre los oscuros mechones de pelo.

—Emily vio mi camioneta aparcada en la puerta de tu casa.

—¿Qué significa eso?

Me senté a su lado en el sofá y doblé las rodillas para encoger las piernas. Al volver del trabajo, me había vestido con unas mallas y una camiseta porque estaba decidida a salir a correr. Sin embargo, al final me había inclinado por la botella de vino.

—Nos enrollamos hace un año, más o menos —me explicó—. Ella quería más. Yo, no. Fue un error por mi parte, pero así fueron las cosas. Ella sabía lo que había. Sabía que no habría una segunda vez, y dijo que le parecía bien. Pero al final…

—No le pareció tan bien.

—Emily es una bocazas y a su familia no le cae demasiado bien tu abuelo.

—Ya me lo advirtió. —Era por culpa de un problema entre vecinos años atrás—. Cuando leí el artículo me quedó clarísimo.

—Si ella habla de nosotros, el resto de la gente también lo hará.

—Ah. Y tú no quieres que se sepa.

Estupendo. Por si mi autoestima no había recibido ya bastantes palos desde mi traslado a Quincy. Primero en la comisaría y ahora Griffin.

—No es eso, Winn.

—No pasa nada.

Pero sí que pasaba. Pasaba. Le pegué un buen trago al vino y deseé haber salido a correr y haberme evitado toda esa conversación.

—Oye. —Griffin alargó el brazo y me apartó la copa de la boca—. Me importa una mierda si la gente habla de mí. Qué cojones, si ya lo hacen. Pero no quiero que hablen de ti. No quiero que digan que andas follando conmigo en lugar de concentrarte en tu trabajo. O que nuestra relación es el motivo de que mi padre insistiera para que te contrataran. Quiero que la gente te vea como la jefa de policía. Como una buena agente. No como la mujer que me calienta la cama.

—Ah. —El corazón se me hinchó hasta tal punto que me dolió. No tenía ni idea de que le preocupara mi reputación. A fin de cuentas, era forastera—. No he dormido nunca en tu cama.

—No, no lo has hecho. Pero eso da igual. La gente habla mucho y se inventarían su propia versión de la historia.

Esa era la clase de cosas que mi padre siempre había criticado de la vida en una pequeña ciudad. Por eso, cuando acabó el instituto, se marchó de Quincy.

La gente siempre tenía una opinión sobre todo, y daba igual que esta procediera de hechos reales o de invenciones. Creían a las personas como Emily Nelsen porque sus relatos eran de lo más entretenidos. Yo no podía hacer nada por evitarlo, y vivir con temor al qué dirán no formaba parte de mis expectativas de futuro.

—No me importa. —Me encogí de hombros—. Además, me parece que ya se ha ido de la lengua.

—Bastante.

—Pues ya está.

Levanté la copa para dar otro sorbo, pero, antes de que me la llevara a los labios, Griffin volvió a cogerla y esta vez me la quitó de la mano.

La dejó junto a la suya en el suelo. Luego, me pasó la mano por la cintura y me levantó del sofá.

—¿Qué haces?

Me rodeó la espalda con los brazos y me atrajo hacia su pecho.

—Si la gente va a decir que estamos follando hagamos lo que hagamos, ya que estamos deberíamos follar.

Sonreí y, cuando se agachó para pegar los labios a los míos, yo lo acogí en mi boca y su sabor me arrancó un gemido. Cuánto lo había echado de menos. Más de lo que estaba dispuesta a reconocer.

Me impulsé sobre sus anchos hombros, enganché las piernas alrededor de sus caderas y él me levantó del suelo. Con las lenguas entrelazadas, caminó hasta el dormitorio, pero, nada más cruzar la puerta, se detuvo y se apartó de mí.

—Esta no es la misma habitación.

Bajé las piernas y me apoyé en el suelo con las puntas de los pies. No quedaba rastro de las maletas que Griffin recordaba abiertas junto a la pared. Habían quedado bien guardadas dentro del armario, además de la ropa que antes contenían y que ahora estaba colgada en perchas, doblada en estantes o dentro de la cesta de la ropa sucia.

—Lo he ordenado.

—¿Toda la casa?

—Sí.

Él me examinó, como si supiera que mi respuesta ocultaba algo más. Me costó no retorcerme incómoda ante la intensidad de su mirada, pero esa noche no era el mejor momento para comentarle el motivo por el que no podía dormir.

Posé la mano en su pecho musculoso y lo acaricié por encima de su suave camiseta de algodón.

Griffin me rodeó la mano con su amplia palma.

—¿Me has echado de menos?

—¿Y tú a mí?

—Sí.

Acercó la mano libre a mi pecho y lo rozó antes de desplazarla hasta mi cuello. Tenía unas manos tan grandes y unos dedos tan largos que me abarcaban desde la garganta hasta la nuca.

Tiró de mí y de nuevo me vi pegada a él, con su boca cálida y húmeda sobre la mía.

Busqué a tientas el botón de sus vaqueros, deslizando la mano por debajo de la suya, hasta que conseguí desabrocharle el cierre y la cremallera. Luego, ahondé hasta que di con su miembro y lo noté grueso y duro bajo la tela de sus bóxer.

En el momento en que cerré la mano alrededor de su piel aterciopelada y la acaricié, Griffin reaccionó, me cogió por debajo de los muslos, me levantó y me arrojó sobre la cama.

Se cernió sobre mí y apoyó su peso en mi cuerpo mientras me recorría la barbilla de un lado a otro dejando un rastro de besos húmedos y cálidos. A continuación, tiró de mis mallas para arrancármelas, dejándome mi piel al descubierto.

—Quítate la camiseta —me ordenó mientras se ponía de pie y levantaba los brazos para coger la suya por los hombros y quitársela también.

El cuerpo de Griffin era una obra maestra de líneas marcadas y fuerza masculina. El pecho musculoso salpicado de vello. Los brazos con los tendones marcados, más bronceados que sus definidos abdominales. Era un hombre que se esforzaba por mantenerse en buena forma. Uno que no creía en la depilación ni el autobronceador.

—Winn. La camiseta. Ya.

—Qué mandón —dije, aunque me encantaba que lo fuera. Me la quité mientras él se desnudaba.

Dejó caer las botas al sueño con dos sonoros golpes sobre la alfombra, seguidas de uno más suave de sus vaqueros tras empujarlos hacia abajo para desnudar sus piernas robustas. Me miró mientras yo lo miraba a él y nos observamos centímetro a centímetro.

—Antes me has preguntado si estaba con alguien más —dijo—. No, no lo estoy. Y hace unos meses me hice una revisión médica.

Se me hizo la boca agua cuando él se agarró la polla y la recorrió con el puño cerrado con fuerza.

—Estoy tomando la píldora.

—Me gustaría follar contigo sin condón, Winslow. Si te parece bien.

«Winslow». Siempre me había encantado mi nombre. Era masculino, pero pronunciado con su voz profunda sonaba muy suave y delicado. Si seguía llamándome Winslow, me iba a costar mucho dejarlo marchar.

—Me parece bien.

Apenas había articulado las palabras cuando se lanzó sobre mí y me arrastró hasta el centro de la cama. Cerró la boca sobre uno de mis pezones y cerré los ojos mientras hundía los dedos en sus oscuros mechones de pelo.

Me torturó con la lengua, devorándome los pechos, lamiéndome la piel y haciendo que me estremeciera.

—Más —gemí.

Él deslizó un brazo entre ambos y me recorrió el vientre con su mano áspera. Me presionó el clítoris con la base de la palma mientras dos de sus largos dedos se introducían entre mis pliegues, torturándome hasta que empecé a temblar.

—Griff.

Me mordisqueó la oreja.

—¿Cómo quieres correrte? ¿Con mis dedos o con mi polla?

—Con tu polla.

La mano desapareció y de repente él estaba allí. Se hundió en mí con un poderoso embate de sus caderas, sin perder ni un segundo. Grité mientras me tensaba a su alrededor y le clavaba las uñas en la piel tersa de los omóplatos.

—Dios.

—Joder, cuánto me gustas.

—Muévete, Griff. Necesito más.

Él me obedeció y se retiró para volver a empujar con fuerza. Sin el condón, sentía cada centímetro. Una y otra vez, me embistió hasta que las piernas me temblaron, se me arqueó la espalda y el orgasmo más intenso que había sentido en la vida se apoderó de mí.

Vi brillar estrellas bajo los párpados. Le arañé los hombros con fuerza. Las convulsiones me recorrían el cuerpo mientras apretaba a Griffin con fuerza. Era incapaz de respirar. Era incapaz de pensar. Era incapaz de hacer nada que no fuera sentir.

—Joder, Winn —gruñó contra mi piel sin dejar de moverse.

Continuó dándome mientras las oleadas de mi orgasmo me arrasaban, sacudida tras sacudida, hasta que empezó a disiparse. Y solo entonces se dejó ir, derramándose en mi interior con un rugido tan intenso que hizo eco en toda la casa.

Se dejó caer sobre mí y sentí todo su peso. Lo rodeé con los brazos, estrechándolo durante un instante hasta que él, sin salir de mí, nos hizo rodar a ambos e intercambiamos las posiciones de modo que quedé tendida sobre su pecho. No me soltó en ningún momento.

A los dos nos latía con fuerza el corazón, aunque a ritmo diferente.

—Es una pasada —dijo con la respiración entrecortada—. Cada vez. Debería asustarme.

—Y a mí.

Pero, si tenía miedo, no fue razón suficiente para que se marchara. Cuando cayó la oscuridad tras las ventanas, Griffin me había dejado completamente agotada.

Y, por primera vez en varios días, dormí toda la noche de un tirón.

12

Griffin

—Buenos días. —Me incliné para besar a Winn en la coronilla, pero vacilé antes de rozarle el pelo con los labios.

No era mi novia. No nos acurrucábamos juntos salvo cuando ella se desplomaba sobre mi pecho después de follar. No nos cogíamos de la mano ni íbamos de cita. Esa no era la primera vez que estaba a punto de darle un beso de buenos días o de despedida y me detenía al recordar los límites que nos habíamos marcado.

Sin embargo, durante la última semana había dormido todas las noches en su casa. No me quedaba ni un centímetro de su piel por probar.

A lo mejor era necesario modificar esos límites.

«A la mierda». Acaricié con los labios aquellos mechones sedosos y luego fui hasta la cafetera.

Winn levantó la cabeza y me miró por debajo de sus largas pestañas.

—Buenos días.

Me serví una taza de café y me quedé de pie a su lado mientras estaba apoyada en la encimera abarrotada de trastos.

—¿Qué te espera hoy?

—Trabajo. Tengo el día lleno de reuniones en el juzgado. ¿Y a ti?

—Nos toca trasladar el ganado.

Esos solían ser mis días favoritos en el rancho, cuando me pasaba toda la jornada en la silla de montar. Solía levantarme al amanecer con muchas ganas de empezar. Pero ya se me había hecho un poco tarde. Había salido el sol y seguro que los muchachos ya estaban en el establo ensillando los caballos. Mientras tanto, yo seguía vestido con la ropa del día anterior e iba descalzo. Cada mañana remoloneaba allí, en la cocina de Winn, y cada día lo alargaba un poco más.

Di un sorbo de mi taza de café.

—¿Qué planes tienes para el fin de semana? —pregunté.

—Seguramente iré a casa de mi abuelo a pasar algo de tiempo con él. A lo mejor trabajo un poco, y con suerte hoy llegarán un par de muebles más.

Así era como pasábamos las primeras horas de la mañana desde hacía una semana. Nos levantábamos temprano y ella salía del dormitorio y preparaba una cafetera mientras yo me quitaba el olor a sexo con una ducha rápida. Después permanecíamos un rato en la cocina charlando sobre los planes para los próximos días y retrasando el inevitable momento en que yo emprendía mi camino y ella, el suyo.

Cumplíamos una especie de acuerdo tácito. Winn tenía sus planes y yo, los míos. Pero luego siempre volvíamos a vernos.

—Ayer me encontré con Frank en el supermercado —dijo y levantó la cabeza para mirarme.

—¿Y qué te dijo el muy cabrón?

—No seas malo. —Me dio un codazo en las costillas—. No estaba muy contento de enterarse de que tú y yo estemos liados.

—Ah, la gente ya está hablando. —Era lo que me imaginaba. Fuese por Emily o por otra persona, era cuestión de tiempo que se supiera lo nuestro—. ¿Estás bien?

—Sí, estoy bien. —Asintió—. Me preguntó si salíamos juntos. Le recordé que soy una mujer adulta, que lo que hago no es asunto suyo y que soy capaz de tomar mis propias decisiones.

Le sonreí y di otro sorbo de café mientras pensaba en que me habría gustado ver la cara de Frank cuando le dijo que se metiera sus consejos donde le cupiesen. Winn debía de ser una de las pocas personas de la ciudad a quien no le preocupaban las habladurías.

Sin embargo, podían acabar haciéndole mella. Yo llevaba toda la vida enfrentándome a eso, pero para Winn era algo nuevo.

—No me encanta ponerles etiquetas a las cosas, pero si necesitas llamar a lo nuestro de alguna manera para responder mejor a las preguntas...

Ella encogió un hombro.

—Acabo de salir de una relación de ocho años —dijo—. Creo que la única etiqueta que quiero es la de soltera.

—Me parece bien. —Yo estaría encantado de disfrutar de lo lindo con el sexo.

—Aunque a lo mejor deberíamos ponerle un límite. Para que las cosas estén claras. Para que la gente no hable mucho.

¿Ponernos un límite? No me encantaba la idea y ni siquiera la había desarrollado todavía.

—¿Qué límite?

—No lo sé. ¿Vernos solo una vez a la semana?

Yo resoplé y di un sorbo a mi café.

—¿Qué te parece si esta noche vienes al rancho? Por mi casa pasa mucho menos tráfico que por la tuya.

—O sea que la respuesta a lo del límite es un no.

Dejé mi taza y le quité la suya de las manos. Winn dio un grito ahogado cuando la levanté y la senté en la encimera. No llevaba nada en las piernas y el camisón que se había puesto esa mañana se le subió por encima de los esbeltos muslos.

—Es un no rotundo —repuse.

Me acerqué más a ella y le recorrí las piernas con las manos antes de abrírselas para colocarme en el centro. Mi polla, que estaba excitada de forma permanente siempre que tenía cerca a Winn, presionaba contra la cremallera de mis vaqueros.

—¿A qué hora tienes que marcharte? —Me cubrió las mejillas con las manos y tiró de mí para atraer mis labios hacia los suyos.

—Más tarde —musité y dejé que fuese ella quien tomara la iniciativa mientras nos besábamos.

Sí, tenía trabajo. Pero, por algún motivo, siempre encontraba tiempo para esto.

Me acarició el labio inferior con la lengua. Cuando la introdujo entre mis labios, su sabor, mezclado con el café, me llenó la boca.

Retiré las manos de sus piernas y me desabroché los vaqueros. Después le aparté las bragas hacia un lado y me introduje en su cuerpo apretado.

—Así que... Joder. Bien.

Winn me rodeó los hombros con los brazos y dobló las rodillas. Me clavó los talones en la parte baja de la espalda. Se aferró a mí cuando volví a introducirme en ella. El sonido de nuestra piel al chocar era el único que nos envolvía, aparte de nuestra respiración entrecortada.

Nos entregamos a ello. Con ímpetu. Si en algún momento se me ocurría aflojar el ritmo, ella me clavaba más los talones y me apremiaba para que siguiera. Un gemido se le escapó de los labios antes de que un ligero temblor agitara su interior. Se corrió con un grito, convulsión tras convulsión, y su orgasmo desencadenó el mío y perdimos juntos el control.

La sostuve entre los brazos y enterré la nariz en su pelo mientras recobrábamos la calma. Tenía su aroma pegado a la piel y por un momento se me olvidó cómo había sido mi vida antes de tener esto.

El sexo. La pasión. A esta mujer.

Quizá sí que era necesario imponernos un límite. Cada vez que estábamos juntos me entraban ganas de repetirlo dos veces más. Llegaría el día en el que tendría que ponerle fin, antes de que hubiera sentimientos de por medio y nos encontráramos metidos en un problema.

Aunque tal vez fuera tarde para evitarlo.

Me aparté de ella y me la recoloqué dentro de los pantalones. Esa vez, cuando mi mirada topó con sus vivos ojos azules, no me permití acercarme para darle un beso de despedida.

—Nos vemos esta noche.

—Adiós. —Se retiró un mechón de pelo de la cara y saltó de la encimera.

Salí y el frescor del aire de la mañana alivió mi piel acalorada. El trayecto de regreso a casa fue tranquilo; la mayoría de las calles estaban desiertas a esas horas. Sin embargo, cuando llegué al rancho, me aguardaba mucho movimiento.

Enfrente de mi casa había aparcados cinco vehículos. Cuatro pertenecían a personas que teníamos contratadas. Otro era el Cadillac de mi madre.

Aparqué y fui a la puerta de la casa. En el interior me recibió el aroma del café y seguí su rastro hasta la cocina, donde mi madre estaba asomada a la ventana que daba al patio trasero.

—Buenos días, mamá. —Le pasé el brazo por los hombros y le di un abrazo de lado.

—Hueles a mujer.

—Porque he estado con una.

Ella suspiró.

—Por lo que dice tu padre, Winslow Covington es una buena policía y somos afortunados de tenerla en Quincy.

—Estoy de acuerdo. —La solté y fui hasta el armario para sacar mi taza de café y llenarla.

—¿Estáis...? —Levantó la mano sin haber terminado de formular la pregunta—. Mira, da igual. No quiero saberlo. Cuando tus hermanos y tú os graduasteis en el instituto, me prometí a mí misma que me mantendría al margen de vuestra vida amorosa. Y, francamente, lo prefiero así.

Me eché a reír y pregunté:

—¿Qué planes tienes hoy?

—Esconderme.

—¿De quién?

—De tu padre. Está enfadado conmigo. —Respiró hondo—. Nos hemos peleado por lo de Briggs.

—Vaya. ¿Qué ha pasado?

—Ayer por la tarde fui a la cabaña. Había preparado un par de empanadas y pensé que le apetecería una. Griffin... —Sacudió la cabeza—. Cuando nos dijiste lo que pasaba, te creí, pero no pensaba que estuviera tan mal. Llamé a la puerta y no me reconoció. No tenía ni idea de quién era.

—Mierda. Lo siento, mamá.

Se sorbió la nariz y se enjugó el rabillo del ojo.

—También es mi familia. Lo es desde que me casé con tu padre. Y verlo así me rompe el corazón.

—Ya lo sé. —La atraje hacia mí.

—Nunca des tu salud como algo por sentado, Griffin, ni tu corazón. Son un regalo. Nada nos garantiza que el día de mañana vayamos a conservarlos igual que hoy. —Volvió a sorberse la nariz, pero, al cabo de un momento, levantó la cabeza. Porque así era mi madre. Andaba por la vida con la cabeza bien alta—. Tu padre no quiere aceptarlo. Cuando le dije lo que me había pasado con Briggs, no me creyó. Me puso la excusa de que, como me había recogido el pelo, tenía un aspecto diferente.

—Ya, a mí tampoco me hizo caso.

—Cuando su padre empezó a perder la memoria, lo pasó fatal. Y ver que ahora le está sucediendo lo mismo a su hermano... Creo que le preocupa la posibilidad de ser el siguiente.

Era lo que también temía yo. No sabía si podría soportar que mi padre me mirara y no recordara mi nombre.

—No podemos dejarlo pasar sin más —dije.

No solo porque Briggs podía hacerse daño, sino porque podía causárselo a otras personas.

Durante la semana anterior, desde que llevé las botas a la comisaría, le había estado dando muchas vueltas a la situación. Seguramente mi tío las había encontrado mientras paseaba. Siempre había estado bastante desconectado de lo que pasaba en la ciudad, pero, aun suponiendo que se hubiera enterado del suicidio de Lily Green, tenía muchas dudas de que fuese capaz de atar cabos.

Seguro que no imaginaba que había muerto descalza. Winn me dijo que habían confirmado que las botas eran de Lily.

Sin embargo, el arrebato que tuvo en la camioneta cuando discutimos sobre en qué mes estábamos me atormentaba a diario. Briggs no era un hombre violento, pero había momentos en que no era él mismo.

¿Cabía la posibilidad de que se hubiera topado con Lily? ¿Podría habérsela encontrado en la Cumbre Índigo y haber hecho lo impensable?

No, nunca. Él no se habría entretenido en quitarle las botas. No, tuvo que hacerlo ella misma. Tuvo que saltar por iniciativa propia.

Lily Green y Briggs Eden no tenían nada que ver el uno con el otro.

—Dale un poco de tiempo a papá. Tomará la decisión correcta.

—Sí que lo hará. —Mi madre se alejó para echar el poso del café en el fregadero y lo aclaró—. ¿Tú qué vas a hacer hoy?

—Tengo que trasladar el ganado al terreno del Servicio Forestal.

—Pues entonces te dejo. Solo quería verte un rato. Últimamente no te acercas mucho por casa.

—Nos vimos el martes.

—Sí, cinco minutos, cuando viniste a dejar el correo. —Dio media vuelta y salió de la cocina, pero se detuvo un momento antes de enfilar el pasillo hasta la puerta de entrada—. Trae a Winslow a cenar una noche.

—No tenemos esa clase de relación, mamá.

—Ah, ya me imagino cuál es la clase de relación que tenéis, pero puedes traerla de todas maneras. Tu padre habla muy bien de ella y me gustaría conocerla. Sospecho que seguirá formando parte de esta comunidad mucho después de que lo vuestro termine. Covie es el único pariente que le queda desde que murieron sus padres, y me gustaría que supiera que puede contar con alguien además de su abuelo para convencerse de que, en adelante, Quincy será su hogar.

—Espera un momento. —Había mucho que apreciar en lo que mi madre acababa de decir, como el hecho de que tenía un gran corazón, pero mis pensamientos se habían quedado atascados en un detalle—. ¿Sus padres han muerto?

—Murieron hace un par de años, creo. Tuvieron un accidente en Bozeman.

Pero si justo la semana anterior había visto una foto suya en el despacho de Winn… Los conocí años atrás en el Willie's, una vez que vinieron a visitar a Covie. ¿Cómo era posible que me hubiera acostado varias veces con ella y no supiera que sus padres habían fallecido?

—No tenía ni idea.

—Covie no habló demasiado de ello. No le contó a mucha gente del pueblo lo que había pasado.

—¿En serio? ¿Por qué?

—Perdió a su hijo y a su nuera. Creo que tenían muy buena relación. Cada uno de nosotros gestiona como puede el dolor tras una pérdida. Me parece que Covie pasó por una época en que negaba lo sucedido. Fingir que la vida seguía igual era su forma de enfrentarse al dolor. Y pasaba mucho tiempo en Bozeman con Winslow. Una vez le comentó a tu padre que ella lo estaba pasando muy mal.

Pero ¿qué cojones…? No podía aguantar que mi madre supiera más que yo sobre ese asunto. ¿Por qué Winn no me había dicho nada? Quizá creía que yo ya lo sabía. Aun así, no había dejado entrever en ningún momento que sus padres habían muerto. De hecho, no había hablado mucho de ellos, tan solo había mencionado que su padre se crio en Quincy.

Abrí la boca para preguntarle más cosas, pero en ese momento sonó el timbre.

—Ya voy. —Mi madre desapareció por el pasillo y, cuando abrió la puerta, reconocí la voz de Jim—. Me parece que solo ha venido un rato por casa para tomarse un café —dijo—. ¿Griffin?

—Ya voy.

Me tomé de un trago lo que quedaba en la taza, crucé rápidamente el pasillo y salí de casa para reunirme con mis hombres.

Cogí mi gorra Stetson favorita, le dije adiós con la mano a mi madre y me dirigí al establo. Todos habían ensillado ya su caballo, de manera que, mientras se hacían a ellos, aproveché para entrar en el compartimento de Júpiter.

—Hola, chico.

Le pasé la mano por la suave mejilla y dejé que me olisqueara un momento antes de poner en marcha la rutina que había llevado a cabo mil veces para peinarlo y, después, amarrar la silla.

Era mi caballo desde hacía diez años. Era el mejor que había tenido: fuerte, seguro y con un buen corazón. Los días que necesitaba aclararme las ideas, él me acompañaba. Cabalgábamos por el valle o nos adentrábamos en el bosque y aliviaba mi carga gracias al constante balanceo de su medio galope.

Lo saqué del compartimento, descolgué mis perneras de montar favoritas de un gancho de la pared y, juntos, salimos a disfrutar de aquel día soleado.

—¿Estás listo para una jornada larga?

Júpiter respondió dándome unos golpecitos en el hombro.

Yo sonreí y le acaricié la negra mata de pelo de la crin, entre las dos orejas.

—Yo también.

Como había prometido, la jornada fue larga. Cabalgamos varios kilómetros para trasladar el ganado hasta su lugar de pasto de verano en la zona de las montañas que habíamos arrendado al Servicio Forestal. Los animales tendrían hierba de sobra y, gracias a ellos, se reducía el riesgo de que se produjera un incendio en el bosque.

Durante el trayecto de vuelta, me separé de los chicos. Ellos se dirigieron a los establos de casa de mis padres, donde todos guardaban los caballos. Era una ventaja de trabajar en el rancho: no pagaban alquiler. Yo me fui solo a mi casa.

Ver mi hogar me alegró la vista casi tanto como la mujer apostada junto a su Durango en el camino de entrada.

Salté de la silla de Júpiter y me acerqué a ella. Sentía las piernas agarrotadas. Winn estaba arrebatadora con sus vaqueros y una sencilla blusa verde salvia.

—Creo que necesito que lleves esto puesto cada vez que venga a verte. —Señaló mi gorra, mis pantalones y mis botas—. Siempre.

Me eché a reír y ella se acercó a mí.

—Llevo todo el día montado en la silla. Huelo a caballo.

—Me da igual.

Se puso de puntillas y me buscó los labios. Yo me incliné, dispuesto a acoger su boca, cuando el animal metió el hocico en medio de los dos.

—¿Nos disculpas un momento? —pregunté.

Winn rio.

—¿Quién es este?

—Júpiter.

—Júpiter. Curioso nombre para un caballo.

—Se lo puso Eloise. Mi padre compró ocho hace diez años. Ella estaba haciendo un trabajo para el colegio sobre el sistema solar, así que a todos les puso nombre de planeta.

—Me gusta. —Levantó el brazo y vaciló un segundo antes de tocarle la mejilla—. Hola, Júpiter.

El animal le empujó la palma de la mano con el hocico. Era un caballo listísimo. Sabía perfectamente cuándo estaba en buenas compañías.

—Deja que lo lleve al establo. Entra en casa y ponte cómoda.

Le robé el beso que necesitaba, le guiñé el ojo y llevé a Júpiter al establo. Cuando acabé con eso, regresé y encontré a Winn en el porche, en una mecedora.

Tenía una cerveza en la mano y otra lista para mí. Menuda escena.

La mayoría de los días como ese, cuando llegaba a casa estaba solo y rezaba para que nadie llamara a la puerta. Deseaba tener tiempo a solas, para relajarme. Pero durante la última semana no había pasado ni una noche en soledad. Y, por el momento, tampoco quería.

—He pensado que te apetecería una de estas. —Señaló la cerveza mientras yo me dirigía al porche.

—Pues sí. —Me senté y me la llevé a los labios para apagar la sed.

Ella cogió su botella mientras me paseaba la mirada por las piernas.

—Estás muy guapo montado a caballo, vaquero.

—¿Sí? ¿Y qué me he ganado por estarlo?

—Date una ducha y lo averiguarás.

Me eché a reír, me incliné sobre el brazo de mi silla y le hice una seña para que se acercara. Después posé los labios en la comisura de su boca antes de dejarla a solas en el porche y dirigirme dentro para darme una ducha.

Con una toalla para el pelo y vestido solo con unos vaqueros, salí de la habitación de matrimonio y comprobé mi teléfono.

Tenía siete llamadas perdidas y una decena de mensajes de texto esperando a que los leyera. Eran de mi familia y, aunque sabía que debería averiguar qué pasaba y solucionar los problemas que hubieran surgido hoy, lo ignoré todo y fui en busca de Winn.

Esperaba encontrarla dentro, pero a través de las ventanas de la sala de estar vi que estaba sentada en el mismo lugar del porche, meciéndose suavemente, con la mirada fija en los árboles y en los picos montañosos que se elevaban más allá.

Se la veía en paz. Tal vez más de lo que lo había estado nunca, incluso dormida.

El corazón me dio un vuelco. Dejé caer la toalla. Me llevé la mano al pecho.

Estaba perfecta en esa mecedora.

Estaba preciosa. Y quería verla allí cada noche.

«Joder». Se suponía que lo nuestro era algo pasajero, que íbamos a apagarnos como la llama de una vela consumida. Ya deberíamos habernos apagado. Necesitaba que nos apagáramos. Tenía que centrarme en el rancho. Y en mi familia.

Pero nada de eso detuvo mis pasos y salí ahí fuera, la levanté de la silla y la llevé a mi dormitorio.

Íbamos a apagarnos tarde o temprano.

Pero todavía no.

13

Winslow

—¿Te ha causado algún problema? —me preguntó Mitch.

—No, a menos que cuente como problema el que se haya pasado todo el camino llorando.

Miré a través de los barrotes de acero de la celda al hombre a quien había metido allí por conducir borracho.

Estaba sentado en el camastro con la cabeza entre las manos y todavía lloraba. «Por tonto». Tal vez eso le sirviera de lección.

Cómo odiaba el Cuatro de Julio.

—Con suerte, este será el último —dije.

Mitch suspiró.

—Aún es temprano. No me extrañaría que llegaran uno o dos más.

—Pero si no nos queda espacio.

Teníamos las cinco celdas ocupadas por imbéciles como aquel.

—Si hace falta, los pondremos de dos en dos. El año pasado por la misma fecha tuvimos que meter incluso a tres en algunas.

—Esperemos que no haya heridos.

—Lo mismo digo. —Asintió—. Pero, mirándolo por el lado bueno, este año no hemos tenido que intervenir en ninguna pelea de bar. Hace dos tuvimos una en el Old Mill. Fue un follón. Y el año pasado, seis chicas se pelearon en el Big Sam's. Eso aún fue peor. Las mujeres sí que saben pelear.

Me eché a reír y salí detrás de Mitch del módulo donde estaban las celdas.

—Sí, así es.

Los bares de la ciudad estaban cerrados. El tradicional rodeo había terminado. Si teníamos suerte, ya solo nos quedaba ocuparnos de los idiotas que, en vez de marcharse a casa, habían decidido seguir con la fiesta en otra parte y estaban causando problemas.

Mitch permanecería en la comisaría y se ocuparía de meterlos entre rejas cuando los trajera algún compañero.

Las llaves que llevaba enlazadas con el cinturón tintinearon al compás de sus pasos. De todos los agentes que constituían el equipo, él era mi preferido. Tenía una figura alta y robusta y resultaba intimidante, pero durante esas semanas me había demostrado que era amable y atento.

Costaba que en la comisaría alguien me recibiera con una sonrisa. La única persona que solía hacerlo era Janice. Y también Mitch. Siempre me esperaba con expresión alegre cuando entraba a primera hora de la mañana, antes del cambio de turno.

Pasamos junto a la última celda y vi que el hombre a quien habíamos encerrado en primer lugar estaba tumbado en el camastro y roncaba como un oso. Mitch se limitó a hacer un gesto negativo con la cabeza y accionó el pulsador de la pared para indicar que estábamos listos para salir.

Allen nos esperaba al otro lado para abrirnos la puerta de seguridad. Había cambiado su turno habitual con el objetivo de colaborar durante las patrullas nocturnas.

Todos los miembros de mi comisaría habían tenido que trabajar ese día, incluso los que ocupaban puestos administrativos. El sheriff del condado y su equipo también habían acudido a la ciudad para ayudar a controlar las aglomeraciones y reforzar la vigilancia en las calles. La celebración del Día de la Independencia en

Quincy había transcurrido con una actividad frenética. Llevábamos toda la semana de preparativos y en pocas horas todo habría terminado.

«Gracias a Dios».

Bostecé y saqué un juego de llaves de mi bolsillo. Pertenecían al coche con el que había patrullado durante dos horas.

—Para ti. —Se las entregué a Mitch, que se encargaría de cubrir el siguiente turno de patrullaje junto con Allen.

—Gracias, jefa.

—Winslow —lo corregí.

Él asintió, pero tenía la sospecha de que seguiría llamándome «jefa».

—¿Te marchas a casa?

—Sí. —Volví a bostezar y miré el reloj de la pared. Las tres de la madrugada. Había entrado a las cuatro de la madrugada anterior—. Llámame si necesitas algo.

Él asintió.

—Lo haré.

—Buenas noches, Allen.

—Buenas noches, jefa —dijo—. Hasta el lunes.

—A estas horas ya es domingo, así que el lunes es mañana, ¿no?

—Creo que sí. —Se frotó la cara con la mano—. No estoy hecho para trabajar de noche.

—Yo tampoco.

Le dije adiós con la mano y entré en mi despacho para recoger el bolso antes de salir al aparcamiento, donde mi Durango llevaba estacionado casi veinticuatro horas. Me senté frente al volante y dejé caer los hombros.

—Menudo día…

La celebración había empezado con un desfile en Main Street. Mis agentes habían cortado la carretera y habían colocado señales para desviar el tráfico que tuviera que cruzar Quincy. Había policías apostados en ambos extremos de la calle para orientar a los transeúntes e indicar a los coches que no se detuvieran. Yo me había perdido casi todo el desfile, en el que habían participado carrozas, caballos y coches antiguos, porque estaba demasiado ocupada recorriendo la calle de un lado a otro y controlando a la muchedumbre.

Después tuvimos que despejar el lugar y por fin conseguí encontrar un hueco de media hora para sentarme frente a mi mesa de trabajo y comer pronto. Luego, mientras la mitad del equipo se organizaba en los coches patrulla, el resto nos dirigimos al recinto ferial, donde estaba previsto que se celebrara el rodeo a última hora de la tarde.

Durante la carrera de barriles, había ido a hablar con el sheriff del condado para saber más cosas de él y de su equipo. Durante la lucha con bueyes, había acompañado a un vaquero borracho que había estado vomitando detrás de los aseos portátiles hasta el remolque donde transportaba los caballos para que durmiera la mona. Y, durante la competición de lazo por parejas, había ayudado a una niña perdida a encontrar a sus padres.

Sin embargo, hacia el final de la tarde, cuando ya anochecía y empezaba a refrescar, tuve un momento de tranquilidad para apoyarme en la valla y tomarme un respiro. Las luces que iluminaban el recinto ensombrecían la arena con su brillo cegador y ocultaban las estrellas del cielo. La última competición era de montar toros y, mientras los jóvenes trepaban al lomo de las enormes bestias con la esperanza de resistir ocho segundos seguidos, yo centré la atención en las gradas para localizar a Griffin.

Lo vi sentado cerca de la barandilla de la primera fila. Incluso desde el extremo opuesto del recinto, su sonrisa hizo que me diera un vuelco el corazón. Todas las filas estaban abarrotadas y el espacio que lo rodeaba no era ninguna excepción. Reconocí a su familia, sentada junto a él. Los Eden acaparaban casi tanta atención como los participantes en el rodeo. Varias personas los habían saludado de lejos o se habían pasado un rato por allí. Como si supiera que lo estaba observando, Griff había recorrido con la mirada la línea de la valla hasta dar conmigo.

Entre un mar de gente, a pesar del ruido y de la intensa luz, una sola mirada suya hizo que el resto del mundo desapareciera.

Yo me había pasado toda la semana haciéndome a la idea de que el Cuatro de Julio iba a traerme problemas.

Y en ese instante, con esa simple mirada, supe que los había encontrado.

Nuestra relación sin ataduras se estaba convirtiendo en una adicción. Hacía semanas que habíamos dejado atrás lo de no complicarnos la vida. Cualesquiera que fuesen los límites que nos habíamos impuesto, habían desaparecido. Conseguí eliminar cualquier resto de Skyler de mi vida después de ocho años juntos. Ocho, nada menos. Sin embargo, me parecía impensable desprenderme de Griffin a pesar de que solo llevábamos juntos un mes.

Griffin me había observado mientras daba un sorbo a su cerveza, y su atractiva sonrisa se hizo más amplia. Vi que cambiaba de posición en el asiento para sacar el móvil del bolsillo y, al cabo de un instante, el mío había sonado con un mensaje de texto: «Ven a casa esta noche cuando termines».

Habían pasado varias horas desde que me lo envió. Después del rodeo, mi equipo se había trasladado al parque junto al río, donde personas de todo el condado encargadas de organizar la feria habían montado un espectáculo de fuegos artificiales. Nosotros nos habíamos ocupado de preparar la zona durante la semana y nos habíamos asegurado de que hubiese espacio suficiente para dejar paso a una ambulancia y a los coches patrulla.

Sin embargo, igual que durante el desfile y el rodeo, no conseguí disfrutar mucho del espectáculo. Llegué a tiempo de ver la última parte, pero antes tuve que perseguir a un grupo de adolescentes que se habían metido en el agua y estaban vapeando.

No había visto a Griffin en el parque, aunque tampoco tuve tiempo de buscarlo. Así, poco después de que se fuera todo el mundo, había vuelto a la comisaría para cumplir con mi turno de patrullaje.

Al parecer, mi predecesor en el puesto no salía a patrullar. Durante la reunión preparatoria del evento, cuando leí los nombres de los agentes asignados a cada turno, entre los que constaba el mío, todo el mundo me miró raro a excepción de Mitch.

De modo que ese día transcurrió igual que la mayoría.

Me había ganado el derecho a irme a casa a descansar. Llevaba una semana sin dormir en mi cama, porque había ocupado la de Griffin. Aun así, cuando salí del aparcamiento de la comisaría y enfilé la carretera, dirigí el coche hacia el rancho Eden.

La luz del porche de casa de Griff estaba encendida cuando me detuve enfrente. Sentía los párpados pesados y andaba como si tuviera plomo en los zapatos. Subí la escalera despacio con la esperanza de encontrarlo durmiendo en la cama, pero la puerta se abrió antes de que pudiera tocar el pomo.

—Hola. —Griffin extendió los brazos.

Yo me dejé caer en ellos y dejé que me sostuviera.

—Hola.

—¿Ha ido todo bien?

—Casi todo.

—¿Algún accidente?

—No.

Y recé para que, cuando me despertase por la mañana, todo siguiera igual. Ese día, el trabajo me había salvado. Había evitado que pensara en una noche de verano muy parecida a esta.

—Ven a la cama. —Me besó el pelo.

—Vale, pero esta noche te toca a ti hacer todo el trabajo.

Él se echó a reír y se agachó para levantarme en brazos.

Yo estaba demasiado cansada para pensarlo mucho, de modo que me acomodé en su pecho y dejé que me llevara en volandas al dormitorio.

Me quitó toda la ropa excepto las bragas. Después, se despojó de su camiseta y me la pasó por la cabeza.

—Duérmete.

—Vale.

Quería sexo. Pero podía esperar al día siguiente.

Por el momento, hundí la cabeza en la almohada, aspiré el aroma de Griffin y aguanté despierta solo hasta que noté su cálido pecho contra la espalda. Luego caí rendida, contenta porque esa noche, precisamente esa, no estaba sola.

Me desperté con la respiración entrecortada. Un grito silencioso me desgarró la garganta. Tenía los ojos abiertos, pero no veía el dormitorio de Griffin a oscuras. La sangre era demasiado densa.

Los cerré con fuerza. «Por favor. Basta». Salía mucha sangre.

Griffin se removió detrás de mí, pero no se despertó cuando me deslicé bajo el peso de su brazo, caminé con cuidado por el suelo de madera y cerré la puerta tras escapar del dormitorio.

Debería haberlo imaginado. Debería haberme esperado que esa noche me asaltaran las pesadillas. Pero, tonta de mí, creí que el agotamiento extremo ganaría la batalla y que conseguiría dormir esas últimas horas del día.

El reloj del microondas marcaba las 4.32. Había dormido una hora como mucho. Los tenues rayos del amanecer iluminaban el horizonte, pero las estrellas aún se aferraban al cielo, allá en lo alto.

Cogí una manta del sofá, me dirigí a la puerta de entrada y la abrí lo justo para salir. Las tablas del suelo del porche me parecieron frías al pisarlas con los pies descalzos y la mecedora estaba húmeda a causa del rocío de la mañana. Me cubrí los hombros con la manta, me hundí en el asiento y dejé que el aire fresco ahuyentara el olor a muerte.

La casa de Griffin se asentaba en el centro de un claro. Los árboles la rodeaban por todas partes, pero estaban bastante lejos y, desde el porche, veía la cordillera en la distancia. Sobresalía en el horizonte, los picos resplandecían con la nieve y la luz del sol. El cielo que rodeaba la cima era de un amarillo tan claro que parecía blanco.

El amanecer. Un nuevo día. El 5 de julio. El inicio de otro año de soledad.

Los echaba de menos. Ojalá nunca dejara de echarlos de menos.

—Hola. —La ronca voz de Griff interrumpió el silencio.

—Hola. —Me giré y lo encontré en la puerta, aunque no lo había oído abrirla—. Deberías volver a la cama.

Sacudió la cabeza, con el pelo alborotado, y salió vestido tan solo con unos bóxer. Me hizo un gesto para que me levantara de la mecedora.

Me sería imposible dormir, por lo menos de momento. Pero él no había descansado más horas que yo, así que decidí que regresaría a la cama y permanecería allí hasta que él se durmiera de nuevo. Entonces, me escaparía y saldría de nuevo al porche.

Sin embargo, cuando me levanté, Griffin no me hizo entrar en la casa. En vez de eso, me quitó la manta de los hombros, se cubrió con ella y me robó el asiento.

—Siéntate —dijo, dándose unos golpecitos en el regazo.

La tela de los bóxer se le ceñía a los fuertes muslos. Sus ojeras denotaban que el día anterior también había sido duro para él.

—No tienes por qué quedarte aquí fuera.

—Siéntate, que tengo frío.

Suspiré, pero me acomodé en su regazo y dejé que me rodeara con los brazos y se acurrucara conmigo bajo la manta. A continuación, dándose impulso con los pies, empezó a mover la mecedora de forma lenta y controlada.

—Siento haberte despertado.

—Tienes que descansar un poco. Ayer te pasaste todo el día de pie. ¿Qué pasa?

—Solo ha sido una pesadilla.

—¿Quieres contármela?

«Sí. No». Esos sueños eran mi secreto. Mi sufrimiento. Ni siquiera le había contado a Skyler, cuando vivíamos juntos, por qué me despertaba en mitad de la noche. Y, aunque seguro que él sospechaba lo que ocurría, jamás me lo había preguntado.

Porque eran reales. Eran abrumadores. Y a Skyler no se le daba bien servir de apoyo.

—No quiero cargarte con eso —dije—. Ya tienes bastante.

Él se puso tenso y detuvo el movimiento de la mecedora.

Cuando levanté la cabeza para mirarlo, una profunda arruga le afeaba la frente.

—¿Qué he dicho? —pregunté.

La tensión del rostro desapareció y me abrazó con más fuerza.

—Me parece que eres la persona más intuitiva que he conocido en toda mi vida.

—No creo. —Apoyé la frente en su hombro—. Es una simple observación.

Griffin empezó a mover la mecedora otra vez y, durante unos minutos, solo se oyó el sonido de los latidos de su corazón y los pájaros de los árboles, que cantaban su melodía matutina.

—Soy el hermano mayor. Y eso siempre ha condicionado la relación con mis hermanas, y también con mi hermano pequeño. Cuando éramos niños, ellos les explicaban sus problemas a nuestros padres. Pero, a medida que se han hecho mayores, cada vez acuden más a mí. Sobre todo a partir de que me hice cargo del rancho. Soy el modelo que seguir. El mediador.

—¿Te molesta?

—No —respondió, porque Griffin era la clase de hombre que siempre estaba preparado, siempre dispuesto a aliviar cargas—. Pero es una responsabilidad. Tengo que estar ahí cuando me necesitan. No quiero defraudarlos. Y tampoco quiero fallar con el rancho.

—¿Va todo bien?

—Sí, va bien. Es solo que da mucho trabajo.

—¿Te gusta?

—Sí. —Asintió—. No me imagino haciendo otra cosa.

—A mí me pasa lo mismo con ser policía.

Él me colocó un mechón de pelo detrás de la oreja.

—¿Cómo es que decidiste serlo?

—En el último año de instituto ayudé en la secretaría. La policía que habían designado en nuestra zona era una mujer genial. Era amable y cercana. Era muy guapa, pero no dejaba que nadie le tocara las narices.

—O sea, como tú.

Sonreí.

—Una vez le pregunté por qué se había hecho policía. Estaba indecisa sobre si debía matricularme en la universidad o en algún grado de formación profesional. Me daba la impresión de que todos mis compañeros sabían muy bien lo que querían hacer y yo, en cambio, seguía sin tener ni idea. Un día estábamos en el despacho y le pregunté por qué había elegido esa profesión.

Esa conversación me había cambiado la vida. Me dedicó diez minutos de su tiempo, tan solo diez, pero fueron los diez minutos que había condicionado mi camino pasa estar allí en ese momento.

—Me explicó que de adolescente ella tampoco sabía lo que quería hacer y, mientras sopesaba las opciones, su padre le dio un gran consejo: si no se tiene una vocación clara, ayudar a los demás siempre es un fin loable. No quería ser enfermera ni profesora, así que ingresó en la academia de policía. Esa noche, cuando llegué a casa, les dije a mis padres que quería descubrir si yo podía llegar a serlo.

—Y aquí estás.

—Aquí estoy.

—¿Cómo reaccionaron ellos?

—Tal como te imaginas. Se preocuparon mucho, y no sin motivo. Fue duro, muy duro. Los hombres no siempre me toman en serio. Y es un trabajo peligroso. Pero sé en el fondo de mi corazón que estoy donde debo estar. Sé que precisamente por ser mujer puedo enfrentarme a situaciones muy duras de manera distinta a como lo haría un hombre.

Como las violaciones. O los malos tratos. Había trabajado con compañeros increíbles, pero había veces en que las mujeres solo se veían capaces de hablar con otra mujer. Esos casos, a pesar de lo horribles que eran, habían servido para que me afianzara en mi decisión.

—¿Por eso te despiertas por las noches? ¿Por esos casos tan duros?

—No. —Solté un hondo suspiro—. Pero, como te he dicho, no quiero cargarte a ti con eso.

—Escucharte no es ninguna carga, Winn.

Hablar de ello me hacía daño. Las pocas veces que el abuelo lo había intentado, sentía cada palabra que pronunciaba como un cuchillo que me cortaba la lengua al salir. Habían pasado años, y, aun así, siempre cambiaba de tema. Era más fácil ignorar el dolor. O eso pensaba.

Pero algo tenía que cambiar y darme tregua. No podía seguir sufriendo las pesadillas eternamente. Quizá porque había callado durante tanto tiempo, esos sueños eran el único modo que mi corazón tenía de pedir ayuda a gritos.

—Mis padres murieron hace cinco años. —Solo la primera frase ya me abrasó el pecho.

—Mi madre me lo comentó el otro día.

—Fue un Cuatro de Julio. Volvían a casa en coche después de una fiesta en casa de un amigo que vivía en la montaña. Los embistió un coche de frente. El conductor estaba escribiendo un mensaje con el móvil.

—Joder. —Griffin apoyó la frente en mi sien—. Lo siento.

Tragué saliva y seguí a pesar del dolor.

—Fui la primera agente en acudir al lugar del accidente.

Griffin se tensó. El movimiento de la mecedora cesó otra vez.

—Era mi último año como policía de patrulla —proseguí—. Ya había presentado la solicitud de ascenso y mis padres estaban muy contentos de que no fuese a pasar mucho tiempo más en las calles. Cuando recibí la llamada en el receptor... No puedo describir la sensación que tuve. Se me formó un nudo en el estómago y supe que, cuando llegara, me iba a encontrar algo horrible.

Pero eso era quedarse muy corta.

—Cuando llegaste, ¿ellos estaban...?

«Muertos».

—Sí. Primero vi al otro conductor. Había salido disparado del coche. Su cuerpo estaba tirado en medio de la carretera.

Se había formado un charco de sangre alrededor de su cara inexpresiva. Solo tenía dieciocho años. Era un crío. Resulta difícil odiar a un crío, pero yo llevaba cinco años haciéndolo.

—Fue un choque de frente a más de sesenta kilómetros por hora. Mis padres...

Empezó a temblarme la barbilla y cerré los ojos con fuerza.

Lo que se decía popularmente sobre que el tiempo cura las heridas era una puta mentira. No importaba el tiempo que pasara, revivir aquella noche nunca era más fácil. No importaban las horas. Ni los días. Ni los cinco años. Porque cada momento que pasaba era un momento que nos habían arrebatado.

Mis padres se sentirían muy orgullosos de que estuviera en Quincy. Mi padre me habría advertido sobre los cotillas y habría hecho todo lo posible por protegerme de ellos, igual que Griff. Mi madre habría insistido en venir a casa todos los fines de semana hasta que lo tuviera todo organizado a la perfección.

—Eso es lo que ves en las pesadillas —susurró Griffin.

Yo asentí.

Los dos llevaban puesto el cinturón de seguridad. Habían quedado atrapados en el asiento y tenían el cuerpo destrozado después de que el coche diera seis vueltas de campana y aterrizara boca abajo.

—Mi padre tenía los ojos abiertos. Mi madre... Su cuerpo... —Se me llenaron los ojos de lágrimas. Las palabras me abrasaban—. No puedo.

—No tienes por qué hacerlo.

Observé los árboles y me tomé unos minutos para respirar mientras Griff empezaba a mecernos de nuevo.

—No sufrieron —susurré—. Fue una muerte instantánea.

—Lo siento muchísimo, Winn.

Él me estrechó con más fuerza y, cuando la primera lágrima me resbaló por la mejilla, se limitó a no soltarme. Y siguió así cuando enterré la cara en su cuello y lloré por las personas a quienes quería más que a nada en el mundo.

Cuando conseguí recuperarme, el sol asomaba por encima de los picos de la montaña.

—Gracias por escucharme. —Me sequé las mejillas con la mano.

—Siempre que lo necesites.

—Se te da muy bien.

—Es cuestión de práctica. Tengo cinco hermanos.

—No. —Le puse la mano sobre el corazón—. Es por tu forma de ser.

Él me besó el pelo y no me soltó en todo el tiempo que estuvimos sentados en la mecedora.

—¿Qué planes tienes para hoy?

—Ninguno. —Dormir. En algún momento tendría que intentarlo.

Él se levantó, me arrastró consigo y me puso de pie. A continuación, me acarició las pecas de la nariz con el dedo.

—Quédate aquí.

Nunca habíamos pasado un día entero juntos. Era uno de nuestros límites. Y, tal como había ocurrido con los otros, saltárnoslo fue tan natural como respirar.

—Vale.

14

Griffin

Una mañana en aquella mecedora y el mundo había cambiado. Era como salir a cabalgar y desviarse del camino principal para ver el paisaje desde un ángulo distinto y, gracias a eso, descubrir que la ruta que siempre has seguido no es nada en comparación.

Estaba colado por esa mujer.

Hasta las trancas.

El cambio se había producido hacía varias semanas. O tal vez se tratase de pequeños giros acumulados a lo largo de ese tiempo. El día anterior, durante la celebración que tenía lugar anualmente en Quincy, me di cuenta de lo distinta que sería mi vida con Winn. Para mí, el Cuatro de Julio siempre había sido un día de diversión. Era una jornada ajetreada, pero divertida. Sin embargo, esta vez me había costado relajarme y disfrutar.

Me había pasado la mayor parte del tiempo buscándola entre la multitud durante los distintos actos. Cuando la vi en el desfile, caminando de un extremo a otro de la calle, tenía cara de estar concentrada y muy atenta. Sin embargo, después de que pasara la máquina barredora, desapareció, seguramente para volver a la comisaría, pero me costó mucho no llamarla para comprobarlo.

En vez de eso, corrí de un lado a otro para ayudar a mis hermanos. Knox necesitaba que le echara una mano en el restaurante a mediodía, a la hora de máxima afluencia, de manera que hice una parada en el Eloise para colocar las provisiones. El tiempo de espera ascendía a una hora y media, pero eso no había disuadido a muchos clientes.

Lo dejé trabajando en la cocina, que era su elemento y exactamente el lugar en el que debía estar, y me desplacé hasta la cafetería porque Lyla también estaba hasta arriba. Algún cabrón había atascado uno de los retretes, así que me tocó limpiarlo. Luego vacié los cubos de basura, que estaban a rebosar.

No había Eden ocioso ese día. Mi padre era el chico de los recados y corría a la ferretería o al supermercado en busca de cualquier cosa que los demás necesitaran. Mi madre y Talia ayudaban a Lyla a preparar cafés detrás de la barra. Mateo colaboraba con Eloise y se ocupaba de que todos los huéspedes del hotel, donde ese fin de semana no quedaba ni una habitación libre, estuvieran bien atendidos.

Cuando la gente abandonó Main Street para acudir al recinto de la feria, mi familia y yo logramos reunirnos. Durante el rodeo, nos sentamos juntos en las gradas, en nuestros asientos habituales. La cafetería estaba cerrada y el restaurante de Knox también. Del hotel se encargaban los empleados de Eloise. De modo que disfrutamos de unas cervezas y unos perritos calientes.

El rodeo de Quincy se había convertido en toda una tradición, tanto como Navidad o Acción de Gracias. Era uno de los pocos eventos a los que siempre acudíamos todos, aunque implicara tener que cerrar el negocio. Sin embargo, esa noche, rodeado de toda mi familia, sentí que me faltaba algo.

Fue ya a última hora de la tarde, al ver a Winn junto a la valla del lado opuesto del recinto, cuando me di cuenta de que la pieza que faltaba era ella.

De nuevo, otro cambio.

Su lugar era conmigo, no allí sola.

Y menos ese día.

Ojalá hubiera sabido lo de sus padres. Seguramente se había pasado toda la jornada de ayer trabajando para distraerse. Hoy, si lo único que yo podía hacer era seguir garantizándole distracciones, me dejaría la piel en conseguirlo como fuera.

—Tu secador es mejor que el mío. A lo mejor te lo robo —dijo, saliendo del dormitorio principal y avanzando por el pasillo.

Cuando entramos en casa, después de haber estado sentados en la mecedora, llevé a Winn al dormitorio y disfrutamos de unos cuantos orgasmos antes de meternos en la ducha. Mientras yo me vestía y preparaba café en la cocina, ella también se arregló.

Normalmente se duchaba en su casa. Pero hoy no. Hoy no iba a dejar que se separara de mí.

—El secador es cosa de Talia —reí y le tendí una taza humeante—. A veces mis hermanas se quedan a dormir aquí cuando tenemos reunión familiar en el rancho. Así se ahorran tener que conducir hasta la ciudad si asaltan el mueble bar de mis padres. Talia decidió que como son las únicas que usan la habitación de invitados podían dejar allí sus cosas para arreglarse por las mañanas.

Winn dio un sorbo de café.

—Me parece un detalle muy bonito que dejes que se queden cuando quieran.

—En lo que respecta a mis hermanas me parezco mucho a mi padre. Hacen conmigo lo que les da la gana.

—Eso también es muy bonito.

—¿Quieres huecos para desayunar? —Fui hacia la nevera—. ¿Los prefieres con beicon o con salchichas?

—Me da igual. ¿Te ayudo?

Negué con la cabeza y saqué las salchichas.

—Siéntate.

Ella ocupó un taburete junto a la isla y me observó mientras preparaba los huevos revueltos. Cuando los hube emplatado, me senté junto a ella y comimos en silencio. Yo no era muy hablador cuando tenía comida delante y me gustó comprobar que a ella le pasaba lo mismo.

Un momento. ¿Nunca habíamos comido juntos? Dejé de masticar y la observé de perfil.

—¿Qué pasa? —me preguntó y cogió una servilleta para limpiarse los labios.

—Es la primera vez que comemos juntos.

—No, comimos juntos el día que empecé a trabajar.

—Eso no cuenta.

—Pues entonces creo que sí, esta es la primera vez. Normalmente, nos saltamos la cena romántica y vamos directos a la cama.

El sexo siempre iba primero. Pero tuve la sensación de que deberíamos llevar varias semanas compartiendo también las comidas. Que debería haberle propuesto un cita, una cena en el restaurante de Knox o en mi asador favorito de las afueras de la ciudad.

—A lo mejor podríamos salir a cenar —dije. Me sostuvo la mirada un minuto, como tratando de decidir si le estaba tomando el pelo—. Lo digo en serio —añadí.

Suavizó la mirada.

—Vale.

—¿Quieres que hoy salgamos a explorar un poco? —le pregunté cuando hubimos terminado de desayunar.

—Claro —dijo, asintiendo. Señaló la ropa que llevaba. Eran los vaqueros del día anterior y una de mis camisetas negras atada con un nudo a la cadera porque le quedaba demasiado grande—. ¿Tengo que ir a casa a cambiarme?

—Estás bien así. ¿Has montado a caballo alguna vez?

—No.

—¿Quieres aprender?

—No tengo un interés especial. —Sonrió y yo me eché a reír—. Quizá algún día.

Y cuando ese día llegara yo le enseñaría.

—Pues nos montamos en otra cosa, entonces.

Después de meter los platos del desayuno en el lavavajillas, nos dirigimos al establo.

—¿Qué te parece un quad? ¿Has conducido alguno?

—Tampoco.

—¿Quieres montarte conmigo? ¿O prefieres llevar uno tú sola?

Se quedó mirando el vehículo mientras yo llenaba el depósito de gasolina.

—Me monto contigo.

—Buena elección.

Me senté a horcajadas y di una palmada en el asiento para que ella se subiera detrás. Luego, puse en marcha el motor y enfilé la carretera.

Estuvimos una hora dando vueltas por el rancho, siguiendo los viejos senderos. Winn se mantuvo bien aferrada a mi cintura y, de vez en cuando, apoyaba la cabeza en mi hombro mientras notábamos la calidez del sol en la piel y el viento le apartaba el cabello de su atractiva cara, hasta que me detuve junto a una valla.

—El rancho acaba aquí —le dije.

—¿Todo esto es tuyo? ¿Desde aquí hasta la casa? —Señaló en la dirección de la que veníamos.

—Y un poco más. —Yo señalé a la izquierda y luego a la derecha—. Ahora estamos en el centro. ¿Ves el tramo que hemos recorrido? Pues el rancho mide el doble por cada lado.

El rancho Eden era, básicamente, un rectángulo que se extendía a lo largo de la falda de la cadena montañosa de uno de los mejores parajes que Dios había creado en la tierra.

—¿Todos los ranchos son así de grandes?

—Muy pocos. —Me levanté del asiento y salté del vehículo para recorrer a pie la distancia hasta la valla, donde un pequeño grupo de flores silvestres se había enredado con las hebras de hierba. Arranqué una de color blanco y otra amarilla y se las di a Winn—. A lo largo de los años, nos hemos expandido. Hemos comprado más terrenos.

—Como el de al lado de la Cumbre Índigo.

—Exacto. Tras varias generaciones adquiriendo tierras

cuando están disponibles, ahora somos propietarios de uno de los ranchos más grandes de esta parte del estado.

—Es un lugar precioso. —Se llevó las flores a la nariz—. Gracias por darme una vuelta hoy.

—De nada. —Apoyé una cadera en el borde del quad y me quedé mirando el prado—. Hacía bastante tiempo que no me permitía esto: salir a dar una vuelta por el rancho sin ningún propósito en concreto.

—Yo hace mucho que no paso un día entero sin trabajar por una cosa u otra.

—¿Y en Bozeman? ¿Qué hacías para descansar?

—Salía con mis amigos. O hacía senderismo por la zona. Un verano planté un huerto. Aunque Skyler me quitó las ganas.

—¿Cómo?

—Se quejaba de que me quitaba demasiado tiempo. De que, en vez de tener las tardes libres para salir con nuestros amigos, ir al cine o hacer lo que a él le apetecía, prefería quedarme en casa y trabajar en el huerto. A lo mejor planto uno aquí, aunque no es que tenga demasiado tiempo libre.

—A lo mejor el año que viene por estas fechas tendrás más tiempo.

—Sí. —Sonrió y volvió a acercarse las flores a la nariz—. A lo mejor.

—¿Has tenido noticias suyas? —pregunté.

—No. Ha dejado de llamarme, creo. Siempre me olvido de cargar el móvil. Pero no me ha dejado ningún mensaje para hablar de nosotros ni de la casa. Creo que la vez que vino a verme fue el final, pero con él nunca se sabe. Es impredecible, y ese es uno de los motivos por los que estuve con él tantos años. Se pasaba meses siendo distante y borde conmigo. Yo me prometía a mí misma que se había acabado. Entonces, como si se oliera que estaba a punto de dejarlo, se convertía en una persona completamente distinta. Me hacía reír, me trataba con cariño y cuidaba de mí. Cuando miro atrás y pienso en los ocho años que pasamos juntos, tengo la sensación de que vivía en un constante estado de alerta.

A mí Skyler me parecía un cabrón manipulador, pero me ahorré el comentario, porque tenía la impresión de que Winn ya lo sabía.

—Mis padres lo conocían —dijo—. Ese es otro motivo por el que seguí con él. Porque ellos lo conocían. O supongo que debería decir que él los conocía a ellos. Si salía con otro, mis padres pasarían a ser fotos y anécdotas. Y yo estaría con alguien que jamás los conocería. Sé que no es un gran motivo para continuar con una relación, pero...

—Es comprensible.

Por eso, precisamente, no había llevado a nadie a casa de mis padres. Porque no había nadie de quien quisiera que conservaran recuerdos.

Pero Winn... Quizá había llegado el momento de aceptar la invitación de mi madre y llevarla a cenar a casa.

—¿Por qué lo dejaste? —pregunté—. No llegaste a contármelo la noche que estuvo en tu casa.

—Se acostaba con otra —dijo con rabia—. Lo descubrí porque ella llamó a casa preguntando por él. ¿Te lo puedes creer? Creía que yo lo sabía porque su marido sí que lo sabía.

—¿Estaba casada?

—Sí —respondió al instante—. Al parecer habían hecho un pacto. Solo sexo. Al otro le parecía bien, pero Skyler debía de saber que mi respuesta habría sido un no rotundo, porque me lo ocultó.

—Cabrón.

—Bastante —masculló—. No lo sé seguro, pero creo que ella lo debe de haber dejado y por eso vino a verme.

—¿Creía que volverías con él? —«Menudo idiota».

—Skyler se salía con la suya en bastantes cosas. Debió de pensar que acabaría perdonándolo. Que al final me decidiría a fijar una fecha para la boda. Cuando mis padres murieron, lo aparté de mi vida y él no hizo nada por retenerme.

Porque era un puto idiota.

—Me dolió —dijo mientras giraba las flores con las manos—. Nos habíamos hecho muchas promesas. Ocho años con alguien es un montón de tiempo. Y entonces me di cuenta de que, aunque vivíamos juntos, no lo estábamos. No podía contar con él. Las promesas se vinieron abajo. Cuando empecé a desprenderme de mi antigua vida, a hacerme dueña de ella, no hubo muchos cabos que soltar. Lo único que nos queda en común es la casa, y solo es papeleo.

En ese instante, me entraron ganas de atarla muy fuerte para que no se soltara jamás.

—Las cosas han ido como tenían que ir —concluyó—. Me alegro de haber venido a Quincy.

—Yo también me alegro de que estés aquí.

Me incorporé, regresé a mi asiento del quad y así el manillar. Cuando me hube colocado bien, Winn me rodeó con los brazos y pegó la parte interior de los muslos al exterior de los míos.

Encajábamos a la perfección. Y no solamente sentados en ese vehículo.

—¿Seguimos? —pregunté, girándome para mirarla—. ¿O quieres que volvamos a casa?

—Seguimos.

Sonreí, contento de que estuviera disfrutando del paseo, y encendí el motor.

Al cabo de una hora, el sol caía de lleno sobre nosotros. Dejamos atrás la Cumbre Índigo y avanzamos entre prados, recorriendo en zigzag la extensión de una zona vallada a otra.

La cumbre quedaba a nuestras espaldas y el único motivo por el que había llegado tan lejos era que quería enseñarle a Winn otro extremo del rancho para que captase mejor su extensión.

La parte trasera de la montaña tenía una altura monumental y la ladera estaba tapizada de árboles de hoja perenne. Pero había zonas de campo llano sin muchas sombras. Como ella no llevaba sombrero, me dio miedo que se quemara con el sol, de modo que enfilé el camino de vuelta a casa.

Al llegar a una verja, me detuve para bajarme del quad y abrirla y en ese momento miré hacia el bosque y vi una columna de humo que sobresalía por encima de las copas de los árboles. Procedía, más o menos, de donde estaba la cabaña de Briggs.

—¿Qué cojones es eso?

Era julio. Las hogueras no solo eran innecesarias, sino muy peligrosas.

—¿El qué? —preguntó Winn y miró en la misma dirección que yo—. ¿No hay restricciones en esta época?

—Sí.

Di media vuelta con el quad y, en vez de volver a casa, atravesamos el paisaje en dirección a la cabaña de mi tío.

Ella se aferró a mí mientras serpenteábamos entre los árboles y ascendíamos por la carretera. El olor de la hoguera y la madera quemada nos alcanzó cuando llegamos a la parte más alta y entramos en el claro donde estaba la cabaña de Briggs.

Vi a mi tío de pie, al lado de un montón de ramas de pino ardiendo de cuyo centro partía el humo. El vaivén naranja y rojo de las llamas arañaba el cielo abierto y arrojaba chispas entre la brisa.

Aparqué el quad y me apeé de un salto para correr hasta la casa de mi tío.

—¡Briggs! ¿Qué cojones estás haciendo?

Él tenía una pala en una mano y una manguera en la otra.

—¿Harrison? ¿Qué estás haciendo aquí? No te he oído llegar.

¿Cómo que «Harrison»? «Mierda». Le arranqué la pala de la mano, la clavé en el suelo, levanté un montón de tierra y la arrojé sobre las llamas.

—¡Oye! Estoy…

—Estás arriesgándote a quemar toda la puta montaña.

—Estoy quemando rastrojos. Lo tengo bajo control.

Lo ignoré y seguí arrojando paladas de tierra lo más rápido posible. Luego le quité la manguera y sofoqué el fuego. El humo se abrió paso entre la pila de rastrojos con un chisporroteo.

Oí una suave tos y al volverme vi a Winn detrás de mí.

—¿Puedo ayudar?

Le di la manguera.

—¿Tú quién eres? —le preguntó Briggs—. Harrison, ¿quién es esta? ¿Qué narices haces con otra mujer? ¿Lo sabe Anne?

—Soy Griffin, Briggs —le gruñí—. Y esta es Winslow, y no la estás dejando pasar. Muévete.

Briggs dio un respingo ante el tono de mi voz y reculó.

«Mierda». A mi edad, mi padre debía de ser idéntico a mí. Tenía que ser paciente y tomármelo con calma. Pero ¿hacer fuego en julio? Para quemar rastrojos solíamos esperar a pleno invierno, cuando había más de dos palmos de nieve en el suelo.

Oí un motor procedente de la carretera y vi que la camioneta de mi padre frenaba de golpe para estacionar junto al quad. Saltó del asiento del conductor y corrió hacia nosotros.

—¿Qué pasa? He visto humo.

Esperé a que se acercara lo suficiente y le lancé la pala, tan cabreado que lo veía todo rojo.

—Pregúntaselo a tu hermano. Me ha confundido contigo.

Sin pronunciar una palabra más, cogí a Winn de la mano que tenía libre y tiré de ella hasta que soltó la manguera. Ella me siguió en silencio, ocupó el asiento trasero del quad y se aferró a mí cuando enfilé la carretera a toda velocidad y me alejé de la cabaña.

—Me cago en la hostia —solté, sacudiendo la cabeza y con el corazón a mil.

Winn me abrazó con más fuerza. Me había oído.

Fuimos directos a mi casa. Aparqué en el establo y esperé un poco para recuperar la calma tras apagar el motor. Después dejé caer la cabeza.

—Es cada vez peor. No quería creerlo. Ayer se lo veía tan… normal. En el desfile. En el rodeo.

El día anterior, Briggs parecía exactamente el hombre al que conocía de toda la vida. Acompañó a mi padre a hacer recados por el pueblo. Durante el rodeo, estuvo en la arena hablando con sus amigos y tomándose una cerveza.

—Lo vi tan bien que incluso pensé que era yo quien exageraba y le daba demasiada importancia al asunto. Pero…

—Pero no.

Sacudí la cabeza.

—Hay que hacer algo.

O se ocupaba mi padre o tendría que hacerlo yo.

—Lo siento —susurró Winn y depositó un beso en mi hombro.

Yo me volví y le rodeé la cara con las manos. Sus ojos de color índigo se clavaron en los míos. Como si pudiera ver todos mis miedos, las dudas, la frustración. Como si me estuviera dando espacio para expresar todo eso, para... ser yo mismo.

Esa mañana, Winn había insinuado que yo tenía ya bastantes cargas. Era cierto. Pero allí estaba ella, en ese mismo momento y lugar, para ayudarme a sobrellevarlas.

La besé en los labios y la ayudé a bajar.

—Olemos a humo —dije.

La cogí de la mano con decisión, la llevé hasta la casa y, luego, directamente al cuarto de baño. Abrí el grifo de la ducha mientras nos quitábamos la ropa sucia, y nos colocamos bajo el chorro de agua como si fuéramos dos personas que se habían duchado juntas cientos de veces. Resultaba fácil. Cómodo. Y, mientras el jabón se deslizaba por los cuerpos, el olor del fuego y la preocupación por mi familia desaparecieron por el desagüe.

Acaricié con las manos la piel húmeda de Winn al mismo tiempo que ella buscaba mis labios con los suyos. Mis ganas de ella lo empañaban todo como el vapor del agua y, cuando cogí a Winn en brazos y la pegué a los azulejos de la pared para deslizarme en su ardiente y sedoso interior, nada más me importó lo más mínimo.

Ni los problemas. Ni la familia. Ni el fuego.

Solo existía Winn.

Nos corrimos a la vez, entre convulsiones y jadeos descontrolados, y prolongamos el momento bajo el agua hasta que empezó a salir fría.

Ella bostezó cuando le tendí una toalla limpia.

—¿Estás cansada?

—No pasa nada, estoy bien.

—¿Quieres intentar dormir?

La verdad era que a mí no me habría venido nada mal una cabezada. Tenía la impresión de que habían pasado días, y no horas, desde la conversación en la mecedora.

—No lo sé.

Nuestras miradas se cruzaron en el espejo y el miedo que capté en sus ojos me dolió como una patada en el estómago.

Me acerqué más a ella y le rodeé la cara con las manos mientras entrelazaba los dedos con los mechones de pelo húmedos que se le habían pegado a la sien.

—Estaré contigo. Si tienes una pesadilla, no te soltaré.

Winn se relajó y apoyó la cabeza en mi pecho.

—De acuerdo.

Con un movimiento rápido, la levanté en volandas y la pegué a mí. La llevé al dormitorio, la tendí sobre la cama deshecha y bajé la persiana.

Ella se durmió primero. Yo no pensaba hacerlo hasta asegurarme de que había conciliado bien el sueño. Y, mientras escuchaba su respiración acompasada, también caí.

Caía y caía, cada vez más hondo. Ella tiraba de mí, y yo la seguía.

Mis sentimientos por Winn habían surgido de tal forma que me parecía algo completamente natural. Era como si hubiera salido a dar una vuelta en coche y, al mirar atrás, viera que, en vez unos pocos metros, había recorrido kilómetros y kilómetros.

Me había alejado más y más y ya no había vuelta atrás.

Estaba colado por esta mujer.

Hasta las trancas.

15

Winslow

—¿Volverás esta noche?

Griffin estaba descalzo en el segundo escalón del porche de su casa mientras yo aguardaba uno por encima. Incluso así me superaba en altura, pero desde esa posición podía acceder mejor a su boca.

—Quizá. —Me incliné hacia delante y le planté un beso en la mejilla, rasposa por la barba incipiente.

Tenía el pelo alborotado por mis dedos y las puntas sobresalían en todas las direcciones.

Griffin se había despertado primero y había ido a la cocina para preparar café. Luego, en vez de desayunar, me subió a la encimera y me devoró a mí.

Mi hombre sabía bien cómo usar la lengua.

—¿Prefieres que vaya yo a tu casa? —me preguntó.

—A ver qué tal va el día.

Mi cama llevaba una semana desierta. Me encantaba mi pequeño hogar, pero también la casa de Griffin.

El rancho me resultaba relajante. Sereno. No me había dado cuenta del ruido que había en mi cabeza y en mi vida, incluso en los momentos de soledad, hasta que llegué allí y pasé unas cuantas horas en la mecedora que me despejaron la mente.

Tenía la cabeza saturada de casos y del estrés de la comisaría. A pesar de lo mucho que me esforzaba por apaciguar mis emociones, estaba preocupada por encajar allí y por mi reputación.

Nada más llegar al rancho Eden, el ruido disminuía y los problemas se esfumaban. O tal vez el efecto no lo provocara la finca en sí, sino el hombre que estaba un escalón por debajo de mí.

—Que tengas un buen día. —Le di un beso de despedida.

—Tú también. —Apoyó una cadera en la barandilla, con los brazos cruzados sobre el pecho musculoso, mientras me observaba bajar la escalera y dirigirme al coche.

Era temprano y el aire de la mañana resultaba fresco. La previsión meteorológica prometía un día de intenso calor. Cuando me disponía a encender el motor del Durango pensé que ojalá hubiese podido tomarme otro día libre para disfrutar del sol de verano.

Pero tenía trabajo pendiente, así que introduje la llave en el contacto y me dirigí a la ciudad.

Griffin me había lavado la ropa el día anterior, pero, aunque dudaba que nadie notara que llevaba puesto lo mismo que en la celebración del Cuatro de Julio, decidí pasar un momento por casa para asegurarme de que no había sufrido desperfectos y ponerme prendas más frescas.

Cuando llegué a la comisaría, ya había tenido lugar el cambio de turno. El personal de noche debía de estar metiéndose en la cama mientras yo me llenaba una taza de café y echaba un vistazo a la tranquila oficina. Tras la jornada del Cuatro de Julio decidimos reducir la plantilla durante unos días para que todo el mundo pudiese disfrutar de un descanso adicional.

Todo el mundo excepto yo. Cuando entré en mi despacho, solté un gruñido ante los documentos esparcidos sobre el escritorio. Aún no me había ganado unos días de vacaciones.

Había un caso en concreto que siempre sobresalía de la pila.

«Lily Green».

Abrí la carpeta que contenía el expediente. Encima de todo había una fotografía de su muerte. Un mes atrás, esa foto me provocaba espanto. Sin embargo, la había mirado durante tantas horas que la única emoción que me despertaba ahora era una profunda tristeza.

—Ay, Lily...

Coloqué la horripilante imagen boca abajo y acaricié el borde de la siguiente fotografía. Era la última que había colgado en Instagram el Día de los Caídos.

Lily Green era guapísima. Su cabello rubio parecía hecho a base de rayos de sol. Tenía la sonrisa tan luminosa como las estrellas. Aunque tal vez todo fuese apariencia. Tal vez aquella sonrisa y los ojos centelleantes fueran una mera fachada.

No era difícil forzar una sonrisa. Resultaba sencillo mentir y decirle a la gente que todo iba perfectamente cuando la verdad era que cada nuevo latido del corazón te provocaba un dolor insufrible.

Había dedicado un mes entero a buscar pistas que indicaran que Lily estaba deprimida. Había interrogado a sus amigos y a su familia. Había emprendido una infructuosa búsqueda para encontrar un posible novio. Había indagado en todas sus redes sociales e incluso conseguí un historial de sus mensajes de texto y el extracto de los movimientos de su tarjeta de crédito.

Sin embargo, no había encontrado nada.

Quizá fuese porque no había nada que encontrar.

No existían confesiones ocultas. No había novios secretos. Lo más probable era que hubiera salido con sus amigos a divertirse un rato y hubiera conocido a un chico con el que se había acabado enrollando. Teniendo en cuenta que yo había hecho lo mismo con Griffin durante mi primera noche en la ciudad, no podía descartarse la posibilidad.

Tal vez él hubiera seguido su camino y la hubiera dejado sola, sufriendo en silencio.

Hasta que el dolor había sido demasiado.

Acaricié el borde de la foto una vez más. Después cerré la carpeta.

No me estaba sirviendo de nada obsesionarme con el suicidio de Lily. A causa de la edad de las víctimas, tenía limitado el número de preguntas que podía plantear sobre los otros suicidios. Mi trabajo no consistía en reabrir heridas a menos que fuera absolutamente necesario. Si los padres, los amigos y los seres queridos de las chicas estaban en el proceso de superar la pérdida, yo lo respetaba.

De hecho, yo misma estaba en ese proceso.

Algunos de mis peores momentos de los últimos años habían tenido lugar en Bozeman cuando intentaba hacer vida normal y alguien se me acercaba en la calle y me decía lo mucho que lamentaba la muerte de mis padres. Aunque la intención era buena, cada vez me sentía como si acabaran de abofetearme.

Las personas tenemos distintos modos de afrontar una pérdida. Unas agradecen las muestras evidentes de cariño y apoyo. Otras, como yo, encierran el sentimiento y solo se permiten exteriorizarlo con cuentagotas cuando están preparadas.

El día anterior, cuando le hablé a Griffin de la muerte de mis padres, solté unas gotas.

Lily Green merecía toda la energía que fuese capaz de dedicarle. Sin embargo, Melina Green merecía espacio para sanar. Eso, traducido a hoy en día, implicaba dejar reposar el caso.

Por eso, guardé el expediente en el cajón del escritorio, junto con los otros casos de suicidio y me dediqué a despejar mi mesa.

Cuando salí de la comisaría a las seis de la tarde, tenía casi vacía la bandeja de entrada, había asistido a tres reuniones y había terminado de revisar y aprobar todos los informes pendientes. Los agentes habían aceptado las críticas sobre ellos mejor de lo que esperaba. Ahora la carencia de detalles de sus documentos era menor, aunque todavía podían perfeccionarse.

Dos de los informes, ambos sobre los incidentes del Cuatro de Julio, aún necesitaban una buena revisión, de manera que los dejé sobre las respectivas mesas de trabajo de los autores con mis comentarios incluidos. En la oficina volvía a respirarse tranquilidad. El turno de tarde ya había fichado y, a excepción de la teleoperadora, los demás agentes estaban patrullando.

Cogí el bolso y salí del despacho con las llaves en la mano, dispuesta a cerrar la puerta, cuando casi tropecé con el agente Smith, que se acercaba por el pasillo.

—Uy, lo siento.

—Ten más cuidado —masculló, apartándose de golpe.

«Qué tío».

—Agente Smith —lo llamé mientras se alejaba.

Él se volvió de mala gana, con los brazos en jarras. Llevaba ropa de calle: unos pantalones de chándal y una camiseta de deporte.

—¿Qué pasa? No estoy de servicio. Solo he ido al gimnasio.

Me lo quedé mirando, con sus mejillas rubicundas y el pelo sudoroso. Durante el mes que llevaba allí, me había mostrado amable, respetuosa y profesional con la esperanza de que, a su debido tiempo, acabara por ganarme la simpatía de todo el mundo, incluido Tom.

Quizá fuese por el empeño que ponía, pero había hecho progresos con el personal. No era necesario que me trataran como a una amiga y, de hecho, era mejor así, pero estaban empezando a asimilar que yo era la jefa.

Y que no pensaba marcharme.

Mientras miraba a Tom Smith, con aquel gesto despectivo, me di cuenta de que no conseguiría ganarme su respeto ni su lealtad. Estaba decidido y no pensaba cambiar.

—A tu informe del sábado le falta contenido. Te he dejado mis notas encima de tu mesa. Quiero que me lo entregues corregido mañana.

Se le hincharon las fosas nasales.

—Pues vale.

—Jefa. La respuesta adecuada es «Sí, jefa».

Volvió a resoplar por la nariz y a torcer el gesto. Después se fue.

Esperé hasta que oí que la puerta se abría y se cerraba. Luego, solté el aire que había estado reteniendo. Al día siguiente me aseguraría de obtener una buena descripción de su puesto de trabajo por si dimitía o por si me presionaba de tal modo que acabara por despedirlo.

Desenterré el móvil del bolso y le mandé un mensaje a Griffin: «Ven tú a mi casa».

A pesar de lo mucho que me apetecía pasar una noche tranquila en el rancho, tenía una botella de vino en casa que me estaba pidiendo que la abriera.

En el trayecto de vuelta observé que el centro de Quincy estaba plagado de turistas que se paseaban por Main Street. Por la mañana, había habido un robo en la tienda de artículos de cocina y se habían puesto dos multas por exceso de velocidad, una a un vecino de allí y la otra a un conductor de fuera del estado. Por lo demás, la vida en mi nueva ciudad me parecía maravillosamente sencilla.

Esa noche la sentía como propia.

Los policías que llevaban mucho tiempo trabajando en Bozeman decían que era fácil tender a ver el mal por todas partes y que acababas por buscar delincuentes en cada esquina. Quizá también me ocurriría a mí. O quizá esa pequeña ciudad, a pesar de sus defectos, me mantendría alejada de eso.

Quincy era mi hogar.

Enfilé mi calle con la sensación de que nada me pesaba, pero desapareció en cuanto divisé una conocida camioneta aparcada junto al bordillo. Y a una conocida periodista rubia plantada en la acera frente a mi casa, hablando con mi exnovio.

—Mierda —mascullé y enfilé el camino de entrada—. ¿Los dos juntos? Debería haberme ido al rancho.

Skyler se acercó a mi lado del coche y me abrió la puerta.

—¿Qué quieres? —le pregunté, apartándolo de en medio para aproximarme a la casa.

Ignoré a Emily Nelsen por completo. Griffin había comentado que vivía en el barrio y, a juzgar por las mallas y la camiseta de tirantes, debía de haber salido a correr y se había encontrado con a Skyler. Era probable que estuviese ávida de cotilleos que difundir en su fantástico periódico. A lo mejor quería pillarme poniéndole los cuernos a Griffin.

—Winnie. —Skyler me rozó el codo con la mano cuando llegamos a la escalera de la entrada.

Qué ironía que justo el día anterior le hubiera estado hablando a Griffin de él.

—¿Qué quieres?

—Que hablemos. Por favor.

—¿De la casa? Te he dicho que la vendas, me da igual. No la quiero.

—No. De nosotros.

—No hay ningún «nosotros». —Por el rabillo del ojo vi que Emily se había situado un poco más cerca. Zorra cotilla.

—Estaba preocupado por ti. Sobre todo ayer.

—Y por eso has venido. Un día tarde.

—Pensé que estarías ocupada y no quería molestarte.

O bien tenía otros planes y no quería anularlos.

—Si de verdad te preocupara el aniversario del accidente de mis padres, el año pasado no te habrías ido a jugar al golf justo el fin de semana del Cuatro de Julio. O a lo mejor ese viaje solo era una excusa para follar con la otra.

Skyler se puso tenso.

—Ya te lo he aclarado. No era más que sexo.

—Para mí no.

—No te puse los cuernos.

—Ah, ¿o sea que no llegaste a metérsela a otra?

—Por Dios, Winnie. —Se estremeció—. ¿Tienes que decirlo de esa manera?

—Sí. Lárgate, Skyler. —Me abrí paso—. Y tú también —añadí, y Emily puso los ojos como platos—. ¿Necesitas algo? ¿Alguna noticia que contar? —le pregunté—. Aquí no la vas a encontrar. Siento decepcionarte.

—Pasaba por aquí y me he acercado a saludar —masculló.

Agité la mano en señal de saludo.

—Pues hola.

—Hablemos dentro, en privado —dijo Skyler bajando la voz.

—No. No vas a entrar. Tú y yo hemos terminado. Rompimos hace meses. No sé por qué estás aquí ni lo que tengo que hacer para que desaparezcas, pero…

—Ocho años. Estuvimos juntos ocho años. Y tenemos una casa en común.

—Una casa que te niegas a vender.

—Porque no puedo. —Levantó las manos en el aire—. Cada vez que cruzo la puerta, todavía huele a ti. Te veo en cada rincón de la sala de estar. Ya sé que la cagué. No estuve a tu lado cuando debía y no me di cuenta hasta que llegué a casa y vi que aquello ya no era un hogar porque faltabas tú. ¿No deberíamos intentar arreglarlo? ¿No nos lo debemos el uno al otro?

—¿Qué quieres que intentemos? No nos habría ido bien, Skyler. Si ninguno de los dos insistió para fijar la fecha de la boda y casarnos, fue por algo. No nos habría ido bien.

Era la verdad, aunque durante aquellos ocho años me hubiera negado a admitirlo.

Ninguno de los dos era lo bastante fiel al otro. Para mí nuestra relación no tenía prioridad, siempre iba a remolque de lo que ocurriese en mi vida profesional. No era casualidad que me hubieran ascendido tan rápidamente. Le dedicaba a mi trabajo el noventa y nueve por ciento de mi energía vital. A Skyler solo le quedaban las migajas.

Él estaba igual de entregado a su profesión y, aunque existían parejas que conseguían que una relación así funcionara, a nosotros nos faltaba sentir la necesidad de estar con el otro.

Ni siquiera me había dado cuenta de lo que le faltaba a nuestra relación hasta que conocí a Griffin. No había entendido lo que era sentir anhelo por alguien, desear oír su voz, notar su olor y su sabor.

Había pasado ocho años con Skyler. Con Griffin, solo un mes.

Y elegiría siempre lo que tenía con Griffin.

—Si me pusiste los cuernos, fue por algo —le dije—. No habríamos llegado a ninguna parte.

—Winnie. —Se arrimó más y su mano ascendió hasta mi hombro.

—Si quieres conservar la mano pegada a tu brazo, quítasela de encima ahora mismo.

La voz ronca y atronadora que sonó detrás de Skyler me provocó un escalofrío en la espina dorsal. Las pisadas de Griffin hicieron eco antes de que se plantara en la entrada de mi casa y se colocara a mi lado.

La mirada furibunda que le dirigió a Skyler me arrancó una sonrisa.

Griffin Eden estaba guapísimo cuando se ponía celoso.

—No sé quién eres ni qué estás haciendo aquí, pero estoy hablando con Winnie —dijo el otro, creciéndose.

—Pues yo he venido para que se corra antes de cenar. Vamos a ver con cuál de los dos prefiere quedarse.

Esas palabras me dejaron boquiabierta.

El grito ahogado de Emily fue tan sonoro que llegó a oídos de todos.

—Vete a casa, Emily —le gruñó Griffin, estirando el cuello por encima del hombro de Skyler. Ella se puso tensa, pero no se movió—. Aquí no tienes nada que hacer —insistió él—. No conseguirás ninguna noticia, ni a mí tampoco. Vete a casa.

Ella tragó saliva, con el orgullo visiblemente dañado. A lo mejor acabábamos pagándolo caro, pero merecía la pena a cambio de verla marcharse a toda prisa después de que Griffin me hubiera elegido a mí.

—Y tú también —le dije a Skyler—. Vete.

Él sacudió la cabeza.

—Lo entiendo. Te has follado a este tío para equilibrar la balanza. Vale. Me olvidaré de esto si tú te olvidas de…

—La has perdido. —La voz de Griffin tenía un tono que no había oído jamás. Un tono que hizo que me alegrara de no estar en el otro extremo de la discusión—. La cagaste y la has perdido. Ahora es mía. Y yo no pienso cagarla.

«Mía». Se me derritió el corazón.

Ningún hombre me había dicho eso jamás. Skyler, con su elegante traje negro, había tenido ocho años para decir «es mía», pero nunca lo hizo.

Mi ex me miró, pero yo lo ignoré, porque estaba demasiado ocupada conteniéndome para no abrazar al vaquero enfadado.

—Griff...

—Abre la puerta, Winn.

Contuve una sonrisa y seguí sus órdenes, pero antes de entrar le dirigí una última mirada a Skyler.

—Vende la casa. Deshazte de ella. Y olvídate de mí. Por favor.

Él tragó saliva. Luego asintió.

—Gracias. —Cogí a Griffin de la mano y lo guie hacia el interior.

Él cerró la puerta de golpe y se pasó una mano por el pelo.

—Tengo muchas ganas de darle un puñetazo.

—No lo hagas.

Esa vez, Skyler no se entretuvo merodeando por allí. Se esfumó con la misma rapidez que Emily. Y sospechaba que no volvería.

—Bueno, eso ha sido muy... —¿Incómodo? ¿Sorprendente? ¿Clarificador? «Todas las respuestas son correctas».

—Sí —contestó Griffin.

Avanzó hacia mí con decisión, eliminado la distancia que nos separaba de una zancada. Al instante tenía los labios pegados a los míos y noté que el corazón se me aceleraba y me temblaban las rodillas.

Había dicho que yo era suya. Con una caricia de su lengua, las palabras que pronunció delante de Skyler me recorrieron todo el cuerpo.

«Es mía».

Él también era mío.

Fuera había oscurecido cuando salimos del dormitorio. Tal como había prometido, Griffin hizo que me corriera antes de cenar. De hecho, lo consiguió tres veces.

—¿Pedimos comida? —pregunté, abriendo la nevera—. ¿O te apetece queso con galletas saladas?

—Pizza. —Me pasó el brazo por los hombros y noté el calor

de su pecho desnudo contra la espalda. Entonces, cerró la nevera—. Pizza, sin duda.

Me apoyé en él.

—¿Vamos a hablar de lo de antes?

—Seguramente tendríamos que hacerlo —musitó con la boca hundida en mi pelo.

—Esto ya no es solo sexo, ¿verdad?

Él cambió de posición y bajó el brazo para darme la vuelta de modo que nos mirásemos. Clavó sus penetrantes ojos azules en los míos.

—No, no lo es.

—Vale.

Esa palabra se me hizo demasiado pequeña para la situación. Era la que usaría si me ofrecieran un café. O una copa de champán. Pero no cuando Griffin me estaba proponiendo... lo que fuera que me estaba proponiendo. Nada concreto, de hecho. Pero una promesa de futuro merecía algo más que un simple «vale».

—¿Te parece bien?

—Sí —respondí.

Otra palabra demasiado pequeña. O tal vez fuera la palabra perfecta.

Nuestra historia había empezado con un «Sí» que le susurré al oído mientras nos enredábamos el uno en el otro en la parte trasera de su camioneta.

—Quiero invitarte a cenar —afirmó—. Y es una cita.

—Muy bien. —Me daba vueltas la cabeza—. ¿Esta noche?

—No. —Sonrió y sacó el móvil del bolsillo de sus vaqueros. Tocó la pantalla unas cuantas veces y se lo llevó a la oreja.

En ese momento oí sonar mi teléfono móvil en la sala de estar, de modo que dejé a Griffin encargando la pizza y corrí a recoger el bolso que antes había dejado abandonado en el suelo. El primer móvil que encontré fue el personal, pero llevaba varios días descargado, así que seguí rebuscando hasta que tuve el del trabajo en la mano. Vi el número de la comisaría parpadeando en la pantalla.

«Mierda».

—¿Diga? —contesté.

—Hola, jefa —dijo Mitch con la voz tensa. No se percibía ninguna sonrisa.

—¿Qué ocurre?

—Ha llamado Frank Nigel.

El corazón se me aceleró de golpe. Frank solo llamaría si se tratara de una verdadera emergencia. Seguramente intentó localizarme en mi móvil y, al ver que no contestaba, llamó a la comisaría.

—¿Qué ha pasado?

—Es Covie. Está en el hospital.

16

Winslow

—Me quedo en tu casa contigo —le dije al abuelo mientras le sostenía la mano entre las mías.

Él respondió con desdén.

—No, ni hablar.

—No me gusta nada que estés solo.

—No estoy solo, tengo a Frank.

Sacudí la cabeza.

—No es lo mismo.

Porque, si Frank no hubiese ido a su casa para pedirle prestada una llave inglesa, la cosa podría haber sido mucho peor.

—Estoy bien.

—Has sufrido un ataque al corazón.

—Un leve ataque al corazón —me corrigió. Quiso que le soltara la mano, pero yo no pensaba hacerlo; todavía no.

Fruncí el entrecejo.

—Da igual que añadas el «leve».

El abuelo suspiró.

—Te quiero, Winnie.

—Yo a ti también. —Empezó a temblarme la barbilla. Llevaba toda la noche sentada en esa silla y tenía los nervios destrozados.

—No llores.

Asentí y me tragué el nudo que se me había formado en la garganta. Lloraría, y mucho, pero me reservaría para cuando estuviese en casa sola.

El abuelo era toda mi familia. Mi padre era hijo único y mi madre también y hacía años que mis otros abuelos habían muerto. No tenía tíos ni primos que me acogieran para pasar juntos las vacaciones. No tenía a nadie más para decirme que me quería.

El abuelo era todo lo que tenía. Y ese ataque al corazón era una cruda manera de recordarme que no estaría allí siempre.

Me había pasado casi toda la noche contemplándolo dormir. Se lo veía muy frágil en aquella cama de hospital. La bata de color azul grisáceo y las paredes pintadas de beis le palidecían el rostro. La luz de los fluorescentes remarcaba cada surco, cada arruga.

La vida estaba destinada a acabar, pero yo no estaba preparada para perder a mi abuelo. No lo estaría nunca.

A las lágrimas que me llenaban los ojos les daba igual que él quisiera que no llorase. Me resbaló una por cada mejilla y dejaron surcos gemelos.

—Winnie, estoy bien.

Le solté la mano para enjugarme la cara.

—Ya lo sé.

—Como dice la doctora, es hora de ajustar mi dieta y reducir el estrés.

El abuelo estaba en muy buena forma física para su edad. No tenía sobrepeso ni le faltaba el aliento durante los paseos que dábamos después de cenar. Sin embargo, sospechaba que a sus arterias obstruidas eso les era indiferente. Tenía el colesterol demasiado alto y su trabajo lo sometía a mucha presión.

—Lo tendrías más fácil si alguien te ayudara a cuidar de la casa.

—Uf… —Hizo un gesto con la mano para quitarle importancia—. La casa no me preocupa. Pero…

—¿Pero qué?

Se quedó mirando el techo y hundió más la cabeza en las almohadas que lo mantenían incorporado en la cama.

—A lo mejor ha llegado la hora de que me jubile.

—Si te encanta ser alcalde…

—Mucho, cielo, me gusta mucho. —Puso una sonrisa triste—. Pero me hago viejo y ser alcalde provoca estrés. Tengo la sensación de que he hecho exactamente lo que debía hacer. He dado paso a la siguiente generación capaz de dirigir esta ciudad, tú incluida.

Yo me sorbí la nariz y atajé otra lágrima antes de que comenzara a caer.

—Empecemos por la dieta. Aún no estoy preparada para tener un nuevo jefe.

Él se echó a reír.

—Trato hecho.

—Buenos días. —Llamaron a la puerta y una doctora entró en la habitación. No era la misma que estuvo la noche anterior, cuando llegamos Griffin y yo, pero me sonaba su cara—. Hola, soy Talia Eden.

—Hola. —Erguí la espalda y me puse de pie para estrecharle la mano—. Soy Winslow Covington.

—Encantada. —Tenía los ojos del mismo color azul intenso que su hermano. Era igual de atractiva que Griffin. Llevaba el abundante pelo castaño recogido en una larga cola de caballo que oscilaba de un lado a otro de la espalda a medida que avanzaba hacia la cama del abuelo—. ¿Cómo te encuentras hoy, Covie?

—Bien.

Talia bajó el estetoscopio que llevaba enrollado al cuello y lo pegó a la piel de mi abuelo por debajo del cuello de la bata.

—Respira hondo.

Él fue haciendo lo que ella le decía hasta que terminó de examinarlo.

—¿Cuánto tiempo me queda, doctora? ¿Tres meses? ¿Seis?

—A mí no me hace gracia —lo regañé.

El abuelo sonrió.

—Me recuperaré.

—Las constantes vitales están bien —anunció Talia—. ¿Has vuelto a sentir dolor en el pecho?

—No —respondió él.

—Hoy te quedarás aquí —le dijo—. Así podremos controlarlo todo. Pero, si mañana por la mañana vemos que no hay ninguna novedad, te mandaremos a casa.

Él asintió.

—De acuerdo.

—¿Queréis hacerme alguna pregunta? —nos ofreció.

El abuelo negó con la cabeza.

Yo levanté la mano.

—Ay, Dios —masculló él, poniendo los ojos en blanco.

—Soy especialista en hacer preguntas. —Y no me cortaba ni un pelo.

Había varias que me rondaban por la cabeza desde que llegué al hospital la noche anterior, y las vomité todas seguidas: «¿Cómo podemos evitar que vuelva a pasar? ¿Puede tomar algún medicamento? Anoche la doctora dijo que tenía que hacer cambios en la dieta. ¿Hay alguna lista de alimentos que no le convienen?».

Talia ni siquiera pestañeó. Escuchó todas mis preguntas y las respondió una a una de inmediato.

—Le pediré a la enfermera que os traiga unos folletos informativos. No profundizan demasiado, pero aparecen una serie de páginas web que en las que hay información mucho más detallada.

—Gracias.

—De nada. —Sonrió—. Me alegro de conocerte por fin.

—Yo también.

Se dirigió a la puerta y, cuando la abrió, se oyeron dos voces masculinas en el pasillo. Talia se aclaró la garganta y el rumor cesó.

El abuelo y yo intercambiamos una mirada. Conocíamos esas dos voces.

La seguí hasta el pasillo y encontré a Griffin plantado enfrente mismo de la puerta.

Tenía los brazos cruzados y los ojos entornados. Su pecho

musculoso irradiaba furia mientras clavaba los ojos en Frank, que se alejaba por el pasillo.

—¿Qué pasa? ¿Por qué se marcha?

El hombre desapareció por la puerta que daba a la escalera sin mirar atrás ni una sola vez.

—Déjalo ya, Griffin —dijo Talia.

—Lo que ha hecho está mal. —Sacudió la cabeza—. No te toma en serio. Ha ido a hablar con tu jefe.

—¿Qué? —Los miré a ambos, aguardando la explicación que ninguno pensaba darme. ¿Por qué se habría quejado Frank al jefe de Talia?

—Basta ya, por favor. —Se acercó a Griffin y le puso una mano en el hombro—. Te agradezco que le pares los pies por mí, pero no es necesario.

Griffin apretó la mandíbula.

Talia se echó a reír y le dio un golpe con los nudillos en el bíceps.

—Nos vemos luego.

—Vale —masculló él.

—Adiós, Winslow.

—Gracias por todo —dije y agité la mano en señal de despedida cuando se alejó por el pasillo en dirección al puesto de enfermería. Cuando ya no podía oírme, me acerqué a Griffin—. ¿Qué pasa?

—Frank ha averiguado que hoy a Talia le tocaba visitar a Covie y ha ido a ver a su jefe para pedirle que la cambiara por otro médico.

—¿Qué? —Talia me parecía de lo más competente. Era joven, pero ¿cuántas personas pensaban lo mismo de mí en mi puesto de jefa de policía?—. ¿Por qué ha hecho eso?

—Porque es un cabrón. No lo sé. Mientras ella estaba dentro de la habitación, se ha encarado conmigo y me ha dicho que no estaba cualificada para tratar a Covie.

—No lo entiendo. ¿Por qué lo cree?

—Es el primer año de Talia como médico residente. Acabó Medicina y los médicos titulares del hospital estuvieron de acuerdo en que se formase aquí para conseguir la experiencia necesaria. Porque, a diferencia de Frank, ellos son conscientes de que, si no contratan a médicos nuevos, no quedará nadie para cubrir sus puestos cuando ellos se jubilen. Talia lo sabe y adora esta comunidad. Es inteligente. Y buena en su trabajo.

—A mí no tienes que convencerme. —Me acerqué más a él y le puse la mano en la frente—. Frank no debería haber hecho eso.

Él descruzó los brazos y me pasó uno por la cintura para atraerme.

—No quiero que pienses que el hecho de que Covie esté a su cargo lo pone en riesgo. Talia sabe que le queda mucho que aprender y pedirá ayuda si la situación la sobrepasa.

—No estoy preocupada.

—Lo siento. —Soltó un largo suspiro y me rodeó con el otro brazo—. ¿Cómo lo llevas?

—Estoy cansada —dije con un bostezo.

Cuando me apoyé en su pecho y me relajé, noté que el agotamiento me invadía todo el cuerpo, como si hubiese estado esperando para ascender por las piernas igual que la vid trepa alrededor del tronco de un árbol. Aspiré el olor de Griffin y dejé que me reconfortara.

—Hueles bien —añadí. Se había duchado por la mañana y su piel conservaba el aroma a limpio del jabón. Seguramente, yo olía a gel desinfectante y a hospital—. Tendrán al abuelo aquí hasta mañana.

—¿Por qué no te marchas a casa y descansas un poco?

—Eso pienso hacer, pero quería esperar a que pasara la doctora, o sea, Talia.

Me tuvo abrazada un rato y yo cerré los ojos y dejé que me sostuviera. Me aparté cuando oí las ruedas de un portasueros. Un hombre vestido con un batín encima del pijama de hospital y calzado con unas zapatillas salió de la habitación contigua.

—¿Quieres saludar al abuelo? —le pregunté a Griffin.

—Claro.

Él me cogió de la mano y la estrechó con fuerza, igual que la noche anterior. Era como si supiera que lo necesitaba.

Anoche, cuando llegamos al hospital, el abuelo se encontraba en urgencias. Luego, los médicos, tras convencerse de que había superado el infarto, se lo llevaron para hacerle varias pruebas. Tardaron horas en volver y Griffin se había quedado a mi lado en la sala de espera y no me había soltado la mano en ningún momento.

Frank también estuvo allí, y esa noche ambos se olvidaron de su mutua animadversión. Era evidente que la tregua se había terminado en algún momento después de que trasladaran al abuelo a una habitación de planta y yo le dijera a Griffin que podía irse a casa.

—Hola, Covie. —Tampoco me soltó la mano cuando entramos en la habitación y estrechó la del abuelo con la otra—. ¿Cómo te encuentras hoy?

—Mejor. Estoy en buenas manos con una doctora como tu hermana.

—Tienes toda la razón del mundo —dijo Griffin.

Me dispuse a sentarme a los pies de la cama, pero, en cuanto rocé la sábana blanca con el culo, el abuelo señaló la puerta.

—Fuera. Vete. Ahora mismo —me ordenó, chascando los dedos.

—Después de que desayunes.

Él frunció el entrecejo, pero al ver que no me movía comprendió que no lograría convencerme. Quería quedarme allí para echarle una mano mientras desayunaba. Además, con suerte, Frank volvería en algún momento y podría preguntarle por qué estaba tan en contra de Talia. No le veía el sentido y no quería que le generara dudas innecesarias al abuelo.

—¿Necesitáis que os traiga algo? —se ofreció Griffin.

—No. —Volví a bostezar.

—Vete a casa, Winnie —me suplicó el abuelo—. Estoy bien.

—No tardaré en irme, te lo prometo.

—Me marcho para que puedas descansar, Covie —dijo Griffin. Le dio una palmada en el hombro—. Me alegro de que te estés recuperando.

—Yo también —dijo el abuelo.

—Te acompaño fuera.

Me levanté de la cama con sensación de pesadez en las piernas y acompañé a Griffin al pasillo.

—No te quedes hasta tarde —dijo él, y me acarició las pecas de la nariz.

—No. Me iré a casa, me ducharé y me echaré un rato para recuperar fuerzas.

—Y luego te irás a trabajar antes de volver aquí.

Yo ladeé la cabeza.

—¿Tan previsible soy?

—Sí. —Se inclinó para darme un beso en la frente—. Llámame luego.

—Lo haré.

Esperé a que se alejara por el pasillo y desapareciera por la misma puerta que Frank hacía un rato. Cuando esta se cerró tras él, me tomé un momento para sentir el cansancio.

Tres segundos. Cuatro. Y entonces el sonido de unos pasos me obligó a dar media vuelta.

—Hola, Frank.

No me molesté en sonar simpática, porque la verdad era que me había molestado su comportamiento. A pesar de eso, estaba agradecida de que hubiera encontrado al abuelo tumbado en el sofá y de que cuando él le dijo que sentía un dolor en el pecho no perdiera tiempo ni esperara a que se le pasara solo. Se limitó a subirlo a su coche y llevarlo al hospital.

Pero ¿tenía que montar una escena? ¿Precisamente en un día así?

Él vio que estaba molesta. Me sentía demasiado cansada para disimularlo.

—Griffin te ha contado que he pedido que enviaran a otro médico en lugar de Talia, ¿verdad?

—Sí. ¿Por qué lo has hecho? La he visto trabajar en la habitación y me parece muy competente.

—No es doctora de verdad.

—Es médico residente.

—Lo que significa que aún no ha terminado su formación. ¿No quieres lo mejor para Covie?

—Claro que sí.

Pero también confiaba en que en el hospital supieran asignar las tareas apropiadas a la plantilla. Era el mismo tipo de respeto que agradecía que la gente mostrara por mi puesto.

—No dejes que los Eden te engañen. Sé lo que tienes con Griffin. —Frank pronunció su nombre con desprecio—. Tú solo… ten cuidado. No bajes la guardia.

Pestañeé con extrañeza.

—¿Qué no baje la guardia? ¿Contra quién?

Él se volvió a mirar para asegurarse de que estábamos solos. Después se acercó unos milímetros y bajó la voz.

—Griffin ha salido con muchas mujeres de esta ciudad. Y de otras.

Fruncí el entrecejo. No era el mejor día para decirme eso. Y tampoco tenía por qué mencionármelo ningún otro día. Pero antes de que pudiera protestar y decirle a Frank que eso era problema mío, siguió hablando.

—Y Briggs le pegaba a su mujer. Por eso lo dejó.

Los engranajes de mi mente frenaron en seco.

—¿Qué?

—Ella era la mejor amiga de Rain y tardó mucho tiempo en confesar que la maltrataba. Una noche vino a casa llorando y se lo contó todo. Al día siguiente se había ido.

—¿Adónde?

—No lo sé, Winnie. Se marchó. Fue hace mucho tiempo, pero por eso te digo que te andes con cuidado. A lo mejor, al dejar a Briggs, sintió la necesidad de cortar todo el contacto con Quincy, pero Rain se quedó destrozada. Perdió a su mejor amiga y no pudo hacer nada contra Briggs.

Me pellizqué el puente de la nariz.

—¿Algo más?

—Nada, aparte de que está perdiendo la cabeza y a nadie parece importarle que ande por ahí con rifles cargados en la camioneta.

De modo que Griffin y su familia no eran los únicos que habían reparado en la demencia de Briggs. Mantuve la boca cerrada porque no era asunto mío.

Frank me posó la mano en el hombro.

—¿Tú cómo estás?

—Bien. Cansada.

—¿Y por qué no te vas a casa? Ya me quedo yo un rato con Covie.

—¿Seguro?

—Claro. Pero carga el teléfono para que pueda localizarte si pasa algo.

Asentí. La noche anterior me había propuesto no dejar nunca más el móvil sin batería.

Entramos juntos en la habitación del abuelo y, después de un largo abrazo de despedida, lo dejé con Frank y me dirigí al aparcamiento.

Sin embargo, en cuanto me senté frente al volante, el cerebro empezó a irme a cien por hora. No podría dormirme. Sería imposible después de lo que me había contado Frank.

¿Me lo había dicho porque estaba decidido a montar una escena hoy o de verdad Briggs había maltratado a su esposa? Griffin me había contado muchas cosas sobre él y su demencia. ¿Por qué no había mencionado nada sobre su exmujer? Tal vez no lo sabía. Según cuándo hubiera estado casado, era posible que él fuese muy pequeño.

Pero Briggs era la única persona que vivía cerca de la Cumbre Índigo. Su salud mental se estaba deteriorando y si había sido una persona violenta… Eso lo cambiaba todo.

Salí del aparcamiento y me dirigí a la comisaría. La noticia había volado y en cuanto crucé la puerta empezaron a lloverme preguntas sobre el abuelo. Janice estaba a punto de entrar en pánico.

Después de asegurarles a todos que estaba bien, me encerré en mi despacho y encendí el ordenador.

Al ponerme a indagar sobre Briggs Eden tuve la sensación de estar cometiendo una traición. Me removí en el asiento mientras se cargaba la página. Sentía los nervios a flor de piel. Aun así, en cuanto apareció el informe en la pantalla, empecé a analizar la información.

Fecha de nacimiento. Direcciones. Números de teléfono. Parientes. Y, por fin, el historial delictivo.

Estaba vacío. No constaban denuncias por malos tratos. Ni sanciones por exceso de velocidad. Ni siquiera una sola multa por aparcamiento indebido en los últimos diez años.

Cerré la pantalla y posé los ojos en el escritorio con la mirada perdida.

—Vaya.

A lo mejor Frank estaba equivocado.

Cogí un bolígrafo con el único propósito de tamborilear con él sobre la mesa. El sonido regular, como el del metrónomo de la profesora de piano de quinto curso, me servía para centrar los pensamientos. Me permitía aislarme del ruido y… pensar.

Si Briggs se había peleado con su mujer, pero no había habido un verdadero maltrato, era poco probable que alguien hubiera avisado a la policía para que lo detuvieran. O tal vez ella solo se lo contó a Rain. Quizá lo mantuvo en secreto porque temía por su integridad física.

Saqué el teléfono del bolso, busqué el nombre de Griffin y me detuve con el dedo sobre la pantalla, a punto de llamarlo, pero reculé.

Era su familia. Su vida.

Si no sabía lo de Briggs, no quería que se enterara de esa manera solo porque Frank se había ido de la lengua. Y, si lo sabía, debía de haber algún motivo por el que no me lo había contado.

Era mejor que lo habláramos por la noche.

Antes, haría una visita.

La culpabilidad empezó a atormentarme mientras me alejaba de la ciudad. A medida que me acercaba al rancho, se me formó un nudo el estómago. Cuando enfilé la carretera de grava que conducía a la cabaña de Briggs, estaba sudando a pesar de que el aire acondicionado funcionaba a toda pastilla.

Hacía tiempo que Griffin sabía que tenía previsto hablar

con su tío. Se lo dije el día que apareció con las botas de Lily Green. Entonces ¿por qué me sentía como si estuviera traicionando su confianza? No podía venir conmigo, era una visita oficial.

Estaba haciendo mi trabajo.

Dejé de lado mis dudas mientras aparcaba al lado de la camioneta de Briggs. En el lugar donde el domingo estaba la hoguera, ahora se veía un círculo de hierba teñida de negro. En el centro había una pila de cenizas grises. Las ramas quemadas habían desaparecido. Incluso varios días después, juraría que aún notaba el olor de la madera de pino ardiendo.

Caminé hasta la cabaña y me detuve bajo el techo en voladizo. Antes de que me diera tiempo a llamar, la puerta se abrió y la corpulenta figura de Briggs Eden llenó el umbral. ¿Dentro de treinta años Griffin se parecería a él? Tenían la misma nariz, la misma forma de labios. Pero este hombre mostraba un aspecto más rudo, tal vez porque llevaba muchos años viviendo solo.

—Hola. —Le tendí la mano—. Soy Winslow Covington. Nos conocimos el otro día, cuando vine con Griffin.

La mirada de Briggs recayó en mi mano abierta y luego la posó en mi cara.

—¿Quién?

—Winslow Covington. Soy la nueva jefa de policía de Quincy. —Por un instante, pareció reconocerme—. Estuve aquí el día de la hoguera.

—Ah, sí... Lo siento. —Sacudió la cabeza y encajó su manaza en la mía—. Me acabo de despertar de una siesta y estoy un poco despistado. Ya sabes.

—Claro.

—Pasa, pasa. —Retrocedió y agitó la mano para indicarme que entrara—. Winslow, ¿verdad?

—Sí.

—¿Te apetece un vaso de agua?

—Perfecto. Gracias.

Briggs fue a la cocina y sacó dos vasos distintos de un armario.

La cabaña olía a beicon y huevos fritos y empezó a sonarme el estómago porque no había comido nada desde el mediodía anterior.

Sobre los fogones había una sartén de hierro fundido y en la encimera, un tarro de cristal lleno de flores silvestres. La estancia principal de la cabaña era un espacio abierto con la cocina y una mesa de comedor situada en un lado. Enfrente había una zona de estar con dos sofás y un gran televisor sobre un pie colocado en la esquina.

Encima de la mesita de centro vi dos libros bien apilados. Los DVD de debajo del televisor formaban una hilera perfecta. En una pared había una estantería, pero, a diferencia del resto de la cabaña, era un puro caos.

Ese mueble podría perfectamente estar en mi casa o en mi despacho, pero no encajaba en un espacio tan bien ordenado. Había un montón de periódicos enrollados. Libros de bolsillo esparcidos aquí y allá. Un martillo que parecía nuevo. Un puzle. Un tarro de cristal lleno de bolígrafos.

Era un desorden sin sentido. Todo el mundo tenía algún cajón desastre, pero lo que Briggs tenían era toda una estantería. Vi una pila de facturas sin abrir. Una navaja que había vivido tiempos mejores. Y un bolso.

¿Por qué tendría un bolso? ¿Y por qué me resultaba tan familiar? Me acerqué un poco y examiné aquella piel lisa de color cámel con pespuntes marrón chocolate en las costuras.

—Qué bonito. —Lo cogí de la estantería, me volví y lo sostuve delante de él—. Tu mujer o tu novia tiene un gusto exquisito.

—No estoy casado —rio y me acercó un vaso de agua—. Ya no. Mi mujer me dejó hace siglos. Tuvimos… algunos problemas. Pero al fin resulta que estaba mejor soltero.

Sonreí y di un sorbo de agua. No podía preguntarle si sus problemas era que él la había maltratado. La visita de hoy no era para confirmar o descartar la noticia de Frank. Briggs parecía lúcido. La visita era para tantearlo. Y tal vez para averiguar por qué tenía ese bolso.

—Entonces ¿lo has hecho tú? ¿Trabajas con cuero?

—No, gracias a Dios. Tengo muy poca paciencia para dedicarme a la artesanía. Yo estoy hecho para trabajar en el campo. —La expresión le cambió cuando se echó a reír. Los rasgos angulosos se suavizaron y las arrugas de los ojos se volvieron más profundas—. El bolso lo encontré un día que salí a caminar por la Cumbre Índigo y me pareció demasiado bonito para dejarlo allí tirado.

No tenía ni rastro de tierra. Así que lo había limpiado muy bien después de encontrarlo… O…

No quería pensar en la otra posibilidad. No quería pensar que no lo había encontrado por casualidad, sino que lo guardaba porque era un recuerdo.

—¿Te importa que le eche un vistazo al forro y al interior? —pregunté.

—Adelante. —En el fondo de la cabaña sonó un teléfono—. Voy a contestar.

—Claro.

Esperé a que se hubiera marchado y grabé un vídeo rápido del bolso con mi móvil, cogiéndolo desde todos los ángulos.

El forro de seda de color lila estaba igual de limpio e impoluto como el exterior y el bolso olía a piel nueva. En la solapa frontal tenía grabada una «H».

No contenía nada a excepción de un monedero oculto en el fondo: cuadrado, de color verde mar con una cremallera dorada. Era tan femenino como masculina era la cabaña.

Lo saqué del bolso. La cremallera estaba abierta y dentro había un billete de veinte dólares doblado y un carnet de conducir.

El carnet de conducir de Lily Green.

17

Griffin

—¿Estás visible? —preguntó Knox desde la puerta de entrada.

—No —le mentí.

Él entró de todos modos.

—¿Estás solo?

—Sí.

—Mierda. Esperaba conocer a la jefa de policía. Me siento discriminado.

—Mateo tampoco la conoce todavía. —Señalé con la cabeza el recipiente de plástico que llevaba en la mano—. ¿Qué es eso?

—El desayuno. —Lo dejó sobre la encimera de la cocina antes de ir hasta la cafetera—. ¿Recuerdas que en Navidad una pastelera de California se alojó en el hotel? Pues nos hemos estado mandando correos con recetas. La convencí para que me diera la de los rollitos de canela. Esta mañana me he puesto a prepararlos y les he llevado unos cuantos a mamá y papá, pero también he traído para ti.

—Gracias.

Destapé el recipiente y se me hizo la boca agua al oler la canela, el pan y el azúcar. Cada rollito tenía el tamaño de mi cara.

Knox había traído dos, seguramente porque pensaba que Winn estaría conmigo.

—Pareces tan cansado como yo —dijo.

—Lo estoy —respondí con un bostezo.

El café que llevaba tomando desde las cuatro de la madrugada aún no me había hecho efecto. Esa noche no había dormido nada bien. Me la había pasado dando vueltas. Cada vez que rozaba con el brazo el lado vacío de la cama, me despertaba sobresaltado pensando que Winn se había levantado a causa de otra pesadilla. Entonces me acordaba de que se había quedado en el hospital y, poco después de dormirme, me volvía a ocurrir lo mismo.

Por fin, cuando la tenue luz del amanecer se coló por la ventana de mi dormitorio, decidí levantarme y trabajar un poco en el despacho.

—¿Cómo está Covie?

—Mejor. Winn ha vuelto a pasar la noche en el hospital. —En contra de todas mis súplicas para que esa noche durmiera en una cama y no en aquella maldita butaca. Claro que yo en su situación habría hecho lo mismo—. Parece que hoy le van a dar el alta.

—Me alegro de oírlo.

—Y yo de decirlo.

No le deseaba a Winn semejante pérdida.

—¿Y tú qué me cuentas? —preguntó Knox, dando un sorbo de café—. Tengo la impresión de que no te veo desde hace siglos.

—Estuviste sentado a mi lado en el rodeo.

—Ya me entiendes.

—Ya.

Desde que Winn había entrado en mi vida, se había convertido en el centro de atención. Antes de estar con ella, una vez o dos por semana iba al restaurante para que Knox me preparara la cena.

—Vas en serio con ella, ¿verdad? —preguntó.

—Sí.

—Joder —dijo, con cara de extrañeza—. Pensaba que lo negarías.

—Con Winn no.

—¿Te acuerdas de aquella vez, cuando teníamos diez y doce años? Hicimos la promesa de que no nos casaríamos jamás.

—Sí que me acuerdo. —Me eché a reír—. «Las chicas dan asco. Los chicos molan».

—Queríamos construir una casa en un árbol y vivir allí para siempre. —Knox rio—. Entonces pasamos por la pubertad y el plan de la casa del árbol se fue al garete.

En el instituto de Quincy los dos habíamos sido bastante populares y las novias no nos duraban mucho. Él iba un poco más en serio con las chicas, pero yo era el típico niñato que solo buscaba sexo.

Joder. Toda la vida había sido igual. Así había empezado también con Winn.

Pero si había una mujer con la que quería compartir el futuro, era ella.

Había estado convencido de que en mi vida no había lugar para otra persona, de que no tenía tiempo para compromisos. Sin embargo, estar con ella no me suponía ningún esfuerzo. Encajaba en mi vida. A la perfección.

Ya no era un crío. Tenía una familia grande, y la mayoría de las veces también ruidosa y agotadora, pero cada día me atraía más la idea de construir mi propio legado, de tener hijos.

Sacudí la cabeza porque me estaba adelantando a los acontecimientos. Primero tenía que presentársela a mi familia. Y pedirle una cita. No se merecía menos.

—Voy a llevar a Winn esta noche a cenar a casa, si le va bien.

—Estupendo.

Knox fue hasta la isla de la cocina y se sentó en un taburete. Su habitual barba incipiente se había vuelto tan poblada que era casi una de verdad, y hacía muchos años que no llevaba el pelo tan largo, con rizos en la nuca y tan desgreñado como el mío. Viéndolo con los tatuajes negros en los bíceps que asomaban por debajo de las mangas de la camiseta, parecía más uno de aquellos motoristas que pasaban por Quincy todos los veranos de camino a Sturgis que un exitoso chef y hombre de negocios.

Aunque seguro que la gente pensaba lo mismo de mí. Llevaba vaqueros sucios y botas zarrapastrosas por culpa de tener que ocuparme de aquel rancho multimillonario.

—Mamá y papá me han contado lo de Briggs esta mañana —intervino Knox—. No pinta bien.

—No, nada bien —suspiré—. Y lo peor es que la cosa avanza muy deprisa.

—Últimamente suele venir a comer al restaurante dos o tres veces por semana. Parece muy normal.

—Creo que en general lo está, pero eso da igual si cuando tiene una crisis se dedica a prenderle fuego al rancho.

—Estoy de acuerdo. Papá dice que hoy hará algunas llamadas.

—Es lo que toca. Tú también lo harías si el enfermo fuera yo.

—Sí —asintió Knox—. Y tú si fuera yo.

Hice un gesto con la mano para cambiar de tema. Hoy no tenía ganas de hablar de eso ni de imaginármelo pasando por esa situación.

Él y yo éramos los más cercanos en edad. Solo nos llevábamos dos años y de niños éramos inseparables. Jugábamos a explorar el rancho, a construir fortalezas y a cazar monstruos invisibles con nuestras pistolas de aire comprimido.

Los dos estábamos enfadados con nuestros padres porque habían tenido tres niñas, pero cuando nació Mateo, nueve años después que yo, no jugamos mucho con él mientras fue pequeño. Solo cuando nos tocaba cuidarlo.

Quería mucho a Mateo, pero a Knox me unía un vínculo más profundo. Fue a él a quien llamé cuando en el último año de instituto pillé una borrachera bebiendo cerveza en una fiesta y necesité que alguien me llevara a casa. Y, unos años atrás, él me llamó a mí para que pagara la fianza y lo sacara del calabozo porque se había metido en una pelea de bar. Una chica estaba discutiendo con su novio y, cuando este le soltó un revés, Knox le dio una lección por cabronazo.

Pero atrás habían quedado las noches en que nos emborrachábamos juntos. Ya no nos sentábamos en el porche de mi casa a beber cerveza como antes, cuando a veces se quedaba a dormir aquí para no tener que conducir hasta su casa, en el centro de la ciudad.

—¿Hoy trabajas? —le pregunté.

—Yo trabajo siempre. ¿Y tú?

—Todos los días.

Jim, Conor y los demás empleados ya habían pasado por mi casa para fichar y empezar la jornada. Todos estaban trabajando en el rancho, de modo que decidí no alejarme demasiado. Sobre todo, quería estar cerca por si Winn salía del hospital.

—Hablando de trabajo —dijo Knox mientras apuraba el resto de su café—, será mejor que me vaya. Tengo que prepararme, últimamente tenemos el local a tope.

—Eso es bueno, ¿no?

Él sonrió.

—Yo estoy encantado.

El sueño de Knox era dirigir su propio restaurante. Siempre le había gustado estar en la cocina y ayudar a nuestra madre. Asimilaba todas las explicaciones que ella le daba. Cuando anunció que pensaba matricularse en la escuela de cocina, a ninguno nos sorprendió.

—Pasaré a la hora de la cena, con o sin Winn. Y luego, si tienes tiempo, podemos ir al Willie's a tomar una cerveza.

—Eso está hecho. —Knox se puso de pie y fue hacia la puerta mientras se despedía con la mano.

Yo me terminé el café, me puse las botas de trabajo y fui al establo.

Tenía previsto trabajar allí un par de horas y luego darme una ducha y, si todavía no tenía noticias de Winn, acercarme a la ciudad. Era el día en el que había pasado más tiempo sin verla de toda la semana y con todo lo que estaba pasando con Covie me tenía preocupado.

Todavía no me había contestado al mensaje que le había enviado por la mañana para preguntar cómo iban las cosas. Probablemente andaba ocupada tramitando el alta de su abuelo para acompañarlo a casa, pero, aun así, estaba inquieto.

Mi madre me dijo una vez que nos preocupábamos más por aquellos a quienes más queríamos.

A mí siempre me preocuparía Winn.

Era algo a lo que debería acostumbrarme. Tenía un trabajo de riesgo y, aunque no saliera a patrullar por las noches, siempre habría algún momento en que tendría que vérselas con algún pirado. Por eso la había esperado despierto el Cuatro de Julio. Sabía que estaba en la calle y no pude dormir hasta que llegó a casa.

Preocuparme por ella era un ruido constante en mi cabeza. Ni siquiera una hora de pesadas tareas en el establo me despejó la mente, como acostumbraba a ocurrir.

Estaba limpiando el cubículo de Júpiter cuando oí un ruido de neumáticos procedente del camino de entrada. Salí rápidamente y sentí un profundo alivio en cuanto vi a Winn bajarse del Explorer sin distintivo que utilizaba para ir a trabajar.

—Hola, guapa. —Fui hasta ella y la atraje hacia mí para abrazarla—. ¿Cómo estás?

Ella se puso tensa y se apartó con timidez.

—Bueno.

—Ah, lo siento. —Me limpié con la mano el pecho sudoroso y aparté las briznas de heno que se habían quedado pegadas a mi camiseta—. ¿Cómo te ha ido en el hospital? ¿Cómo está Covie?

—Bien. De momento está en casa.

Me miró a los ojos un momento y luego posó su mirada azul en mi hombro mientras permanecía tensa y con el entrecejo fruncido. Tenía las ojeras muy marcadas y las mejillas no mostraban el habitual tono sonrosado.

—¿Has podido dormir un poco?

—La verdad es que no. —Sacudió la cabeza y, a continuación, irguió la espalda y se puso seria—. Tengo que hablar contigo.

—Vale —dije despacio—. ¿Qué pasa?

—Tu tío.

—¿Briggs? ¿Ha ocurrido algo?

Ella asintió.

—Voy a llevarlo a la comisaría para interrogarlo.

—¿Interrogarlo? ¿Sobre qué?

—Ayer estuve en su casa.

Pestañeé repetidamente con sorpresa mientras trataba de asimilar lo que oía. Me había preocupado por ella, porque creía que estaba en el hospital con Covie o en casa sola, tratando de conciliar el sueño. Pero estaba en el rancho. En mi rancho.

—Fuiste a su cabaña. Ayer, al salir del hospital. Sin mí.

—Te dije hace semanas que tendría que ir a hablar con él en algún momento.

—Sí, pero podrías haberme avisado.

¿No estábamos en un punto en que deberíamos compartir ese tipo de cosas?

—Tenía que hacerlo sola.

—¿Sola? —¿Qué demonios? Di un paso atrás y me crucé de brazos—. ¿Por qué?

—He oído rumores sobre algún episodio de malos tratos.

—Rumores —dije con sorna—. Ahora lo entiendo. Frank te ha estado calentando la cabeza. No hubo malos tratos. La mujer de Briggs lo dejó porque era una zorra malcriada. Creía que él se quedaría con el rancho y con el dinero de la familia. Cuando se dio cuenta de que mi tío no tenía ninguna intención de hacerse cargo de la finca y que iba a dejarlo todo en manos de mi padre, se marchó de la ciudad y se llevó todo el dinero de Briggs, por cierto. Pero antes de desaparecer se encargó de echar por tierra su reputación.

Todas las personas que conocían a Briggs sabían la verdad. Él jamás le habría puesto la mano encima a su mujer. La adoraba y, cuando ella se marchó, se quedó destrozado.

—Deberías haber hablado conmigo antes de ir a verlo a él —le espeté—. Yo te habría contado la verdad.

Winn se puso tensa.

—Estoy hablando contigo ahora.

—¿Para qué? ¿Para decirme que vas a llevar a mi tío a la comisaría para interrogarlo sobre un conflicto matrimonial de hace décadas?

—Voy a interrogarlo sobre Lily Green y Harmony Hardt.

El corazón se me paró en seco.

—¿Por qué?

—Cuando estaba en la cabaña, encontré un bolso y un monedero. El bolso era de Harmony, su madre me lo confirmó ayer por la tarde. Y el monedero era de Lily.

—O sea que has registrado la cabaña de mi tío.

Me sentí como si acabara de darme un bofetón.

—No. Él me invitó a entrar y vi el bolso en la estantería.

Ese mueble estaba tan atiborrado de trastos que nunca me fijaba en lo que guardaba allí. El contenido cambiaba continuamente y las únicas veces que le prestaba atención era cuando lo veía ordenado.

—El monedero estaba dentro del bolso —prosiguió Winn—. Briggs me dio permiso para mirarlo.

¿Y con eso pensaba convencerme de que no era una traición? Sacudí la cabeza y apreté tanto los dientes que rechinaron y empezó a dolerme la mandíbula.

—No me puedo creer que hayas hecho una cosa así.

—Estoy cumpliendo con mi trabajo.

—Lo que estás haciendo es darle más crédito a ese hijo de puta de Frank Nigel que a mí.

Ella dio un respingo.

—No, no es verdad.

—Ya te conté que ese cabrón odia a mi familia. Lo he sabido toda mi vida y siempre me ha tratado como si fuera una mierda que puede pisotear. —Si iba a empezar a guiarse por los rumores, sería mejor poner todas las cartas sobre la mesa para que se enterara de algunos detalles—. ¿Sabes por qué se porta tan mal con Talia? Porque cuando mi hermana tenía dieciocho años él se le insinuó y ella lo mandó a la mierda.

Winn pestañeó.

—Pues… No lo sabía.

—¿Y sabes que va a la cafetería de Lyla cuando ella está sola y la hace sentir incómoda? ¿Te ha contado mi hermana que dos veces tuvo que refugiarse en la trastienda para avisar a Knox y no tener que quedarse a solas con él?

—No…, pero… —Winn sacudió la cabeza—. Pero ¿Frank? Lo conozco de toda la vida. Es un poco ligón, pero es inofensivo.

—Pues Briggs también.

Ella abrió la boca para contestar, pero volvió a cerrarla y se tomó un momento para sopesar sus palabras.

—Solo quería avisarte.

—Un poco tarde, ¿no te parece?

Me había pasado el día anterior preocupado pensando que estaría angustiada por el infarto de Covie y ella, mientras, estaba en mi finca hablando con mi tío cuando sabía que mi familia las estaba pasando canutas con él.

—No tenía ninguna obligación de venir a decírtelo. —Su expresión se endureció—. No tenía por qué venir en absoluto, pero, por nuestra relación, he preferido que lo supieras por mí en lugar de enterarte por terceras personas.

—Nuestra relación —repetí entre dientes.

Una relación que yo creía que iba lo suficientemente en serio como para que hubiera confiado en mí antes de tragarse las mentiras de mierda de Frank.

Winn levantó las manos en el aire.

—Tengo que irme.

—Muy bien.

No quise mirarla mientras regresaba a su todoterreno, daba media vuelta y desaparecía por la carretera. Cuando el sonido de su motor quedó ahogado por la distancia, le di una patada a una roca.

—Joder.

Menudo desastre de situación. Menudo desastre. ¿Y si Briggs decía algo que no debía? ¿Por qué tenía el bolso de Harmony Hardt? ¿Y el monedero de Lily Green? No tenía oportunidad de adelantarme para hablar con él, Winn debía de estar ya de camino a la cabaña. Y, en cuanto llevara a mi tío a la comisaría para interrogarlo, toda la ciudad se enteraría. Alguno de los agentes se iría de la lengua y, antes de que mi familia y yo pudiéramos dar explicaciones, Briggs tendría otra mancha en su reputación para el resto de sus días. Como la que le había dejado su exmujer.

Habían pasado décadas y algunas personas aún creían que él era un maltratador. Y luego estaban los tipos como Frank, que no soportaban la influencia que mi familia tenía en Quincy, y que lo empeorarían todo.

Los rumores irían en aumento y en poco tiempo escaparían a nuestro control.

—¡Joder! —grité y di media vuelta para volver a casa.

Recogí las llaves de la encimera de la cocina y salí corriendo hacia la camioneta. Las ruedas iban dejando un rastro de polvo sobre la carretera de grava mientras circulaba rumbo a casa de mis padres.

Podríamos haber hablado en la cabaña. Winn podría haber interrogado a Briggs en presencia de uno de nosotros. ¿Por qué insistía en llevárselo a la ciudad?

Lo más probable era que mi tío hubiese encontrado el bolso y el monedero durante uno de sus paseos por la montaña. Igual que las botas de Lily. El día que las llevé a su despacho, me dijo que hablaría con él, y era lógico, pero ¿tenía que llevarlo a la comisaría?

Pisé el acelerador.

Si Briggs estaba en mitad de una crisis y no tenía su agudeza habitual, ¿qué le diría? Era como si Winn fuera a darle una pala y pedirle que cavara su propia tumba. Y todo porque tenía preguntas que hacerle.

Ella y sus malditas preguntas. Estaba empeñada en negar que la muerte de Lily era un suicidio, pero todos sabíamos que lo era. Lo sabía toda la ciudad. ¿Por qué no lo dejaba estar y punto?

El bolso y el monedero no eran más que objetos perdidos que

Briggs había encontrado. Seguramente ese bolso llevaba años y años en un camino de montaña expuesto al polvo y a la lluvia.

¿Accedería Winn, si yo se lo pedía, a interrogarlo en nuestra casa en lugar de llevarlo a la comisaría? ¿Era posible mantener aquella conversación sentados en la cocina de casa de mis padres, donde él se sentiría más cómodo?

Saqué el móvil del bolsillo trasero de los pantalones y marqué su número, pero saltó directamente el buzón de voz.

—Mierda…

Aceleré.

El nudo del estómago se volvió el doble de grande.

Quizá el motivo por el que estaba tan cabreado no fuese que Winn quisiera hablar con Briggs. No; el motivo era que me aterraba la posibilidad de que tuviese razones para hacerlo.

No querría llevarlo a la comisaría si no fuera por algo alarmante, ¿verdad?

¿Qué habría encontrado dentro del bolso? ¿Por qué Briggs no lo devolvió después de la muerte de Harmony Hardt? ¿Y por qué se había guardado el monedero de Lily Green? Él sabía dónde habían muerto esas chicas.

«Joder». Si mi tío tenía algo que ver…

No. Esas pobres chicas se habían suicidado. El anterior jefe de policía había investigado los casos. Harmony Hardt sufría una depresión y, según sus amigos más cercanos, llevaba tiempo luchando contra unos cambios de humor muy fuertes.

Aquella muerte no guardaba ninguna relación con mi tío. Con el hombre amable y bondadoso que estaba perdiendo la cabeza.

Mi madre estaba de rodillas en el jardín, arrancando hierbajos de un macizo de flores, cuando llegué y aparqué mi camioneta junto a la Silverado de mi padre. Debió de captar que algo iba mal, porque se levantó, se quitó los guantes de jardinería y los arrojó al césped para venir a mi encuentro en el porche.

—¿Qué pasa?

—¿Dónde está papá?

—Viendo las noticias. Me estás asustando, Griffin. ¿Le ha pasado algo a alguno de tus hermanos?

Negué con la cabeza.

—No, es por Briggs.

—Ay, no —musitó—. Pasa.

La seguí hasta el interior de la casa. Mi padre estaba sentado en su sillón reclinable del salón viendo el telediario con las gafas puestas y el periódico en el regazo.

—Hola, hijo. —Arrugó la frente mientras paseaba la mirada de mí a mi madre y viceversa. Cerró de una patada el reposapiés y se incorporó en el asiento—. ¿Qué ocurre?

Puse los brazos en jarras.

—Tenemos un problema.

18

Winslow

—¿Te apetece una taza de café o un vaso de agua? —le pregunté a Briggs.

—No, gracias —dijo él, sacudiendo la cabeza mientras echaba un vistazo a mi despacho.

Su figura corpulenta ocupaba por completo la silla situada al otro lado de la mesa y la hacía parecer una miniatura, igual que el día que Griffin estuvo sentado en ella.

—Te agradezco que me hayas acompañado hasta aquí hoy. —Le dirigí una sonrisa con toda la calidez de que pude hacer acopio.

Briggs señaló el bolso y el monedero de encima de mi mesa.

—Así que quieres que hablemos de eso, ¿no?

—Sí.

Los dos artículos estaban precintados en sendas bolsas de custodia de pruebas. Cuando llegué a la cabaña hacía una hora, solamente le pregunté si podía tomar los objetos prestados para una investigación. Él estuvo de acuerdo y me ahorró la molestia de solicitar una orden judicial. Después le pregunté si podía venir conmigo a la comisaría para hablar sobre cómo los había encontrado y también accedió.

Ese día estaba centrado y lúcido, igual que el anterior. Cuando llamé a su puerta por la mañana, bromeó sobre el hecho de que había recibido más visitas de la policía durante la última semana que en toda su vida.

Resultaba fácil comprender por qué Griffin quería tanto a su tío. Incluso durante el trayecto en mi Explorer —que realizó en el asiento del copiloto, porque, aunque hubiera una investigación en curso, no pensaba desterrarlo a la parte trasera del vehículo—, el hombre estuvo hablándome todo el rato, preguntándome si me gustaba Quincy y contándome cosas de su vida en el rancho.

Parecía un señor agradable, alguien que vivía solo porque se sentía bien consigo mismo. Era un buen hermano y un tío orgulloso de sus sobrinos, ya que la mayoría de las anécdotas que me contó trataban de uno o varios de ellos.

Me sentía mal por haberlo llevado allí para hablar de cosas horribles. O tal vez el motivo de que me sintiera así fuera Griffin.

—¿Te importa que grabe la conversación? —le pregunté y cogí la grabadora portátil situada junto a mi teléfono.

—En absoluto.

—Gracias.

Situé la grabadora entre ambos y accioné el botón rojo. Tras una breve introducción para dejar constancia de nuestros nombres y de la fecha, hice una descripción del bolso y del monedero para que quedara incluida en la grabación.

—Según me has dicho, encontraste estos objetos durante un paseo por la montaña, ¿cierto?

Briggs asintió.

—Así es.

—¿Dónde?

—En la Cumbre Índigo. Toda mi vida he practicado senderismo por esa zona. Es uno de mis lugares preferidos. Desde la cima hay unas vistas impresionantes.

—Seguro que sí. A lo mejor algún día yo también subiré.

—Yo te llevo. —Fue un ofrecimiento sincero.

—Me encantaría. —La respuesta fue igual de sincera.

Dudaba mucho que, si subíamos allí, Briggs me tirara desde la cima.

¿No debería tener un nudo en el estómago si sospechara que ese hombre era un asesino? ¿No tendría que sentir cierto nerviosismo recorriéndome las venas? Sin embargo, no notaba nada. Mi instinto me decía que había algo que no cuadraba con relación a la muerte de Lily Green. No obstante, sentada frente a un hombre que no debería haber estado en posesión de su monedero, el que vivía más cerca del lugar de su muerte, ni una sola célula de mi cuerpo me advertía de que fuese peligroso.

A pesar de eso, no me pagaban para que me fiara de mi instinto y nada más. Estaba allí porque nuestro trabajo consistía en seguir el rastro de las pruebas, y estas me habían conducido hasta él. Pensaba seguir adelante hasta que topara con un obstáculo insalvable.

—Briggs, seguro que lo sabes, pero al pie de la Cumbre Índigo se han hallado los cadáveres de tres mujeres.

—Lo sé, es horrible. Pobres chicas… Eran solo unas niñas. —La voz se le tiñó de lástima genuina.

—Sí que es horrible.

Se formó un surco en el espacio que separaba sus cejas canosas.

—No creerás que yo he tenido algo que ver con eso, ¿verdad? Ni siquiera las conocía.

—Cuéntame cómo encontraste el bolso.

Él ladeó la cabeza y se quedó mirando el objeto en cuestión.

—Pensaba que querías llevártelo porque lo habían robado o algo así. Y el monedero también. Creía que me lo explicarías todo cuando llegáramos aquí… Pero ahora me doy cuenta. Piensa que tengo algo que ver con la muerte de esas chicas, ¿verdad?

En vez de responderle, me incliné hacia delante y apoyé los brazos en el borde de la mesa.

—¿Cuándo encontraste el bolso?

—No soy ningún asesino. —Apretó los dientes sin contestar a mi pregunta—. Estoy perdiendo la cabeza. ¡Me estoy perdiendo a mí mismo! Cuando te das cuenta de eso, es toda una lección, porque sabes que no puedes hacer nada para frenar la puñetera enfermedad. Estoy enfrentándome a mi propia mortalidad, señorita Covington, no me dedico a andar por ahí matando a chicas inocentes.

Tenía las mejillas encendidas y los hombros tensos.

—Solo quiero que hablemos del bolso.

—¿De quién era?

—De Harmony Hardt.

Él bajó la mirada al suelo.

—¿Es la chica a quien encontró Harrison? ¿O fue Griffin?

—Griffin —contesté—. ¿Cuándo lo encontraste?

—¿Qué día es hoy?

—Miércoles.

—Pues fue el domingo.

El día de la hoguera.

—¿Estás seguro? ¿El domingo pasado?

—Sí. Salí a caminar temprano y luego volví a casa. Lo dejé todo en la estantería para mirarlo después y me puse a trabajar en el jardín. Y entonces... Bueno..., estuviste allí.

Había tenido una crisis.

—¿El monedero estaba dentro del bolso cuando lo encontraste?

—No.

—¿Dónde estaba el monedero?

—En el mismo sitio, el domingo. Las dos cosas estaban juntas.

Harmony Hardt había muerto varios años antes que Lily Green. Esos dos objetos no deberían haber estado juntos. A menos que Lily tuviera un bolso igual que el de la otra. De entrada, di por sentado que la letra «H» grabada era la inicial de Harmony, pero podía tratarse del emblema del fabricante. Cuando quise confirmar la procedencia del bolso, fui a ver a la madre de

Harmony en primer lugar y, como ella lo reconoció, ya no le pregunté nada a Melina Green.

Tendría que pasarme por allí después de acompañar a Briggs a su casa. Y seguir investigando el origen de ese bolso.

—¿Qué encontraste primero, el bolso o el monedero? —le pregunté.

—El monedero. Estaba en medio del camino que recorro habitualmente. Casi lo piso.

—¿Dónde estaba el bolso?

—En un arbusto, a unos diez metros de distancia.

—¿En el mismo camino?

Él asintió.

—Sí.

El cerebro me iba a cien por hora, los escenarios y las posibilidades se sucedían como los destellos de una luz estroboscópica. No había ningún motivo para que Briggs hubiese encontrado una cosa tan cerca de la otra.

Cabía la posibilidad de que estuviera mintiendo, aunque esa afirmación lo convertía en alguien aún más sospechoso. Si quisiera contar una mentira, sería más verosímil decir que había encontrado el bolso años atrás y el monedero hacía poco, y en caminos distintos.

Si decía la verdad, ¿qué hacían esos dos objetos juntos?

¿Podía tratarse de un patrón relacionado con los suicidios? Tal vez una de las chicas hubiese empezado a hacerlo como un símbolo, para dejar un rastro. Pero eso no tenía ningún sentido. El bolso estaba en muy buen estado; demasiado, si se trataba del de Harmony.

Además, después de la muerte de Lily, todos tratamos de hallar pruebas por la zona. Me pasé horas buscando su calzado y seguramente no di con él porque Briggs se me había adelantado. Sin embargo, tampoco encontré el bolso ni el monedero.

¿Quién más había subido a la Cumbre Índigo?

—¿Suele recorrer mucha gente ese camino? —pregunté.

—No, no mucha.

—¿Y las botas también las encontraste en la misma zona?

—No, estaban más cerca de mi casa, en un prado. Seguramente ni las habría visto de no ser porque estaban al lado de unas flores silvestres y me detuve para coger un ramillete.

Tendría que examinar esas dos zonas. Quizá había pasado algo por alto. A lo mejor había algo más.

—El camino en el que encontraste esto —empecé a decir, señalando el monedero y el bolso—, ¿es el que lleva al despeñadero? ¿El que parte de la carretera?

—No, son rutas distintas. Por la mía también se llega al despeñadero, pero se tarda más. Hay un atajo perpendicular al camino al que te refieres que queda a unos doscientos metros de allí. Yo casi nunca lo cojo, porque subo más arriba.

Me empecé a hacer un lío con los caminos, como si tuviera un montón de espaguetis enredados en la cabeza, mientras intentaba visualizar las rutas de las que Briggs me hablaba.

—¿Hay algún mapa en el que se vea todo eso?

—No, pero te lo puedo dibujar yo.

Abrí el cajón de mi escritorio, saqué un cuaderno y un lápiz y los deslicé hasta Briggs.

Mientras trazaba el mapa, le examiné el rostro. ¿Era culpable? «¿Ha sido él?».

Eran preguntas que ya me había formulado con relación a otros casos. Una vez, interrogué a un hombre que estaba acusado de haber violado a una mujer en un callejón detrás de un bar del centro de Bozeman. Se mostró muy colaborador y parecía inocente. Estaba muy afectado porque la víctima era una compañera de la universidad. Pero era culpable. Aunque me miró a la cara y me juró que no tenía nada que ver.

Por naturaleza, solía confiar en la bondad de las personas, pero ni por un momento llegué a creerme la versión de aquel hijo de puta. Y el ADN confirmó lo que me decía mi instinto.

«¿Ha sido él?».

En el caso de aquel cabrón, la respuesta era sí.

Pero ¿en el de Briggs? «No. Quizá. No lo sé».

Si no hubiera dudas sobre su capacidad mental, sería mucho más fácil decidirse. Pero ¿y si había hecho algo horrible y ni siquiera lo recordaba? ¿Y si había salido a caminar por la montaña y se había topado con una chica que había tomado un sendero equivocado? ¿Y si se había puesto violento con ella?

¿Y si se había puesto violento con su mujer y la había obligado a marcharse, tal como decía Frank? ¿Y si Griffin tenía razón y todo aquello no eran más que habladurías que sus enemigos se habían dedicado a difundir en la ciudad?

La verdad, seguramente, permanecía oculta en un punto medio y yo debía descubrirla.

Briggs terminó el dibujo y me entregó el cuaderno. El mapa era sencillo y conciso. Trazó un círculo alrededor de la zona donde había encontrado el bolso y el monedero y marcó con una cruz el punto donde había hallado las botas. Por lo que se deducía de su mapa, no había ningún motivo para que las chicas se hubiesen cruzado en su camino. Si habían aparcado en la carretera y tomado el mismo sendero que usé yo para echar un vistazo a la zona, ni siquiera se habrían acercado al lugar en el que Briggs había descubierto ambos objetos. A menos que estuviera mintiendo.

Parecía que tenía el monedero desde hacía días. ¿Por qué no lo entregó inmediatamente cuando supo lo de la muerte de Lily Green?

—¿Has mirado dentro del monedero? —le pregunté.

—No… Iba a hacerlo, pero por algún motivo me olvidé de él. —Se frotó la nuca—. Después de lo de la hoguera.

—El bolso está muy bien conservado. —Señalé el objeto—. No da la impresión de haber pasado mucho tiempo a la intemperie.

—Probablemente no ha estado mucho tiempo fuera. El cuero como ese se estropearía con que le lloviera encima.

O bien lo tenía desde hacía más tiempo del que decía o alguien lo había dejado en la montaña junto con el monedero. Claro que cabía la posibilidad de que ambos objetos fueran de Lily, pero la chica había muerto a principios del mes anterior y desde entonces había llovido. Tanto el bolso como el monedero deberían estar en peores condiciones si llevaban allí, a la intemperie, desde junio.

A lo mejor se habían ahorrado el peor desgaste de los fenómenos atmosféricos, tal vez protegidos por un árbol. Todo eso contando con que el bolso fuera de Lily y ella hubiera tomado un camino equivocado. Con que se hubiese desprendido de él y del monedero antes de subir hasta el despeñadero.

Eran demasiadas suposiciones.

—¿Has visto a alguien haciendo senderismo por la zona últimamente?

Briggs sacudió la cabeza.

—Es una propiedad privada. La única persona que suele caminar por allí soy yo.

—¿Estás seguro?

Me miró con fijeza y en ese momento sus ojos denotaron que había comprendido lo que todo esto implicaba.

Si se demostraba que había gato encerrado detrás de aquel caso, él sería mi principal sospechoso. Briggs tenía los medios y la oportunidad. El único elemento inexistente, y a la vez el más importante, era el móvil.

El allanamiento constituía un motivo pobre pero posible. Quizá vio a alguien en su rancho y se puso furioso. Pero no era un argumento muy sólido. No lo era para nada y odiaba que no lo fuera, porque solía implicar que estaba pasando algo por alto.

El molesto runrún de la cabeza empezó a sonar tan fuerte que me entraron ganas de taparme los oídos.

¿Qué diantres estaba pasando? Si de verdad Lily se había suicidado, alguien pudo estar con ella esa noche. Se había acostado con alguien.

¿Con Briggs?

Eso explicaría por qué ninguno de sus amigos la había visto con un novio. Quizá se escapó a la montaña para tener una aventura con un hombre mucho mayor.

Quizá…

Había demasiados quizás. Pero, si él le había quitado las botas allí arriba, eso explicaría por qué la chica no tenía heridas en los pies. ¿Hasta cuándo las había llevado puestas? ¿Hasta que él la empujó por el precipicio? ¿Hasta que arrojó su cadáver inerte por el borde?

—¿Puedes decirme dónde estuviste la noche del uno de junio? —le pregunté y no me gustó nada la forma en que dejó caer los hombros.

—En mi casa.

—¿Solo?

—Por lo que recuerdo, sí.

—¿Estabas haciendo algo en particular? Leer, mandar mensajes, ver una película…

Él me miró a los ojos y vi tanta vergüenza en el semblante que se me encogió el corazón.

—Últimamente no hago gran cosa. Pero… A ver…, estoy seguro de que estaba en casa, pero no recuerdo bien qué hacía.

—No pasa nada. —Le dirigí una sonrisa triste—. Es difícil recordar los detalles después de tanto tiempo.

Él bajó la vista a su regazo.

Era por su parentesco con Griffin por lo que me sentía mal. Por eso estábamos en mi despacho y no en una sala de interrogatorios con otro agente de testigo.

—No necesito más información por el momento. —Paré la grabación y guardé el aparato. Después cogí mis llaves—. Te llevo a casa.

Él se levantó sin pronunciar palabra, salió del despacho detrás de mí y me siguió hasta el aparcamiento.

En la oficina no había personal, tan solo el agente Smith montando guardia en la puerta. Cuando elegí la hora, lo hice a propósito, porque no quería que hubiera público cuando llevara a Briggs a la comisaría.

El trayecto de regreso a la cabaña fue todo lo contrario del anterior. Briggs permaneció con las manos entrelazadas con fuerza en el regazo, como si unas esposas invisibles le inmovilizaran las muñecas. Cuando me detuve frente a su casa, se dispuso a abrir la puerta del coche, pero dudó un momento y me miró por primera vez desde que habíamos salido de la comisaría.

—No creo que les haya hecho nada malo a esas chicas. —La incertidumbre con la que pronunció esa frase se me clavó en el corazón como un cuchillo.

No encontré palabras que decirle cuando salió del coche para entrar en su casa y lo perdí de vista.

Me quedé mirando unos instantes la puerta cerrada de la cabaña. No puedes saber lo que ocurre en el interior de un hogar si no vives en él, pero en el caso de Briggs deducía que llevaba una vida sencilla y que lo prefería así.

En ese sentido, se parecía mucho a su sobrino.

De pronto, me asaltó tal necesidad de ir corriendo a ver a Griffin, de que me abrazara y apartase de mí aquella horrible sensación, que durante el camino de vuelta a la ciudad tuve que mantener las dos manos firmes en el volante para no desviarme del trayecto.

Estaba muy enfadado conmigo. Y yo también con él.

Ese día no encontraría consuelo en sus brazos.

La comisaría seguía en silencio cuando regresé. Me senté frente a mi escritorio y escuché la grabación de mi conversación con Briggs. Luego, me puse a trabajar.

Se habían llevado el bolso y el monedero para buscar huellas dactilares. Aunque tenía la grabación, tomé algunas notas precisas sobre cómo se había desarrollado la conversación con él y cómo encontré los objetos en su casa. A continuación fui a ver a Melina Green al trabajo.

La mujer estaba en el puesto de enfermería cuando llegué a la residencia y sonreía mientras hablaba con una compañera. En cuanto me vio, dejó de sonreír. Aunque reaccionó deprisa y me saludó con la mano cuando me acerqué, el daño ya estaba hecho y no pude evitar sentirme mal.

Mi cara siempre le recordaría al peor día de su vida.

Era la carga que me tocaba soportar.

Se estaba recuperando de la pérdida y mi presencia era un indeseable recordatorio de su dolor. A medida que pasara el tiempo, cada vez habría más personas como ella. Unas sentirían escalofríos en cuanto me vieran cruzar la puerta de un restaurante. Otras darían media vuelta cuando me las topara caminando por la calle.

—Hola, Melina. Siento molestarte. ¿Podemos hablar cinco minutos?

—Por supuesto.

No me entretuve a charlar cuando nos hicimos a un lado y le enseñé el vídeo del bolso. El objeto no le sonaba de nada y me aseguró que, por cómo era Lily, si hubiera comprado un bolso así, enseguida se lo habría enseñado a su madre.

Cuando me despedí, las lágrimas brillaban en los ojos de Melina. Salí de la residencia a primera hora de la tarde y en la comisaría me esperaba trabajo burocrático. Tenía informes que revisar. En la ciudad se estaban asignando los presupuestos para el año siguiente y debía concentrarme en analizar los datos fiscales que me había preparado Janice.

Sin embargo, no regresé al despacho.

Me fui a casa. Necesitaba estar unas horas a solas entre mis cuatro paredes para dejar reposar las emociones. Luego iría a ver al abuelo y le prepararía la cena.

Pero el futuro próximo no me deparaba precisamente tiempo a solas.

La camioneta de Griffin estaba aparcada enfrente de mi casa. En cuanto enfilé la calle, se apeó del vehículo y fue hacia la entrada con paso firme. Incluso con las puertas del coche cerradas, oí el ruido de sus botas en la acera.

Tomé aire para hacer acopio de fuerzas, pero no conseguí reunir energía para enfrentarme a él. La noche anterior, en el hospital, había dormido poco, no solo porque la silla era incómoda, sino porque sufrí tratando de decidir cómo explicarle a Griffin que pensaba llevar a Briggs a la comisaría para interrogarlo.

Sin pronunciar palabra, me reuní con él en la entrada, introduje la llave en la cerradura y entré en mi casa.

Me siguió hasta la sala de estar. Su pecho irradiaba furia.

Dejé caer el bolso al suelo junto a mis zapatos y me volví a mirarlo dispuesta a terminar cuanto antes con aquella discusión.

Seguramente sería nuestra última conversación. Aquello era el final.

Más tarde, cuando estuviera sola en la cama, me lamentaría por haber perdido a Griffin, a mi vaquero fuerte que acarreaba un gran peso en aquellos hombros tan anchos. Lo echaría de menos y lloraría por lo que pudo haber sido, seguro que más de lo que había llorado por la ruptura con Skyler.

Griffin derrochaba atractivo incluso enfadado. Tenía tensa esa mandíbula que parecía labrada con cincel. Los ojos, ocultos bajo aquella gorra de béisbol que tanto me gustaba, mostraban una mirada gélida.

—Has hablado con Briggs. —Era más una acusación que una afirmación.

—Sí.

—Mis padres han llamado a su abogado y estará presente en cualquier otra conversación que tengas con mi tío.

—Me parece bien. Él podía haber pedido un abogado hoy.

Griffin fijó la mirada en la pared. Le temblaba un nervio de la mandíbula y tenía las fosas nasales hinchadas.

—Lo sabe toda la ciudad. He pasado por la cafetería y Lyla me ha dicho que ya le han preguntado media docena de veces por qué han detenido a Briggs. Así que ahora mi familia tiene que soportar interrogatorios telefónicos y explicarle a todo el mundo que no lo han detenido, que solo ha sido un procedimiento rutinario.

Joder con el agente Smith. Él fue el único que me vio entrar con Briggs en mi despacho. Ni siquiera Janice andaba por allí; había salido a comer. Lo primero que haría al día siguiente sería coger por mi cuenta a aquel cabrón y decirle cuatro cosas sobre lo que significaba la confidencialidad.

—Lo siento. He intentado ser discreta.

—Lo habrías sido si hubieras hablado con él en cualquier sitio menos en la comisaría. O si me lo hubieras dicho antes a mí.

—Te lo he dicho antes a ti —masculé y avancé un paso para clavarle un dedo en el pecho—. Esta mañana he ido a verte. ¿De verdad crees que mi intención es hacer pasar a Briggs por un loco? —No me contestó—. Me lo tomaré como un sí.

—Yo sé lo que ocurre en esta ciudad. La gente habla.

—Ya me lo has dicho un montón de veces, y por eso en la comisaría solo estaba el agente Smith. Interrogué a Briggs en mi despacho con la puerta cerrada, no había nadie más presente. Grabé la conversación. Estuvimos los dos solos. Pero tengo que hacer mi trabajo.

—Tu trabajo.

—Sí, mi trabajo. —Levanté las manos en el aire—. ¿Sabes la cantidad de reglas que me he saltado por decírtelo a ti primero? Si alguien lo descubre, me juego la validez de la investigación.

—¿Qué investigación? ¿Qué crees que vas a encontrar? Esas chicas se suicidaron, Winn. Es muy triste, es horroroso, pero es la verdad, joder. Fue un suicidio.

—Pero ¿y si no lo fue? —Mi voz retumbó en las paredes—. ¿Y si no lo fue, Griff?

—¿Crees que las mató mi tío?

—No, no lo creo —reconocí ante él y ante mí misma—. Pero eso no significa que pueda hacer caso omiso de las dudas. ¿Y si lo hizo? ¿Y si la chica a quien encontraste en la Cumbre Índigo hubiera sido una de tus hermanas? ¿Y si hubiera sido Lyla, Eloise o Talia? No puedo conformarme y vivir con las dudas, y menos cuando está en mi mano disiparlas.

Él soltó de golpe el aire retenido en los pulmones.

—No te culpo por querer acabar con las dudas, sino por la forma en la que lo has hecho.

—Lo que no puede ser es que actúe como policía para todos los habitantes de Quincy menos para ti. Y, si te molestaras en distanciarte un poco, si dejaras de ser tan tozudo como una mula y recordaras que no soy solo la mujer con la que te acuestas, sino algo más, verías que lo que me estás pidiendo es imposible. Yo no soy así, Griffin, y estoy segura de que no querrías que lo fuera.

—Yo no te pido que…

—Sí. —Suspiré—. Sí que me lo pides.

Se quedó paralizado. Pasaron varios latidos de mi corazón.

De un momento a otro saldría por la puerta y desaparecería de mi vida. Ya me dolía perderlo. Y cuánto.

Pero no se marchó. Dejó caer los hombros, se arrancó la gorra de la cabeza y la lanzó al otro lado de la sala. A continuación se pasó la mano por el pelo.

—Tienes razón.

Me sentí tan aliviada que me eché a reír.

—Ya lo sé.

Él puso los brazos en jarras.

—Estoy cabreado.

—Pues afróntalo.

—Eso pienso hacer. —Me pasó un brazo por los hombros y me atrajo hacia su pecho—. Lo siento.

Tal vez debería haber exigido una disculpa más elaborada, pero, tras dos segundos acurrucada contra su cuerpo fuerte y cálido, lo dejé estar. Después del infarto del abuelo, de dos noches sin dormir y de la conversación con Briggs, no me quedaban fuerzas para discutir con Griffin. En vez de eso, me abracé a su estrecha cintura, le posé la mejilla en el corazón y... respiré.

—Me tienes atado a ti, mujer. Atado de verdad.

—¿Quieres que te suelte? ¿Quieres dejarlo?

Él se apartó un poco, me rodeó la cara con las manos y entrelazó los dedos en el pelo de mis sienes.

—Me parece que no podría dejarte, aunque me lo propusiera.

—¿Ni siquiera cuando nos peleamos?

—Sobre todo cuando nos peleamos.

No era una declaración de amor ni una promesa para toda la vida. Sin embargo, aquellas palabras me emocionaron tanto que se me llenaron los ojos de lágrimas.

Mis padres se peleaban a menudo. Mi madre solía decir que eran «las peleas normales».

Cuando iba al instituto y los padres de todas mis amigas empezaron a divorciarse, me convencí de que a ellos les pasaría lo mismo y entré en pánico. Una noche los oí discutir. Con el tiempo me había olvidado de los detalles, pero recordaba que, cuando más tarde mi madre fue a verme al dormitorio y me encontró llorando, se sentó en mi cama y me prometió que aquella discusión no tenía importancia, que era algo normal.

Me dijo que esperaba que algún día conociese a un hombre con el que pudiera discutir. Uno que me quisiera incluso cuando tuviera ganas de estrangularme. Uno que no dejara de discutir conmigo nunca, porque lo que teníamos bien merecía soportar cuatro palabras airadas.

—Yo tampoco quiero dejarte —susurré.

—Eh. —Interceptó con los pulgares dos lágrimas que se me habían escapado—. No llores, Winn. Se me rompe el corazón. No llores, cariño.

Me sorbí la nariz para aliviar el picor.

—Es que han sido unos días muy duros.

—Pues apóyate en mí. —Me besó la frente y volvió a abrazarme tan fuerte que, si en ese momento me hubieran flaqueado las rodillas, no me habría venido abajo ni un milímetro.

Me apoyé en él.

Y, por primera vez en mucho tiempo, sentí que el hombre que me sostenía con tanta fuerza entre los brazos jamás permitiría que cayera.

19

Griffin

—¿Qué te hace tanta gracia? —pregunté.

Winn había estado aguantándose la risa desde que salimos del supermercado.

—Nada. —El temblor en la comisura de la boca revelaba otra cosa.

—Suéltalo, cariño.

—Es que nunca me habías llevado en tu camioneta.

—Vale —dije a la vez que aparcaba delante de mi casa—. ¿Y por qué es tan divertido?

—Porque está asquerosa. —Ya no pudo contener más aquella risa suya tan atractiva—. Eres el hombre más pulcro y ordenado que he conocido en mi vida. Si dejo migas en la encimera, las recoges enseguida. Nunca he visto el cubo de la ropa sucia lleno a rebosar. Cuando te afeitas, no dejas ni un pelo en el lavabo. En cambio, tu camioneta...

Me encogí de hombros.

—Es para trabajar en el rancho.

Era prácticamente imposible mantenerla limpia. Al pasarme el día en el campo, no podía evitar que se me llenaran las botas de tierra. Y lo mismo ocurría con la paja y el heno. Además, la mayoría de las veces prefería abrir las ventanas a poner el aire acondicionado, de manera que entraba polvo sí o sí.

—Me gusta que esté así. —Se desabrochó el cinturón de seguridad y se inclinó sobre el salpicadero para besarme un lado del mentón—. Hace que parezcas más real.

—Soy lo más real que vas a tener, Winslow.

Le coloqué un mechón de pelo detrás de la oreja. Sus ojos azul oscuro se llenaron de ternura y apoyó la mejilla en la palma de mi mano.

Ninguno de los dos se movió. Permanecimos allí, en contacto, mirándonos a los ojos, mientras disfrutábamos de aquella tranquilidad.

Los momentos de calma habían sido escasos durante las últimas dos semanas. Durante ese tiempo habíamos obviado prácticamente por completo el tema de Briggs; era una cuestión complicada para ambos.

Ella había hecho lo que tenía que hacer. Estuvo acertada cuando me paró los pies. Mis padres también se pusieron de su parte. Sí, llamaron a un abogado, pero ninguno de los dos la culpó por haberlo interrogado.

Desde aquel día, Winn iba de vez en cuando a caminar a la Cumbre Índigo y recorría los senderos que unían el despeñadero con la cabaña de mi tío. Antes me pidió permiso y de ese modo me mostró el mismo respeto que a cualquier otro terrateniente. Por lo demás, ella se dedicó a hacer lo que debía mientras que yo me centraba en el rancho.

Estábamos en plena temporada de recogida. Las hileradoras y las embaladoras trabajaban de sol a sol. Finales de julio era también una época de mucho ajetreo. No parábamos de trasladar el ganado de un prado a otro para evitar el sobrepastoreo durante los días más calurosos del verano. Teníamos que rociar los campos con pesticida. Había maquinaria que reparar. A principios de esa semana se nos había estropeado un tractor, por lo que durante dos días tuve que estar casi toda la jornada codo a codo con el mecánico, ambos cubiertos de grasa de la cabeza a los pies, para intentar repararlo.

Cuando por la noche llegaba a casa, estaba agotado

Winn había andado muy ocupada en la comisaría y atendiendo a Covie. Se iba temprano y el sentimiento de preocupación por ella era como un ruido de fondo que me acompañaba todo el día. El trabajo me ayudaba a distraerme, pero no respiraba tranquilo hasta que volvía a tenerla conmigo. Bajo mi techo. En mi cama.

Me gustaba que mi hogar empezara a ser también el suyo. Varios días de esa semana llegó del trabajo antes que yo y la encontré dentro de casa, con los zapatos abandonados junto a la puerta y vestida con una de mis camisetas. Solía dejar la blusa de su uniforme en el suelo, al lado del cubo de la ropa sucia en lugar de meterla dentro. Una noche la encontré en el porche tomando una copa de vino.

Tenía muchas ganas de que mi casa se convirtiera en su único lugar de refugio. Por fin le habían entregado el resto de los muebles, pero aún no los había desempaquetado y eso me parecía una buena señal.

—Será mejor que metamos las bolsas —dijo.

—Sí.

Se inclinó para darme otro beso y salió de la camioneta. Nos reunimos junto a la puerta trasera del vehículo. Ella la abrió y empezó a colgarse bolsas de plástico en los antebrazos. Yo hice lo mismo y la seguí hasta el interior de la casa. Luego salimos a por más bolsas, porque mi nevera y mi congelador estaban casi vacíos.

—¿Qué es esto? —me preguntó, levantando el tapacubos que Mateo había encontrado varias semanas atrás.

—Basura. ¿Te acuerdas del terreno que te dije que había comprado cerca de la Cumbre Índigo, al otro lado de la carretera?

—Sí. —Pasó el dedo por la palabra «Jeep» grabada en el metal.

—Ese tipo debía de tener un millón de coches allí. Mateo encontró esto en la carretera que lleva a la cumbre. Me parece que me pasaré toda la vida recogiendo piezas oxidadas aquí y allá.

—Ah. —Lanzó el tapacubos al fondo de la camioneta y cogió la última bolsa.

Fuimos a la cocina y empezamos a colocar las cosas en su sitio. Era una tarea sencilla y rutinaria. Sin embargo, el hecho de haber ido juntos al supermercado, haber empujado un carrito por los pasillos y estar trajinando a la vez de un lado a otro de la cocina hizo que me enamorara de ella un poco más.

Tal vez fuese porque tenía la sensación de que ese espacio llevaba toda la vida esperándola.

—Hemos comprado un montón de comida —dijo frente a la nevera abierta— y ahora no sé qué cenar.

Me eché a reír.

—¿Un bistec con patatas? Puedo encender la barbacoa.

—Perfecto. ¿Qué hago yo mientras?

—Besar al cocinero.

Winn cerró la nevera y vino hacia mí. Me apoyé en la encimera y ella se acomodó en mi pecho, me rodeó la cintura con las manos y las introdujo por debajo del borde de mi camiseta. En cuanto las posó en mi espalda desnuda, le cubrí la boca con los labios. Nuestras lenguas se enredaron en aquella batalla tan deliciosa.

Estaba a punto de arrancarle la camiseta cuando me paré en seco al oír que alguien abría la puerta de entrada.

—Griffin, si te he pillado con las manos en la polla, esto es un aviso de que tienes cinco segundos para guardártela antes de que lleguen las chicas. —La voz de Knox resonó desde el otro extremo del pasillo.

Me separé de Winn y me sequé la boca.

—Lárgate.

Él no me hizo ningún caso y apareció en la puerta. Entró en la cocina y fue directo hacia Winn.

—Hola, soy Knox.

Winn se aclaró la garganta y se apartó de mí, de manera que dejó de tapar el bulto que se apretaba contra la cremallera de mis pantalones.

—Hola, yo soy Winslow.

—Me alegro de conocerte. —Él le estrechó la mano y me lanzó una mirada—. Por fin.

La promesa de llevarla a cenar a un restaurante no se había cumplido, en parte porque habíamos estado ocupados y en parte porque a los dos nos apetecía pasar tiempo juntos en privado.

—Las chicas vienen de camino con la cena. —Knox fue a la nevera y sacó una cerveza—. Y yo pienso disfrutar de no tener que ocuparme de cocinar por una noche.

—Espera —dije, levantando el dedo índice—. ¿Qué cena?

—Mamá ha dicho que estabas en casa y que había visto el coche de Winslow, así que hemos decidido invadiros. —Se volvió hacia ella—. Queremos asegurarnos de que Winn sepa que no le guardamos ningún rencor por lo de Briggs y que el único que se puso como una fiera fuiste tú.

Ella se relajó visiblemente.

—Gracias —dijo.

Knox le guiñó el ojo.

—De nada.

Suspiré, agradecido por las muestras de apoyo a pesar de que no me entusiasmaba tener la casa llena de gente esa noche.

—¿Así que venís todos?

Mi hermano sacudió la cabeza.

—Mamá y papá ya tenían planes.

—¿Y qué pasa si nosotros también?

—¿En serio teníais planes? —le preguntó Knox a Winn.

—No —dijo ella entre risas—. Íbamos a cenar.

—¿Lo ves? —Me apuntó con su cerveza y a continuación dio un sorbo y fue a la nevera a por otra para mí—. Echa un trago y relájate. Deberíais dar gracias de que no lo hayamos hecho antes.

La cogí, la destapé y se la ofrecí a Winn.

—Me parece que la vas a necesitar.

—Las chicas han preparado sangría —anunció Knox.

—Ah, entonces prefiero esperar. —Rechazó la cerveza con un gesto de la mano.

—Pero… —repuso mi hermano, arqueando las cejas— la ha hecho Eloise.

Yo puse cara de asco.

—Cariño, es mejor que tomes cerveza. O, si no, te abro una botella de vino.

—¿Qué le pasa a la sangría de Eloise? —preguntó Winn.

—Mi madre siempre bromea diciendo que sus hijos han heredado su mismo talento para la cocina, pero que les entregó tanto a Knox y a Lyla que cuando nacieron Eloise y Mateo ya no le quedaba nada que ofrecerles.

—Esa sangría podría incluso matarte —dijo Knox.

Winn me arrancó el botellín de cerveza de la mano y yo fui a la nevera a por otro para mí. Nada más destaparlo, volvió a abrirse la puerta de entrada y se armó tal ruido de voces que parecía que alguien hubiera puesto el volumen de la casa al máximo.

—Madre mía, qué escandalosas —musitó Knox.

—No se te ocurra quejarte. —Lo atravesé con la mirada—. Esto ha sido idea tuya.

—En realidad ha sido idea mía —intervino Lyla, entrando alegremente en la cocina con tres recipientes de plástico en la mano, cada uno de un tono de verde distinto—. Hola, Winslow.

—Hola, Lyla.

Winn la saludó con la mano y me alegré de que se estuviera tomando bien aquella visita inesperada. Iba a formar parte de mi vida —no era una posibilidad, sino un hecho— y mi familia solía actuar así, sin previo aviso. Era nuestra forma de hacer las cosas. Joder, yo también lo hacía, aunque solía ir a visitarlos al trabajo en vez de presentarme en la puerta de su casa.

Talia y Eloise fueron las siguientes. La primera llevaba una bandeja de hamburguesas y la segunda, una jarra de sangría.

—Hola, Winn. —Talia dejó las hamburguesas y rodeó la isla para abrazarla—. ¿Cómo estás? ¿Qué tal Covie?

—Estoy bien, y mi abuelo se encuentra estupendamente. Solo está un poco enfadado porque le hago comer mucha verdura.

—Me alegro. —La soltó y dejó sitio a Eloise, que también la abrazó.

—Hola, Winn.

—Hola, Eloise. ¿Qué tal van las cosas en tu hotel?

—De maravilla. —Mi hermana pequeña sonrió de oreja a oreja—. Bueno, en realidad el hotel es de mis padres, pero...

—Sin ti estarían perdidos. —Me acerqué y le di un abrazo de lado—. Hola, pequeña.

Los ojos azules de Eloise brillaron cuando me miró y me sonrió.

—Hola, hermano mayor.

—¿Va todo bien?

Ella asintió y se apoyó en mí.

—Solo que tengo mucho trabajo, ya sabes lo que pasa en verano.

El Eloise Inn estaba ubicado en pleno centro de Quincy y ella era el alma del hotel.

—Eloise es mi hermana preferida —le dije a Winn.

—Ah... —Abrió mucho los ojos y miró a los demás—. ¿Y está bien que lo digas en voz alta?

—Todos tenemos un hermano favorito —rio Knox—. En mi caso es Lyla.

—Griffin es mi favorito —dijo Lyla a la vez que abría uno de los recipientes de plástico; la cocina se llenó de un apetitoso aroma que hizo que me gruñera el estómago.

—¿De verdad todos tenéis un hermano favorito? —Winn se echó a reír y señaló a las gemelas—. ¿Y vosotras no sois la favorita de la otra?

—Yo a quien más quiero es a Lyla, porque estuvimos juntas en el vientre de nuestra madre, pero mi preferido es Matty —confesó Talia.

—¿Dónde está Mateo? —pregunté con un brazo alrededor de Eloise mientras con la otra mano me acercaba la cerveza a los labios.

En ese preciso momento, la puerta de entrada se abrió de golpe.

—¡Empieza la fiesta!

—Es el encargado de la cerveza. —Knox se arrimó y me dio

una palmada en el hombro—. Espero que haya sábanas limpias en las habitaciones de invitados.

—Dios —exclamé, alzando la cara hacia el techo.

De manera que mis hermanos no solo se habían presentado a la hora de la cena sin previo aviso, sino que también pensaban emborracharse y quedarse a pasar la noche.

Ahora comprendía por qué mis padres habían hecho otros planes. Seguramente tenían la sospecha de que en mi casa acabaría armándose un buen jaleo; y, en efecto, eso fue lo que sucedió.

Eloise convenció a todo el mundo para que probara su sangría después de prometer que no se moriría nadie. Hubo varias muecas de incredulidad, pero la jarra se vació y mis hermanas acabaron como una cuba.

—Vamos a hacer una hoguera. —Talia se levantó del asiento del porche que daba al patio trasero y, tambaleándose, caminó hacia el brasero de exterior.

—¡Sí! —exclamó Lyla, entusiasmada—. ¡Y tostamos nubes!

—No. —Negué con la cabeza—. El tiempo es demasiado seco para encender fuego.

—Eres un aburrido. —Eloise se dejó caer de la silla que estaba a mi lado. Sus ojos eran apenas dos rayitas—. Winn, tu novio es un coñazo.

Esta, sentada en mi regazo, se echó a reír.

—No es para tanto.

—No te ofendas, Winn —empezó a decir Mateo, sentado junto a Eloise—, pero tu opinión no cuenta. Eres la única que le verá las gracias a Griff esta noche.

—Qué asco —bromeó Talia.

—Te has pasado, Mateo —dijo Lyla con una mueca.

Winn enterró la cara en mi hombro y rio con gusto.

—Mateo, ¿te acuerdas de cuando Griff era el hermano divertido? —preguntó Eloise.

—Griff nunca ha sido divertido.

—Perdona, pero por ahí no paso. —Me incliné y lo atravesé con la mirada—. Te compré cerveza cuando aún no tenías edad para beber.

Mateo emitió un sonido de desdén.

—Solo me faltaban seis días para ser mayor de edad. Eso no es ser divertido.

Winn se irguió en el asiento.

—Conque incitando a un menor a ir contra la ley, ¿eh?

—Tú no escuches. —Le tapé los oídos con las manos—. Joder, chicos, esta noche estáis cavando mi tumba.

Knox salió de casa con dos cervezas frescas y me dio una.

—Me parece que te hace falta.

—Gracias —musité—. A partir de hoy, cerraré la puerta con llave.

Winn se acurrucó más contra mí y me besó en la mejilla.

—¿Lo estás pasando bien?

—Sí, mucho.

Sonreí y la abracé mientras ella bostezaba.

Hacía horas que se había puesto el sol. Las estrellas estaban desplegando su espectáculo nocturno y emitían destellos desde su posición privilegiada en el firmamento.

Estaba derrotado y, aunque al día siguiente era domingo —bueno, en realidad ya lo era—, tenía una larga lista de tareas que hacer. Sin embargo, no deseaba estar en otro sitio que no fuese aquella silla con Winn en mi regazo escuchando a mis hermanos despellejarme sin piedad.

—¿Qué más podemos contarle a Winn? —preguntó Lyla.

—Nada —refunfuñé—. Ya habéis hablado bastante.

Le habían contado todos los episodios vergonzosos de mi vida. «Qué cabrones».

—¿Os acordáis de aquella vez que estaba en primero y lo pillaron con una chica escondido entre las gradas del campo de fútbol? —preguntó Mateo.

—No, gracias —lo disuadió Winn—. Sáltate esa anécdota, por favor.

—No era yo. Era Knox —dije.

—Y fue estupendo —rio él—. Esa noche dejé de ser virgen.

—No hace falta que des tantos detalles. —Eloise se levantó de la silla—. Tengo que irme a la cama.

—Yo te ayudo. —Le di un codazo a Winn y los dos nos levantamos para ayudar a Eloise, porque parecía que iba a desmayarse de un momento a otro.

—¿Dónde dormirá cada uno? —preguntó Mateo.

Mientras discutían sobre qué habitación les tocaba, acompañé a Eloise al interior y Winn nos siguió.

El recibidor dividía mi casa en dos partes, con la cocina al fondo. A un lado estaban el salón, el despacho y el dormitorio principal. En el otro había tres habitaciones de invitados y dos baños.

Un día, el arquitecto a quien contraté para diseñarla me dijo entre risas que tendría que incluir muchos dormitorios. Nos habíamos reunido en la ciudad a la hora de comer para hablar del proyecto y durante ese rato todos mis hermanos y también mis padres pasaron por allí para dar su opinión.

Durante varios años había vivido en el piso de encima del establo de mis progenitores, convertido en un apartamento de tipo loft, donde ahora vivía Mateo. Pero, a medida que iba pasando el tiempo, sentía la necesidad de tener mi propia casa.

Como sabía que aquel sería mi hogar definitivo, invertí mucho dinero. Quise disponer de espacio de sobra, no solo para la familia que deseaba en el futuro, sino también para la que ya tenía.

La primera habitación de invitados contaba con tres camas individuales: dos en forma de litera y una independiente situada junto a un tocador. Las paredes estaban forradas con madera envejecida similar a la del revestimiento exterior de mi actual establo. Las vetas de color gris y marrón tenían tanta presencia que no me hizo falta comprar cuadros.

Retiré las mantas de una de las camas bajas para que Eloise tuviera espacio para tumbarse.

—Le traeré un vaso de agua. —Winn salió de la habitación mientras yo ayudaba a mi hermana a quitarse los zapatos.

—Me cae muy bien, Griffin. —Eloise me dirigió una sonrisa somnolienta—. Pero cuando os caséis y tengáis hijos no te deshagas de mi litera.

—Vale —reí y la arropé igual que hacía cuando era una niña y alguna noche me quedaba cuidándola para que nuestros padres pudieran salir.

Winn regresó con un vaso de agua.

—Buenas noches, Eloise.

—Buenas noches, Winn.

Le di un beso en la frente a mi hermana, apagué la luz y salí de la habitación.

—Ven, cariño.

Cogí a Winn de la mano y la guie por el pasillo. Dejamos atrás el salón y la cocina y llegamos a la zona de la casa donde estaba nuestro dormitorio. El techo abovedado quedaba atravesado por gruesas vigas de madera iguales que las del salón. La chimenea situada en una esquina tenía un revestimiento de piedra de suelo a techo. Unas grandes puertas acristaladas daban al extremo más apartado del porche trasero, donde mis otros hermanos todavía hablaban y reían.

En cuanto cerré la puerta del dormitorio, Winn empezó a desabrocharse la camisa de franela que había tomado prestada del vestidor cuando sintió que fuera hacía frío.

—Estoy agotada. Espero que no les importe que nos hayamos escabullido.

—Seguro que no.

Le tomé el relevo y seguí desabrochándole los botones. A continuación dejé que la camisa le resbalara por los hombros y cayera a sus pies.

—Ya no me acordaba de esto.

—¿De qué?

—De las reuniones familiares.

—¿Quieres decir que se te había olvidado lo escandalosos y maleducados que son?

—Sí, y también son geniales y divertidos.

Entrelacé los dedos en su pelo y le acaricié la cabeza.

—¿Tú pasabas noches así en casa de tus padres?

—Sí. —Me dirigió una sonrisa triste y ladeó la cabeza para absorber mis caricias—. Se reunían con sus amigos, porque no tenían hermanos, pero cuando yo era niña recuerdo que celebraban barbacoas en verano y todos reían durante horas y horas. Como esta noche. Ha sido muy divertido. Lo necesitaba.

—Me alegro.

—¿Tú lo has pasado bien?

—Sí. Aunque preferiría que no te hubieras enterado de algunas anécdotas.

Ella se echó a reír.

—¿De verdad corriste desnudo por Main Street con una máscara de gorila?

—Sí —musité.

Knox le había contado que en el último año de instituto perdí una apuesta y tuve que correr desnudo por Main Street. Por suerte, no había ninguna norma que dijera que se me tenía que ver la cara, de manera que le pedí prestada la cabeza de un disfraz de Halloween a un amigo.

—Creo que mi madre aún no sabe que era yo.

—Quiero estar presente cuando se entere.

Me invadió una oleada de cariño.

—Estarás presente.

—Tienes una familia increíble. Eres muy afortunado.

—Sí que lo soy —asentí.

Era demasiado pronto para decirle que un día también sería su familia, que esa noche todos mis hermanos —incluso Eloise antes de quedarse dormida— habían aprovechado algunos momentos tranquilos para confesarme que adoraban a Winn.

—Ahora les perteneces un poco, o eso pensarán.

Ella me miró fijamente.

—¿En serio? ¿Y tú?

—A mí me perteneces desde hace tiempo.

Desde la noche que la conocí en el Willie's. Entonces no me di cuenta, pero en ese instante ya quise que fuera mía.

—¿Qué estamos haciendo, Griffin?

—Me parece que está bastante claro.

No me había costado nada enamorarme de ella.

—Sí —susurró—. Creo que sí.

Abrí la boca para pronunciar dos palabras, pero dudé. Esa noche no. No era el momento, con todos mis hermanos en el porche y las risas que resonaban en las paredes. Además, aún no habíamos tenido nuestra primera cita.

Se lo diría cuando fuera la hora de hacerlo.

En vez de eso, bajé la cabeza para besarla, al principio despacio. Pero después la temperatura fue en aumento, de forma gradual pero intensa, como el sol de un claro día de julio.

Nos deshicimos de la ropa y desnudos, su piel contra la mía, nos entrelazamos. Me deslicé dentro de su cuerpo y ya no hubo nada que pudiera separarnos.

No nos hacía falta decirlo en voz alta. Ella tenía la mirada fija en mis ojos cuando, con los pies aferrados a mis pantorrillas, su cuerpo tembló debajo del mío.

No nos hacía falta decirlo en voz alta.

Por esa noche, nos bastaba con demostrarlo.

20

Winslow

—Hoy me acercaré a ver un rato al abuelo —le dije a Griffin mientras desayunábamos en la isla de la cocina.

—Yo tengo que inspeccionar la parte sur del rancho porque hay caballos nuestros que pastan allí y tengo que asegurarme de que el arroyo lleva suficiente agua. Si se ha quedado seco, y es lo que me temo con el calor que está haciendo esta semana, tendré que trasladarlos cerca de algún manantial. ¿Quieres venir?

—¿Cuánto tardarás?

—Seguramente casi todo el día.

Por mucho que el plan de pasar un sábado entero en el rancho con Griffin me resultara atractivo, durante las últimas dos semanas había estado muy poco tiempo con el abuelo y apenas en mi casa. Desde la noche de la cena de hermanos improvisada, no había pasado por allí más que cinco minutos para recoger el correo.

—Creo que esta vez no voy. Tengo que ir a casa a limpiar, está sucia y huele a cerrado. Y podría montar la mesa para la tele, que aún está en la caja.

—O, quizá… —Griffin dejó el tenedor y se volvió en el asiento para situarse de cara a mí—, no hace falta que la montes.

—Tengo la tele en el suelo.

—Pero esta no está en el suelo. —Señaló por encima de mi hombro la pantalla colgada sobre la chimenea del salón.

—En algún momento querré ver la tele en casa sin tener que sentarme en el suelo para ponerme a su altura.

—¿Cuántos minutos has pasado viendo la tele en tu casa durante el último mes?

—Cero.

—Exacto.

—Pero ya he comprado la mesa. ¿Qué sentido tiene que no la monte?

—Es que no te hace falta.

—Sí que me hace falta.

—Winslow… —Pronunció mi nombre de una forma que dio la impresión de que yo no estaba entendiendo nada.

—Griffin…

—Ves la tele aquí, duermes aquí, tienes tus cosas en el cuarto de baño y la ropa distribuida en el suelo del vestidor.

—Necesito hacer la colada.

—Sí, y cuando la hagas será con la lavadora y la secadora que hay al otro lado del pasillo. —Señaló el lavadero con la cabeza.

—¿No quieres que las use?

—No es eso —Rio, sacudiendo la cabeza—. Son tuyas. Igual que el baño, y el dormitorio, y el suelo del vestidor, y la cocina, y esa tele. Toda la casa es tuya.

Pestañeé, perpleja.

—¿Eh?

Él rio otra vez y me posó la amplia palma de la mano en la nuca.

—Piénsalo. Si quieres conservar tu casa de la ciudad durante un tiempo, por mí bien, pero lo mejor es que la pongas en venta antes de que acabe el verano y baje la demanda, como cada año. Luego avisaremos a la inmobiliaria y utilizaremos el remolque donde transportamos los caballos para trasladar todas tus cosas hasta aquí.

Se me cayó la mandíbula al suelo mientras él se levantaba del taburete, me besaba en la frente y desaparecía en dirección al dormitorio, seguramente para ponerse unos calcetines y emprender las tareas del día.

¿Acababa de pedirme que me fuera a vivir con él? ¿A esta casa? No, en realidad no me lo había pedido. No formuló ni una sola pregunta durante toda aquella retahíla de pensamientos pronunciados en voz alta.

¿Y yo? ¿Quería mudarme allí? Sí. Me encantaba esa casa y el sosiego que sentía cuando salía de la carretera principal y enfilaba aquel tranquilo camino de grava. Me encantaban las puestas de sol en el porche y despertarme en los brazos de Griffin.

Pero era demasiado pronto, ¿no? Había vivido con Skyler varios años; acababa de separarme de otro hombre. Y también me encantaba mi casita de la ciudad, tan bonita, bella y acogedora con la puerta de color rojo. La que llevaba varias semanas descuidada.

Griffin, que ya se había puesto los calcetines, se me acercó sigilosamente mientras yo seguía paralizada en el taburete.

Cuando se dispuso a recoger los platos del desayuno, lo aparté con un gesto de la mano.

—Ya recojo yo.

—Vale. —Me besó el pelo—. Te veo luego. ¿Vendrás a cenar?

Asentí.

—Que tengas un buen día, cariño.

—Tú también —musité como una autómata.

No salí de mi ensimismamiento hasta que se hubo marchado y dejé de oír el ruido del motor de su camioneta. Me dispuse a llenar el lavavajillas. Luego fui al dormitorio y cogí un montón de ropa para lavarla.

Di vueltas por la casa durante un par de horas, esperando para poner la colada en la secadora. Limpié el polvo del salón, pasé el aspirador por los dormitorios y fregué el suelo.

¿Debería mudarme allí? A lo mejor era una pregunta innecesaria.

Todas mis braguitas estaban bajo ese techo. La mayoría se encontraban en la cesta de la ropa sucia o en el suelo, cerca de esta, pero el resto estaba en un cajón del armario. Griffin me había dejado tres cajones, la mitad de los que tenía la cómoda. Y había hecho lo mismo con los del cuarto de baño.

Limpiaba. Traía la compra después del trabajo. El Durango estaba aparcado enfrente de la casa siempre que me tocaba trabajar, ya que me desplazaba con el Explorer. Lo único que me faltaba era recibir allí el correo.

Pero, si aquello terminaba, tenía un lugar adonde ir. En el fondo, tal vez ese fuera el problema, la razón por la que no pude aceptar la propuesta de inmediato.

Porque él no había pronunciado las palabras clave. Ni yo tampoco.

Cada vez que me besaba, cada vez que hacíamos el amor, las sentía.

¿Por qué, pues, no me veía capaz de decirlas en voz alta?

Cuando hubo terminado la secadora y tuve las prendas limpias colocadas en un cajón o bien colgadas en la barra del armario, todavía no sabía qué hacer. De modo que fui a la ciudad a visitar al hombre cuyos abrazos de oso siempre me ayudaban a ver las cosas más claras.

El abuelo abrió la puerta de su casa antes incluso de que yo apagara el motor del Durango. Cuando me vio salir del vehículo, levantó una mano y yo me paré en seco.

—Te lo advierto de entrada, Winnie. He comido beicon para desayunar. Se nota el olor en la casa y en la ropa. Ya sé que no lo tengo permitido en la dieta, pero ¡a la porra! Pienso comer beicon una vez por semana, o quizá dos.

—Vale. —Me eché a reír y avancé hacia sus brazos abiertos. Tal como esperaba, al momento me sentí más tranquila—. ¿Cómo te encuentras hoy?

—Con muchas ganas de hacer cosas. Esta mañana he cortado el césped y he ordenado la casa y así ahora puedo relajarme en compañía de mi chica.

—Te referirás a mí, espero.

Él se echó a reír y me pasó un brazo por los hombros para guiarme al interior.

—Ya sabes que sí.

Nos acomodamos en el porche trasero y estuvimos contemplando el fluir del río. Los perezosos remolinos y las ondas que lamían la orilla me resultaban tan relajantes como una puesta de sol en el porche de la casa de Griffin.

«En mi casa». Aquel podría ser mi hogar.

—Hoy estás muy guapa —dijo el abuelo.

—¿En serio?

Llevaba una sencilla camiseta de tirantes blanca, unos vaqueros cortos y unas zapatillas de deporte.

—No lo digo por la ropa, cielo. —Su mirada expresó ternura—. ¿Eres feliz aquí, en Quincy?

—Sí. Y Quincy también está feliz conmigo.

—A lo mejor es por Griffin.

—A lo mejor. —Esbocé una sonrisa—. Me ha pedido que me vaya a vivir con él.

—Ah, ¿sí? ¿Y qué le has contestado?

—Nada, de momento. No sé qué hacer. Es muy pronto.

Él chascó la lengua.

—Bah, eso es muy relativo.

—Estuve varios años viviendo con Skyler. ¿No crees que debería darme un tiempo para estar sola?

—Mira, Winnie, es cierto que vivías con él, pero créeme cuando te digo que estuviste sola todo ese tiempo.

Abrí la boca para protestar, pero las palabras murieron antes de pronunciarlas. El abuelo tenía razón. Había vivido con Skyler, teníamos un compromiso, pero, sin duda, estaba muy sola.

—Compartíais el espacio —dijo el abuelo—. Pero no es lo mismo eso que compartir la vida.

—Me parece que no era consciente de lo sola que estaba en Bozeman —reconocí— desde que murieron mamá y papá.

Y entonces me mudé a Quincy y tuve la compañía de Griffin desde la primera noche. Él había ahuyentado de golpe aquel sentimiento de soledad y yo ni siquiera era consciente de lo mucho que necesitaba que alguien irrumpiera en mi vida y la pusiera patas arriba.

—Pasaste por una experiencia horrible —dijo.

—Tú también.

Extendió el brazo y me cubrió la mano con la suya.

—No es lo mismo.

Pensé en el accidente por primera vez en varias semanas. Hacía… ¿Cuánto tiempo ya? La última pesadilla que recordaba fue justo después del Cuatro de Julio. Llevaba varias semanas durmiendo de maravilla y era gracias a Griffin.

—Ayer tomé una decisión. —El abuelo me dio una palmada en los nudillos—. Quería que fueras la primera en saberlo.

—Vas a jubilarte.

Él asintió.

—Es hora de que lo haga. Este pequeño problema de salud me ha ayudado a ver las cosas con cierta perspectiva.

—¿«Pequeño problema de salud»? —Puse los ojos en blanco—. Has tenido un infarto.

—No ha sido un infarto grave.

—Grave o no, un infarto no es ninguna broma.

—Llámalo como quieras, pero me he dado cuenta de que, en adelante, es mejor que evite las úlceras de estómago. Veo a los ancianos como yo sentados en la cafetería de Lyla todas las mañanas hablando del tiempo y de los rumores que corren en la ciudad y me parece que me sentará bien hacer lo mismo.

—Te aburrirás.

—Sin duda. Y seguramente te volveré loca apareciendo en tu casa sin previo aviso y quedándome a dormir aunque no me hayas invitado.

Me reí.

—En ese caso, apoyo al cien por cien tu plan de jubilación.

—Estupendo.

—Estoy orgullosa de ti, abuelo. De todo lo que has hecho por Quincy.

—¿Sabes, Winnie? —Se incorporó un poco en el asiento—.

Yo también estoy orgulloso de lo que he hecho. La alcaldía ha sido una buena experiencia; buena y duradera. Pero tienes que prometerme una cosa.

—Dime.

Se inclinó para acercarse.

—El día que te plantees echar a Tom Smith, quiero ser el primero en saberlo.

—Trato hecho. Bueno, el primero en saberlo será él, pero luego te lo diré a ti.

—Antes que a Griff.

—Antes que a Griff. —Le guiñé el ojo—. Espero que mi nuevo jefe sea tan maravilloso como tú.

—No vale, no eres imparcial.

—Sí que lo soy.

Durante el poco tiempo que había ejercido mi deber en la ciudad, el abuelo me había dejado hacerlo con completa libertad. Siempre estaba allí si lo necesitaba, pero no metía las narices en la comisaría ni exigía explicaciones sobre cómo avanzaban ciertas investigaciones.

Estaba segura de que Frank le había cantado las cuarenta al abuelo por lo de Briggs Eden, pero él no se había entrometido. Confió en que sabría hacer mi trabajo y tomaría la mejor decisión.

—¿Puedo contarte una cosa confidencial, aprovechando que aún eres mi jefe?

—Soy todo oídos.

—Es sobre Lily Green y Harmony Hardt.

Le conté lo del monedero y el bolso, que los encontré en la cabaña de Briggs Eden, y todo lo que el hombre me dijo cuando lo interrogué en la comisaría el mes anterior.

A causa del infarto, no había querido abrumarlo con esa información. Era lo único que había conseguido averiguar con mis pesquisas; no había descubierto más pistas ni me quedaban más preguntas. Los rumores sobre Briggs también se habían desvanecido casi por completo.

—No hallamos ninguna huella de él —le dije—. Ni tampoco de las chicas. Y eso me hace pensar que alguien puso las cosas allí para que Briggs se topara con ellas.

—¿Por qué?

—No estoy segura.

Llevaba un mes preocupada por eso, pero, por más vueltas que le daba, no le veía ningún sentido. Incluso llamé a Cole, mi compañero de Bozeman, para oír su opinión sobre el caso. Sin embargo, él estaba tan perdido como yo.

—A lo mejor alguien quiere tenderle una trampa —dije—, implicarlo en las muertes de Lily y Harmony. Es posible que el bolso sea una réplica del de Harmony, o a lo mejor era de Lily.

Sin huellas, no podía estar segura. Busqué alguna compra reciente en los extractos de la tarjeta de crédito de esta, pero no encontré nada que demostrara que había adquirido un bolso de piel. Incluso pasé por algunas tiendas del centro para preguntar si habían vendido un modelo así, pero nadie lo reconoció.

—Si el bolso era de Lily, eso explicaría por qué está tan bien conservado —dije—. A lo mejor lo compró y no llegó a enseñárselo a su madre. —Y eso también explicaría por qué el monedero estaba dentro—. Quizá los dejó tirados antes de…

El abuelo sacudió la cabeza.

—Pobre chica.

—Hay otra posibilidad. Que Briggs hubiera estado allí las noches en que murieron y hubiera cogido el bolso de Harmony y el monedero de Lily.

—¿Y tú crees que habría dejado sus trofeos en una estantería para que los vieras? —El abuelo respiró hondo—. No tiene ningún sentido.

—Quizá no se acuerda de dónde los cogió. A lo mejor no estaba lúcido.

—En el caso de Lily, cabe esa posibilidad. Por lo que me has dicho, está perdiendo la memoria. Pero Harmony murió hace años y no creo que Briggs lleve mucho tiempo con síntomas graves. Déjame que haga de abogado del diablo. ¿Y si estuvo allí? ¿Y si tuvo algo que ver con las muertes?

—No tenemos pruebas. —Lo único que tenía eran un montón de conjeturas—. Es posible que alguien lo esté manipulando, alguien que quiere hacerme creer que está implicado en la muerte de las chicas.

—¿Quién?

Me encogí de hombros.

—La única persona a quien he oído hablar mal de él es a Frank.

—Eso no es más que una rencilla del pasado. —El abuelo hizo un gesto para quitarle importancia—. Frank es un buen amigo, pero, entre tú y yo, la tiene tomada con los Eden. Está celoso, así de simple. No hagas mucho caso de lo que te diga.

—Ya lo sé —suspiré—. Es solo que tengo la impresión de estarles fallando a esas chicas.

—Necesitas respuestas.

—Muchísimo. —Por sus familias—. Me falta una pieza del puzle. Si Lily hubiera dejado una nota o algo indicara que estaba pasando por un mal momento, posiblemente no me sentiría así. Pero, tal como están las cosas, no puedo dejarlo estar.

—Pues debes hacerlo. —El abuelo me posó la mano en el brazo—. Te lo digo como tu jefe. Has hecho todo lo que has podido para encontrarles sentido a esas muertes, pero la gente pasa por épocas difíciles, Winnie. Tú ya lo sabes.

—Sí que lo sé.

—Las cosas no siempre tienen una explicación lógica.

—Tienes razón. —Dejé caer los hombros—. Ya me había mentalizado para no removerlo más y dejarlo estar, pero entonces aparecieron el bolso y el monedero y... Ay, odio los callejones sin salida.

—Existen para torturar a las personas como tú.

—Ya lo creo.

—¿Qué dice Griffin de todo esto?

Desde nuestra pelea de hace un mes, Griffin no había mencionado a Briggs excepto para ponerme al día de los diagnósticos médicos.

Harrison lo llevaba regularmente a que lo viera un especialista. No podía hacerse gran cosa, pero lo incluyeron en un ensayo clínico y todos tenían la esperanza de que la medicación frenara el avance de la demencia. Sin embargo, aún era pronto y el camino era muy largo.

—Griffin sabe que debo hacer mi trabajo y respeta mi postura —dije.

—Porque es una buena persona.

—Sí.

—Muchísimo mejor que Skyler. —El abuelo escupió el nombre con una mueca de disgusto.

—Yo creía que te caía bien.

Él arqueó una de sus cejas blancas.

—No, nunca ha sido lo bastante bueno para ti. Y tus padres pensaban lo mismo.

—¿Qué? —Me quedé boquiabierta. Mis padres siempre habían sido muy amables con Skyler. Nos invitaban a cenar a menudo y nos ayudaron con la mudanza cuando nos fuimos a vivir juntos—. ¿Por qué dices eso?

—Es un imbécil. —El abuelo rio y el pecho se le agitó con movimientos espasmódicos—. Siempre hablábamos de él a tus espaldas.

—¿En serio? —Le di un pequeño puñetazo en el hombro—. ¿Por qué nadie me dijo nada?

—Todos sabíamos que algún día te darías cuenta. De todas formas, creo que tu padre estaba empezando a perder la paciencia. Cuando os prometisteis, estuvo a punto de explotar. El muy impresentable ni siquiera le pidió permiso para declararse.

No daba crédito a lo que estaba oyendo. Miré fijamente a mi abuelo de perfil mientras él contemplaba el fluir del río como si fuera ajeno al hecho de que acababa de soltar un bombazo.

A mis padres no les caía bien Skyler. Si me lo hubiera dicho otra persona en lugar del abuelo, no me lo habría creído.

Con todo, en parte, me sentí mejor. Porque habían llegado a la misma conclusión que yo, aunque mucho antes.

—Guau… —Sacudí la cabeza—. ¿Y Griffin? ¿Hay algo que quieras decirme?

El abuelo se volvió y me dirigió una sonrisa triste.

—Él les habría caído de maravilla.

Me llevé la mano al pecho y los ojos se me llenaron de lágrimas. Mi padre lo habría dejado todo para ayudarme a trasladar mis cosas a casa de Griffin y a mi madre le habría encantado pasar ratos sentada en el porche observando el sol ponerse tras las montañas.

—Ojalá lo hubieran conocido —susurré.

—Lo conocieron.

—¿Qué? ¿Cuándo?

—Hace muchos años, una vez que vinieron a verme. Tú estabas ocupada con el trabajo y vinieron un fin de semana los dos solos. Fuimos juntos al Willie's a tomar una copa y Harrison y él estaban allí.

—Griffin no me lo ha contado.

—El bar estaba a tope y no es que el chico pase desapercibido, precisamente. Pero recuerdo que tu madre comentó que le gustaría que conocieras a un hombre así, un vaquero atractivo. Tu padre empezó a meterse con ella de forma despiadada; dijo que, en cuanto volvieran a casa, pensaba comprarse unas botas y ponérselas para pasear por casa desnudo.

—Ay, por Dios.

Enterré la cara en las manos sin saber si reír o llorar. Porque esa escena era típica de ellos. Y que hubieran conocido a Griffin, el simple hecho de que le hubieran visto la cara… No sabía por qué significaba tanto para mí, pero así era.

Las lágrimas acabaron por imponerse a la risa y, mientras me resbalaban por las mejillas, el abuelo me posó una mano en el hombro.

—Los echo de menos.

—Yo también —confesó él.

—Gracias por contármelo.

—Deberíamos hablar más de ellos, cielo.

—Es culpa mía —lo había pasado muy mal durante mucho tiempo.

—Me gustaría que lo hiciéramos, si te parece bien.

Asentí.

—A mí también, abuelo.

Me estrechó el hombro y se puso de pie.

—¿Te apetece un tentempié? Tengo hambre.

—Ya voy yo.

—Tú quédate aquí.

El sonido del río me hizo compañía mientras repasaba mentalmente la conversación con el abuelo. Hacía mucho tiempo que llevaba a mis padres en el corazón, que atesoraba su recuerdo. Pero era necesario integrarlos en nuestra vida.

Griffin no había llegado a conocerlos como Skyler, pero eso no significaba que no pudiera saber más cosas de ellos. Los conocería a través de mis recuerdos. Gracias al amor que sentía por ellos, formarían parte de nuestro futuro.

El abuelo regresó con un plato rebosante de uvas rojas, galletas saladas de harina integral y zanahorias baby. Todo se lo había llevado yo durante la semana.

—¿Tienes prisa por volver a casa? —me preguntó cuando hubimos vaciado el plato.

—No. ¿Por qué?

—¿Te apetece jugar una partida de *backgammon*?

—Será divertido.

Hacía siglos que no jugaba a eso, desde antes de que muriera mi padre. A él le gustaba mucho jugar con el abuelo y luego me enseñó a mí.

Estuvimos entretenidos durante horas, hasta que el sol de la tarde nos hizo refugiarnos dentro de casa y jugamos una última partida en la mesa del comedor.

—Lo hemos pasado bien. —Sonrió mientras guardaba el tablero.

—Ya lo creo. Pero ahora será mejor que vuelva a casa.

—¿A cuál?

—A la de Griffin —rectifiqué y me abracé a su cintura—. Gracias, abuelo.

—Te quiero, cielo. —Me estrechó más fuerte y luego me soltó—. Que tengas buena noche.

—Te quiero. Adiós.

Habíamos estado jugando más tiempo del que creía y cuando salí de su casa era casi la hora de cenar. Saqué mi móvil personal del bolsillo; el de la comisaría estaba en el otro y, aunque andar por el mundo con dos teléfonos era una lata, desde el infarto del abuelo siempre los llevaba conmigo y totalmente cargados.

Estaba a punto de llamar a Griffin para preguntarle si quería que parara en la ciudad a comprar algo para la cena, pero antes de desbloquear la pantalla oí un ruido de metal contra metal procedente de la casa vecina.

—Hola, encanto. —Frank me saludó desde el garaje. Llevaba unos vaqueros manchados de grasa y le sobresalía un trapo rojo de un bolsillo delantero.

—Hola. —Guardé el teléfono y le sonreí, disimulando un suspiro cuando me hizo señas para que me acercara.

Aún estaba molesta por su comportamiento con Griffin en el hospital, pero a fin de cuentas era Frank, el mejor amigo de mi abuelo y la persona que había estado allí en mi lugar cuando hizo falta llevarlo a urgencias.

—¿Cómo estás? —pregunté, entrando en el garaje.

El olor del metal y del aceite era tan fuerte que tuve que arrugar la nariz.

—Ah, bien, bien. —Señaló el Jeep con la mano—. Este coche me va a matar a disgustos, sobre todo si Rain no deja de perder piezas.

Me eché a reír.

—¿Cómo que pierde piezas?

—Ay, ojalá comprendiera a mi querida y enigmática esposa… —Rio y le dio una patada a un neumático con la bota.

—Frank… ¡Ah! Hola, Winnie.

Rain asomó la cabeza por la puerta que conectaba la casa con el garaje y, cuando me vio, salió corriendo en mi dirección y me dio un gran abrazo. Llevaba un delantal fuertemente atado y sujetaba un mazo para carne.

—Hola, Rain.

La había visto unas cuantas veces desde que vivía en Quincy, siempre durante alguna de mis visitas a casa del abuelo. Era una de esas mujeres afortunadas para las que no parecía que pasara el tiempo. Tenía el pelo del mismo color castaño claro que recordaba de toda la vida y la piel tersa a excepción de alguna pequeña arruga alrededor de los ojos y los labios. Me obsequió con un abrazo tan fuerte como los que me daba de niña.

Mi madre siempre bromeaba diciendo que, para estar tan delgada, tenía la fuerza de un toro.

—¿Estás cocinando? —Señalé con la cabeza el mazo para carne.

—Sí. —Agitó el utensilio en el aire y rio—. Filete de pollo empanado, el plato favorito de Frank. ¿Cómo estás, gorrión?

—Bien. —Sonreí al oír el apodo con el que se refería a mí desde pequeña—. Frank me estaba contando que al Jeep le faltan unas cuantas piezas. ¿Te has pasado al limpiar el garaje?

—Eso jamás. —Rio—. Siempre está hecho un desastre.

—¿Y cómo has podido perder piezas del coche? —pregunté.

—Fue mientras conducía —respondió su marido—. Este verano perdió un tapacubos.

Un tapacubos. Al neumático al que antes le había dado un puntapié le faltaba. Miré rápidamente la rueda delantera. Tenía un tapacubos como el que había visto en la parte trasera de la camioneta de Griffin semanas atrás, cuando volvimos de comprar en el supermercado, el que me dijo que Mateo había encontrado en la carretera de la Cumbre Índigo.

—He visto un tapacubos igual que ese… —Mi mirada se cruzó con la de Rain—. No me había fijado en que conducías el Jeep.

Su sonrisa se desvaneció.

—Pues claro, es el único coche que tengo.

¿Para qué iría por la carretera de la Cumbre Índigo? Era propiedad privada.

Noté una especie de escalofrío en la nuca y me invadió un sentimiento de inquietud. No necesité un espejo para tener la certeza de que mi cara había perdido el color.

Rain también debió de notarlo.

—Frank, cierra la puerta.

Tardé tres segundos de más en procesar esa frase. En mirar a mis amigos de toda la vida y darme cuenta de lo que veía. Porque, en esos tres segundos, Frank accionó el mando de la puerta del garaje, sujeto a la visera del asiento del conductor del Jeep, y Rain levantó el mazo para carne.

Tardé tres segundos de más en desechar mi opinión influida por el vínculo con mis vecinos y amigos y darme cuenta de que no eran lo que aparentaban.

Tres segundos de más.

Antes de que todo quedara a oscuras.

21

Griffin

«Este es el buzón de voz de Winslow Covington. Por favor, deja un mensaje y te devolveré la llamada lo antes posible. Si es una emergencia, por favor, cuelga y marca el número de la policía».

Solté un gruñido al oír el mensaje del contestador y volví a comprobar la hora.

Las 19.48.

Las noches de verano en Montana eran largas y la luz del día duraría por lo menos una hora más, pero se estaba haciendo tarde. Winn se había saltado la cena. Me había dicho que vendría a cenar, ¿verdad? Por la mañana la había dejado de piedra, pero ella no era de las que se rajan sin llamar por teléfono para avisar.

Llevaba una hora convencido de que había ocurrido algo en la comisaría. Tal vez había habido un accidente, o bien algún agente había telefoneado para comunicar que estaba enfermo. Pero, a medida que pasaban los minutos y Winn seguía sin devolverme las llamadas, la inquietud que notaba en el estómago empezó a ser insoportable.

Busqué el número de Covie y lo llamé por tercera vez. Tras cuatro tonos de llamada, saltó el buzón de voz.

—Mierda.

Las malas noticias en Quincy corrían como la pólvora. Si Winn hubiera tenido un accidente o le hubiese sucedido algo importante, alguno de mis familiares se habría enterado. De modo que recurrí en primer lugar a la fuente que con más probabilidad podría darme noticias. «Papá».

—¿Diga? —contestó.

—Hola, soy yo.

—Hola. ¿Cómo está hoy el arroyo?

—Seco. He trasladado a los caballos, están todos bien. Escucha, ¿sabes si ha pasado algo hoy en la ciudad?

—¿Eh? No. ¿Por qué? ¿Qué ocurre?

—Nada. —Suspiré—. Winn no ha vuelto a casa y no me contesta. Pensaba que quizá había pasado algo y yo aún no me había enterado.

—Por aquí no sabemos nada. ¿Quieres que haga algunas llamadas?

—No, aún no.

Si mi padre empezaba a llamar a sus amigos, saltaría la alarma antes de que la situación fuera verdaderamente alarmante.

—Vale. Ve informando.

—Lo haré. Gracias.

—Llama a Eloise —me dijo—. Si está pasando algo, ella se enterará antes que nosotros.

—Buena idea. Adiós, papá.

En cuanto colgamos, llamé a mi hermana y le hice la misma pregunta.

—Llevo desde media tarde en la recepción —dijo— y no me he enterado de que haya ocurrido nada.

Si por Main Street hubiera pasado una sucesión de coches patrulla con la luz y la sirena, Eloise se habría dado cuenta.

—Vale, gracias.

—Estás preocupado, ¿verdad?

—Sí, sí que lo estoy.

—Haré unas cuantas llamadas.

—No, no...

Pero colgó sin dejarme terminar la frase.

—Mierda.

A Eloise no había quien la parara y conocía bien a mi padre para saber que en ese mismo momento estaría también colgado al teléfono. Si Winn solo estaba por ahí sin más, no le haría ninguna gracia que la persiguieran.

—Pues entonces que conteste de una puta vez —masculló mientras volvía a marcar su número personal.

Sonó varias veces.

Winn había cumplido su promesa de cargarlo y llevarlo siempre consigo desde lo del infarto de Covie. Pero, cuando por décima vez la llamada me remitió al buzón de voz, colgué y empecé a caminar de un lado a otro de la cocina.

«Seguro que está bien». Lo más probable era que su desaparición tuviera que ver con el trabajo. Que hubiera tenido que ausentarse de forma inesperada pero necesaria y que estuviera demasiado ocupada para responder a mi llamada. Seguro que tenía entre manos un caso importante y mis llamadas constantes no hicieran más que importunarla.

Pero, joder, yo me estaba volviendo loco.

Tendríamos que acordar alguna especie de sistema para esto. Un mensaje de texto o algo con lo que me hiciera saber que estaba bien.

Era imposible que dejara su profesión.

Pero también que yo no me preocupara.

—A la mierda.

Cogí las llaves y mi gorra de béisbol de la encimera de la cocina y fui hacia la puerta.

Seguramente estaba en su casa, montando el maldito pie del televisor y comiéndose la cabeza sobre si venirse a vivir conmigo. Sí, ya, era pronto para dar un paso tan importante. Pero mis sentimientos por ella no cambiarían. ¿Por qué, pues, no íbamos a vivir bajo el mismo techo?

Total, ya casi vivía en mi casa. Hoy había estado limpiando y se notaba el olor de la cera para muebles. Los baños olían a lejía.

A lo mejor tendría que habérselo preguntado. O haberlo dicho de forma más convincente. Aun así, no me parecía bien que ignorara mis llamadas. ¿Era mucho pedir que me enviara un mensaje?

El trayecto hasta la ciudad se me hizo muy largo. Por el camino, llamé dos veces más a cada uno de sus números de teléfono. Notaba mucha tensión en el pecho y el corazón me iba a cien por hora. El nudo que tenía en el estómago se volvió mucho mayor cuando doblé la esquina de su calle y vi que el camino de entrada estaba vacío. Todas las ventanas estaban a oscuras.

—Joder, Winn.

No me molesté en bajar del coche; simplemente, pisé el acelerador y di la vuelta a la manzana. Mi siguiente parada fue la comisaría, pero enseguida vi que el Durango no estaba en su plaza de aparcamiento, de manera que tampoco me molesté en entrar. Más tarde llamaría allí, pero de momento quería comprobar si estaba con su abuelo, así que fui directo hacia el río.

La calle donde vivía Covie estaba igual de tranquila que la de Winn. El corazón me dio un vuelco monumental cuando divisé su coche aparcado en la puerta de la casa.

—Menos mal, joder.

«Dios». Un poco más y me da algo.

Salté de la camioneta y me obligué a ir hacia la puerta sin correr. Llamé al timbre con el puño en lugar de hacerlo con el dedo, porque, a medida que la presión sanguínea recobraba el ritmo normal, la angustia se convirtió en enfado.

A ver por qué narices no contestaba a mis llamadas. Y Covie tampoco.

Cuando oí los pasos de este al otro lado de la puerta y el hombre descorrió el pestillo, yo estaba casi temblando de ira.

Pero...

Si ella estaba en su casa, ¿por qué había echado el pestillo?

—¿Griffin? —Covie me miró con la cabeza ladeada—. ¿Qué estás haciendo aquí?

Winn no estaba allí. «Mierda».

—¿Es por Winnie? —preguntó y la cara se le volvió pálida.

—No está en su casa. He intentado llamarte.

—Me he quedado dormido con la tele puesta. Hace horas que se ha marchado, iba a cenar contigo. —Miró por encima de mi hombro hacia su Durango—. No me había dado cuenta de que tenía el coche aquí.

—¿Has tenido noticias de la comisaría? ¿Ha habido algún accidente o algo?

—No, que yo sepa. ¿La has llamado?

—Unas cien veces. —Me pasé la mano por el pelo.

Seguramente no tenía importancia, pero todas las células del cuerpo me transmitían que estaba ocurriendo algo malo.

—Voy a llamar a la comisaría. —Covie me indicó con la mano que pasara y me quedé en la entrada mientras él corría hacia la sala de estar.

La única luz encendida en toda la casa era la lámpara de pie junto a su sillón. El televisor estaba sin voz y en la pantalla aparecía la película que había estado viendo. Le temblaba la mano libre mientras con la otra sostenía el teléfono.

—Hola, soy Walter. Estoy buscando a Winslow. ¿Está ahí o quizá ha salido a patrullar?

«Di que sí».

El pánico que observé en su mirada hizo que me temblaran las rodillas.

—Sí, de acuerdo. Gracias. —Colgó y negó con la cabeza—. No está allí. Mitch va a preguntar si alguien la ha visto y me llama.

—Voy a seguir buscándola.

A lo mejor había ido a dar un paseo. Quizá se había acercado al río y se había resbalado. Si a los teléfonos les había entrado agua, era lógico que no pudiera llamar.

—Voy contigo. —Covie me siguió hasta la puerta y se puso unas zapatillas de tenis.

Se estaba haciendo de noche más deprisa de lo que me habría gustado.

—¿Habrá ido andando a alguna parte? ¿Se habrá topado con alguien que necesitaba ayuda?

—No lo sé —dijo el hombre mientras me seguía por la calle.

Estábamos a escasa distancia de mi camioneta cuando oí un gran estruendo en la puerta contigua.

Los dos miramos hacia la casa de los Nigel.

—¿Qué narices...? —Levantó un dedo en el aire—. Deja que vaya a ver a Frank.

No teníamos tiempo de preocuparnos por el puto Frank.

—Covie...

—Son dos segundos. A lo mejor la ha visto salir.

—Vale —gruñí y lo seguí a través del césped que separaba ambas casas.

La puerta del garaje estaba abierta, pero las luces estaban apagadas.

Frank estaba sentado en el suelo de cemento, con una pierna doblada, la otra estirada y el pie caído hacia un lado como si no tuviera fuerzas para levantarlo. Tenía la espalda apoyada en un banco de herramientas y la cara oculta entre las sombras del espacio a oscuras.

—¿Frank? —Corrió hacia su amigo y se agachó a su lado—. ¿Qué te pasa? ¿Estás herido?

Este sacudió la cabeza. Sus ojos vidriosos tenían la mirada más perdida que otra cosa cuando los dirigió hacia mí para atravesarme con ellos.

—Fuera de aquí, Eden.

Covie se puso de pie y frunció el entrecejo.

—¿Estás borracho? Estamos buscando a Winnie. ¿La has visto?

—Esto es por su culpa.

¿Estaba hablando conmigo?

—¿Cómo dices?

—Te odio.

—El sentimiento es mutuo, pero haz el favor de contestar a la pregunta de Covie. ¿Has visto a Winslow?

—Winnie. —En un abrir y cerrar de ojos, la frialdad y la ira de su expresión se transformaron en tristeza y disculpa. Bajó la vista a su regazo—. Ay, Dios.

—Eh. —El abuelo volvió a agacharse y le puso la mano en el brazo para sacudirlo—. ¿Qué pasa?

Frank encogió la espalda.

—Solo lo hacía para divertirme, Walter. No iba en serio.

—¿Qué es lo que hacías para divertirte? —le preguntó Covie.

—Estamos perdiendo el tiempo.

Quería largarme de aquel maldito garaje. Tendríamos que estar buscando a Winn y no escuchando las tonterías de aquel imbécil borracho.

—Un momento, Griffin. —Covie levantó un dedo en el aire—. Frank, ¿de qué estás hablando? ¿Sabes dónde está Winnie?

—Tienes que entenderlo, Walter. —En un instante, se irguió y cogió al otro por los brazos, inmovilizándolo.

Di un paso adelante mientras se me erizaba el vello de la nuca.

—¿Qué es lo que tengo que entender? —le preguntó Covie.

—Era sexo. Solo sexo. Ya sabes que me gusta.

Sexo. ¿Con quién? Me puse rígido y apreté los puños. Si le había tocado un solo pelo a Winn, no encontrarían jamás el cadáver de aquel cabrón.

—¿De qué estás hablando, Frank? —La voz calmada de Covie contrastaba al máximo con la ira que me corría por las venas.

Apreté la mandíbula para obligarme a guardar silencio.

A mí Frank no iba a decirme ni una palabra. Tal vez, si teníamos suerte, se olvidaría de mi presencia, porque ahora solo importaba Winn.

—Las chicas —musitó Frank.

Se me encogió el corazón. «Las chicas». Era imposible no comprender a quién se estaba refiriendo. Enseguida supe perfectamente de qué chicas estaba hablando.

Lily Green. Harmony Hardt.

¿Dónde demonios estaba mi Winn?

—Frank.

Covie se liberó de las manos de su amigo. De pronto, con un movimiento ágil y más rápido de lo que podría esperarse en un hombre de su edad, se puso de pie y lo arrastró consigo.

—¡Ay! —gritó el otro cuando lo obligó a sentarse en el banco de herramientas.

—¡¿Qué coño está pasando?! —le ladró.

Frank se dejó caer sobre el hombro de Covie con intención de abrazarlo, pero él se lo quitó de encima y volvió a empujarlo hacia el banco. Las herramientas hicieron ruido.

—Habla. ¡Ahora mismo!

—Es una adicción. No es culpa mía. Me gusta el sexo y ya está, yo no he hecho nada más. Te lo juro.

Tragué saliva.

—¿De qué está hablando, Covie?

Si Frank había violado a Winn…

La visión se me tiñó de rojo y tuve que hacer acopio de toda mi fuerza de voluntad para quedarme en el sitio sin moverme.

—¿De quién hablas? —le preguntó Covie—. ¿De Lily Green?

La culpabilidad que se translucía en los ojos de Frank bastó para responder.

—Lo mantenía en secreto. Con todas. Nos encontrábamos en un hotel de fuera de la ciudad. Lo pasábamos bien y ya está. Era solo sexo. A ellas les gustaba tanto como a mí.

—¿Qué les hiciste? —Me costó pronunciar las palabras por lo tensa que tenía la mandíbula.

—Nada, no les hice nada. —Frank buscó a Covie con la mirada—. Tienes que creerme. No hice nada. Nunca les habría hecho daño.

—Están muertas —le escupió él.

—¡Ya sé que están muertas, joder! —El bramido de Frank resonó en todas las paredes del garaje.

—Dímelo. —Covie volvió a sacudirlo—. Dímelo. ¿Dónde está Winn?

—No tendría que haber preguntado tanto.

En cuanto oí eso, crucé el garaje de un salto y se lo arranqué a Covie de las manos.

—¿Qué le has hecho?

—Nada. —Tragó saliva y vi pánico auténtico en sus ojos. Porque estaba dispuesto a cargarme a aquel hijo de puta y él lo sabía—. Nunca le haría daño.

—¿Pues dónde coño está? —vociferé.

El hedor del whisky en el aliento era insoportable y al fin no pudo más y estalló en sollozos. Cuando lo solté, cayó al suelo de rodillas.

—¿Dónde está Rain? —le preguntó Covie.

Frank no respondió. Enterró la cara en las manos y lloró.

El otro fue raudo hacia la puerta que daba a la casa y la abrió de golpe.

—¡Rain!

No hubo respuesta.

Retrocedió y examinó el espacio vacío.

—El Jeep no está. A lo mejor ha salido a comprar algo. Vamos a llamarla, a ver si sabe adónde ha podido llevarse a Winnie.

El sonido del río sonó con más intensidad cuando Covie fue a buscar su teléfono.

El río. La imagen mental de Frank sosteniendo la cabeza de Winn bajo el agua me explotó en el cerebro. Los pulmones llenándose de agua. El cuerpo sin vida flotando corriente abajo. Cerré los ojos con fuerza y me concentré en ahuyentar aquella imagen.

Cuando volví a abrirlos, mi mirada se topó con la caja fuerte situada en una esquina. Quizá Frank tenía una pistola. A lo mejor le había apuntado con ella a la cabeza. El estómago empezó a darme vueltas.

—Le dije que esta vez no lo hiciera. —Los balbuceos de Frank me taladraron la mente.

—¿Qué?

—Le dije que lo dejara estar, que esta vez era diferente. Pero

Winnie se dio cuenta. Es muy lista. Siempre ha sido demasiado lista.

—Espera. —Levanté una mano en el aire—. ¿A quién le dijiste que no hiciera qué?

Su voz fue apenas un susurro.

—A Rain.

22

Winslow

El reguero de sangre que me cubría la mitad de la cara me imposibilitaba casi por completo abrir ninguno de los ojos. Con las manos atadas a la espalda, no tenía forma de limpiarme. Cada vez que pestañeaba, notaba los párpados pegajosos. Cada vez que respiraba, me faltaba el aire. Cada vez que daba un paso, estaba a punto de morirme del dolor.

—Rain…

—Chisss.

Colocó el cuchillo contra la brecha de mi cabeza. La punta metálica apenas entró en contacto con la herida, pero el simple roce hizo que cayera de bruces.

El crujido de las rodillas contra la roca se me propagó por todos los huesos como la vibración de una campana, pero en lugar de producir un bello sonido me produjo una tremenda agonía.

Noté que la cabeza me daba vueltas, como una peonza un instante antes de caer. La oscuridad tentaba los límites de mi conciencia, pero me la quité de encima y me obligué a coger aire. «Respira».

Infinidad de veces, durante las sesiones de entrenamiento o

las clases de kárate, había tenido la sensación de quedarme sin aliento y no poder respirar. Había forzado la musculatura y me había dado multitud de golpes. Pero esa era la primera vez que sufría una conmoción cerebral. Todos mis movimientos eran a cámara lenta y solo tenía ganas de dormir. Aunque fuera un minuto.

Incliné el cuerpo hacia delante. El suelo me tentaba, pero pude volverme lo suficiente para que cuando cayera otra vez me diera el golpe en el hombro y no en la cara. Mal hecho. En cuanto me estampé contra el suelo, el dolor me dejó el brazo inutilizado. O bien me había dislocado el hombro o tenía algún hueso roto.

Mientras estaba inconsciente, Rain me había hecho algo en el brazo. Quizá me dejó caer cuando Frank y ella me metieron en el coche. A lo mejor me había dado una patada o me había golpeado de nuevo con el mazo para carne. Algo iba mal, porque los músculos no respondían adecuadamente y me había quedado sin fuerza en la mano izquierda a causa del dolor.

Sin embargo, antes de cerrar los ojos y sucumbir a la oscuridad, Rain volvió a empuñar el cuchillo y su filo se me clavó en la suave piel de la nuca.

El dolor tenía el don de abrirse paso entre la inconsciencia.

—Arriba. —Me cogió del codo y me obligó a ponerme de pie. Yo me tragué las ganas de vomitar.

—Por favor.

—Chisss. —Me empujó hacia arriba del sendero—. Camina.

Fui poniendo un pie delante del otro, sin darme ninguna prisa. A cada paso necesitaba respirar dos veces.

«Piensa, Winn. —Pero mi cerebro no quería pensar. Solo quería dormir—. Espabílate, lucha».

—¿Por qué haces esto?

—Deja de hablar.

—Rain, por favor.

Ella me puso el cuchillo en la cabeza, justo en el punto en que la sangre era más densa.

—Silencio.

Cerré la boca y asentí mientras avanzaba otro paso.

Subiendo más y más. Rumbo a la Cumbre Índigo.

Rumbo a mi final.

¿Sería así como había muerto Lily Green, obligada a seguir aquella ruta tan lamentable? ¿Sería el mismo camino que había recorrido Harmony Hardt y las demás?

No habían sido suicidios. «Yo tenía razón». Era la conclusión a la que me había llevado mi sexto sentido. Pero este también había fallado. Porque no había sospechado de Frank. No me había dado cuenta de que en la casa de al lado vivían dos monstruos.

Y ahora era demasiado tarde.

El cielo que nos cubría era del color azul marino más puro. Las estrellas parecían danzar en círculo a mi alrededor, pero era cosa del mareo, que me jugaba malas pasadas. Estaban en mi cabeza.

Rain me había estampado el mazo para carne sobre el cráneo y, al instante, todo se volvió negro.

No fui capaz de mover un brazo para evitar el golpe. Tendría que cantarme las cuarenta a mí misma, pero eso sería si sobrevivía.

Debían de haber pasado horas. Me desperté en el maletero del Jeep, en la falda de la montaña. Cuando me acercó a la nariz el botellín con las sales, en el horizonte ya solo se divisaban los últimos rayos dorados. Ahora casi no quedaba luz y la luna apenas dejaba ver el estrecho y amenazador sendero que iba apareciendo frente a mí.

Rain no cedió ni un momento. Me empujó por el sendero, paso a paso. Notaba los pulmones ardiendo y las piernas me quemaban. Ella, en cambio, respiraba como si estuviera repantigada en el sofá en vez de trepando por el vértice de un despeñadero.

«Rain». ¿Cómo habíamos llegado hasta ese punto? ¿Qué clase de mujer era? El dolor que sentía dentro del corazón convertía aquello en algo mucho más difícil de creer.

—Pensaba que me querías —susurré.

—¿Que te quería? —se burló—. Me caías bien, sí, pero no te

pases usando esa palabra. Eres como ese mentiroso de mi marido. Siempre hablando de amor.

—¿Quería a esas chicas?

—Estaba obsesionado con ellas. Les dejaba notas, organizaba encuentros secretos. Incluso después de prometerme que lo iba a dejar, no lo hizo. Así que este es su castigo.

—Puedes divorciarte.

—Eso es poco. ¿Sabías que este sitio es una de sus rutas de montaña favoritas? Aquí fue donde me pidió que me casara con él. Ahora podrá volver y reflexionar sobre lo que ha hecho y lo que me ha obligado a hacer a mí.

—Yo no he estado nunca con Frank.

—No, tú solo has hecho demasiadas preguntas. —Me dio un empujón en el codo y estuve a punto de perder el equilibrio—. Tendrías que haberlo dejado estar. Esas chicas tuvieron lo que se merecían. Y él también. La cosa podría haber terminado ahí si tú hubieras hecho lo mismo que todo el mundo en esta maldita ciudad durante años, y te hubieras creído lo que se suponía que te tenías que creer.

Que esas chicas, por lo menos algunas, se habían suicidado. Sí, todo el mundo se lo creyó sin más.

—Le dije que parase. —Rain parecía estar pronunciando esas palabras furiosas para sí misma más que para mí—. Le dije que la última vez tenía que ser la última vez y que, si no, él sería el siguiente en subir aquí conmigo.

—Si quieres volver y traértelo a él en lugar de a mí, no me opondré.

Ella rio con aquella risa dulce y musical que conocía desde mi infancia. Noté que un escalofrío me recorría la espalda.

—Sigue andando, Winnie.

—Rain, por favor.

—No me vengas con súplicas, no te pega nada.

Apreté los dientes y avancé un paso más. Y luego otro. Hasta que me paré.

¿Por qué no me estaba resistiendo más? Iba a ponérselo muy difícil a esa zorra. Con una sonrisita en los labios, me dejé caer de rodillas. El dolor era insoportable, pero di un gruñido y me sobrepuse. Luego me recoloqué para sentarme en el suelo.

—¿Qué estás haciendo?

—Tomarme un descanso. —Levanté el hombro y estiré el cuello con la intención de limpiarme un poco la sangre de la cara. Vi las estrellas, pero cuando me puse recta advertí que había un rastro de color rojo en el tirante de mi camiseta.

—¡Levántate! —me ladró.

—No, gracias. Así estoy bien. —El pulso me latía en la cabeza, pero estaba recuperando la lucidez e hice que me sirviera para espabilarme y obligarme a plantar cara.

En el *dojo* de Bozeman, donde entrenaba para kárate, todos los *sensei*, incluido Cole, siempre decían que la mejor forma de aprender es enfrentarte a un oponente más fuerte que tú. Era el caso de Rain. Tenía el cuchillo y yo había sufrido una conmoción cerebral.

Pero en esa lucha no podía permitirme perder. No podía morir en esa montaña.

—Levántate. —Me dio una patada en el tobillo y la suela de su bota de montaña me dejó la piel en carne viva.

Me estremecí, pero soporté el dolor, lo añadí al que ya sentía y luego lo utilicé como acicate.

—No.

—Pues te mataré aquí.

—¿Y me arrastrarás todo el camino? —dije con un resoplido—. Incluso el más novato de los policías se daría cuenta de que han arrastrado el cadáver, así que, a menos que quieras que todos empiecen a preguntarse lo mismo que yo durante meses con relación a los supuestos suicidios, no me matarás aquí.

Contuve el aire en los pulmones mientras aguardaba su respuesta. Era una opción muy osada por mi parte, pero, llegados a ese punto, ¿qué podía perder?

«A Griffin».

Lo perdería a él.

«Encuéntrame, Griffin». Al ver que no me había presentado a la hora de cenar, seguro que había salido a buscarme, ¿verdad? Habría visto mi coche. Le habría preguntado al abuelo. Con suerte, habrían ido a casa de Frank y se habrían dado cuenta de todas las mentiras que decía ese cabrón.

Griffin tenía razón sobre él. Yo estaba influida por el vínculo familiar y me había dejado engañar.

—¿Fuiste tú quién puso el bolso de Harmony y el monedero de Lily en el camino para que Briggs los encontrara?

Rain me dio una patada en la cadera y tuve que hacer acopio de toda mi fuerza de voluntad para no gritar.

—Levántate.

—O a lo mejor fue para que los encontrara yo, con la esperanza de que creyera que Briggs había matado a las chicas. —Mientras hablaba, cambié de posición para ocultar las manos detrás del cuerpo.

Con la sensación de estar frotando los dedos en papel de lija, los clavé en la tierra para dar con alguna piedra afilada que me sirviera para cortar la cuerda de las muñecas. Los policías preferían las esposas porque, incluso con las manos detrás de la espalda, una persona era capaz de cortar una cuerda. Todo cuanto hacía falta era subir las manos para ganar cierta distancia y luego bajarlas de golpe. Pero yo no podía levantar el hombro, por lo menos no con la fuerza suficiente para romperla.

—Un poco más y te sales con la tuya. Empecé a sospechar de él.

—Pero no hiciste nada.

—No me dejaste bastantes pruebas.

La miré con una mueca de desprecio, y el gesto también iba dirigido al camino, porque en el sitio que había elegido para sentarme no había ni una piedra.

—Arriba. Ahora mismo.

Otra patada. Otra mueca. Pero, por lo demás, no me moví.

—¿Les diste un golpe en la cabeza igual que a mí? ¿Fue así como conseguiste traerlas a la montaña?

—Cállate.

—No había sangre alrededor del coche de Lily. Ni señales de forcejeo. ¿Qué hiciste? ¿La engañaste para que creyera que iba a encontrarse con Frank?

Rain entornó más los ojos y me miró con furia.

—Que dejes de hacer preguntas, coño.

—O sea que he acertado —masculló—. A ver si lo adivino. Le escribiste una nota, ¿verdad? Dijiste que así era como Frank se ponía en contacto con ellas. —Por eso no había encontrado nada en los mensajes de texto de Lily ni en sus registros de llamadas—. Lily vino a la montaña pensando que iba a encontrarse con él. A lo mejor le prometiste una noche contemplando las estrellas, un pícnic romántico y…

—¡Cierra el pico!

La hoja del cuchillo brilló con una luz plateada al cortar el aire y clavarse en mi bíceps.

Mi grito quedó engullido por la noche. Allí no había nadie más que ella para ver las lágrimas, de modo que las dejé brotar. Eran de rabia, de desesperación. Pero no conseguiría que me callara. Esa noche no.

—Las golpeaste igual que a mí, por eso no encontraron rastros de ninguna sustancia en la sangre.

Los daños causados por el cuchillo y por el golpe en la cabeza, como en mi caso, habían quedado ocultos por la forma tan brutal en que murieron. Cuando lo único que quedaba del cráneo de una persona eran fragmentos, resulta casi imposible juntarlos para encontrar una herida previa.

—¿También obligaste a Lily a subir por el camino? ¿Cuándo se quitó las botas?

—¿Para qué quieres saberlo?

—Cuéntamelo. Antes de que terminemos con esto, lo mínimo que puedes hacer es contarme la verdad.

Ella esbozó una sonrisita.

—No paraba de resbalarse con ellas.

—Tendrías que habérselas dejado puestas.

Ella señaló con el codo mis zapatillas de tenis.

—No cometeré el mismo error.

—Te deseo buena suerte —dije con voz inexpresiva—. Nadie se creerá que yo me he suicidado.

—Pero sí que lo has estado pasando mal, ¿verdad? Te ha

costado mucho encontrar tu sitio después de la horrible ruptura con tu novio. Tus compañeros de la comisaría no han sido precisamente amables contigo. Estás sola y encima se rumorea que Griffin Eden también va a dejarte. Lleva años enamorado de Emily Nelsen.

Solté un resoplido de desprecio.

—Esa noticia sí que es nueva —Pero estaba segura de que era la propia Emily quien había hecho correr la voz.

—Bueno, admito que es un poco tonta, pero hace muchísimo tiempo que anda detrás de Griffin. Seguro que en la ciudad habrá gente a la que no le costará nada creer que por fin lo tenía en el bolsillo. Si a eso le añades la trágica muerte de tus padres, no es de extrañar que estés deprimida.

—Eso es forzar mucho las cosas. Se notará que no es verdad.

—Llevo muchos años disimulando la verdad.

Levanté la cabeza y me topé con su mirada astuta.

—A mí no me has engañado.

—Casi. A Tom Smith sí que podría haberlo engañado.

—Pero él no es el jefe de policía. —Levanté la barbilla con orgullo—. La jefa soy yo y te pudrirás en la cárcel por esto. Y por lo de esas chicas.

Por todas las que hubiera matado.

Rain blandió el cuchillo.

—Te mataré aquí mismo y si hace falta te arrastraré.

—Adelante.

Me cogió del pelo y lo retorció con el puño. Fiel a su palabra, empezó a tirar de mí. El dolor era atroz y volví a gritar, con un sonido tan puro y salvaje que me rasgó la garganta justo en el momento en que un mechón de pelo se me desprendía de la cabeza.

—¡Para! —Las lágrimas me empañaban la visión y me temblaban las extremidades—. Caminaré. —Eso solo sirvió para que tirara con más fuerza—. ¡Caminaré!

Rain tardó un instante en reaccionar y, cuando me soltó el pelo, el alivio hizo que volvieran a brotar las lágrimas.

Me puse en pie tambaleándome. La cabeza me daba más

vueltas que antes. El camino aquí se ensanchaba más que en otros sitios, pero aun así era estrecho. A lo mejor no tenía ni que matarme, porque entre la brecha de la cabeza y el mareo acabaría por hacerlo yo.

Dios. Si me caía de la montaña, esperaba que no fuera Griffin quien me encontrara. No quería que mi cuerpo destrozado y mi muerte lo persiguieran en sueños.

—Muévete —me ordenó Rain con el cuchillo en la mano, de cuya hoja caían gotas de mi sangre.

Comencé a subir por el camino, pero me volví a mirar atrás. Podía echar a correr. No sería fácil con las manos atadas, pero si me lanzaba montaña abajo seguro que iría más deprisa que ella. Y, si ganaba suficiente tiempo, quizá alguien saldría a buscarme.

—No podrás correr más que yo —dijo, leyéndome el pensamiento.

Se colocó detrás de mí y bloqueó cualquier posible escapatoria. Si intentaba burlarla, lo más probable era que tropezara y acabara rodando montaña abajo.

Paso a paso, Rain me obligó a seguir adelante. Si no avanzaba lo bastante deprisa, me clavaba el cuchillo en la parte baja de la espalda.

En algún momento tendría que cortar la cuerda de las muñecas, ¿verdad? Si quería que pareciera un suicidio, no podía dejarme las manos atadas. Seguramente a Lily no hizo falta que la atara, porque no tenía ninguna marca en las muñecas.

A mí la cuerda me había hecho unos cortes que me escocían con un dolor punzante. Había tirado con fuerza, pero solo bastó para que se me clavara más en la piel, no para romperla. Me reportó cierto placer ser consciente de que mi lucha podría servir para que mi cadáver despertara más sospechas.

Quizá Rain tenía previsto bajar hasta el saliente de la montaña después de empujarme y cortar entonces la cuerda.

«Que la corte antes. Por favor».

Sería mi única oportunidad de forcejeo. No era una gran esperanza, pero seguramente era la única.

El camino trazaba una curva y noté que se me encogía el estómago. La cumbre estaba cerca.

Solo que sería un poco más difícil de lo habitual llegar hasta allí.

Griffin había bloqueado el paso.

Cuando vi la valla, me eché a reír. Era alta y robusta. La única forma de cruzarla era saltando por encima. ¿Cuándo la había construido? Si sobrevivía a esa noche, le daría un beso por ello. Estaría besándolo el resto de mi vida.

—¿Qué es esto? —Rain escupió la pregunta mientras miraba los postes recién plantados y la valla que los unía.

—Un regalo de Griffin.

Ella examinó el cercado de arriba abajo.

—Vamos.

—¿Adónde?

—Salta. —El cuchillo se me clavó en el bíceps—. Sube.

—Tiene alambre de espino por encima.

A Rain le daba igual que yo me hiciera polvo, pero ella también tendría que cruzar la valla. Miró hacia delante y luego hacia atrás.

—Vamos. ¡Arriba!

Abrí la boca para protestar, pero entonces vi que, por detrás de ella, un haz de luz se abría paso en la oscuridad.

Rain siguió mi mirada y puso los ojos como platos.

—¡Socorro! —grité.

—¡Winslow!

Era Briggs. Venía por el camino que partía de su cabaña. La luz debía de ser una linterna.

—Bri...

—¡Cállate! —Rain me colocó el cuchillo en la garganta—. Vamos. Abajo.

No discutí cuando empezó a empujarme para deshacer el camino. Era mejor bajar que subir.

Ella siguió empujándome. Íbamos tan deprisa que, más que andar, corríamos. Cuando llegamos al punto en el que se unían los dos senderos, me puso el cuchillo en la sien y la hoja me hizo pequeños cortes en la piel.

—Más deprisa —susurró.

Busqué con desesperación la luz de la linterna de Briggs. Seguía viéndose en el camino, pero él aún estaba a varios metros de distancia, demasiado lejos para interceptarnos en el cruce.

Tendría que seguirnos montaña abajo.

Me dolían las rodillas y Rain seguía empujándome. Cada vez que ponía un pie en el suelo, tenía que mentalizarme, temerosa de que me fallaran las últimas fuerzas y cayera montaña abajo.

—Para. —Rain me agarró por el codo. Se volvió a mirar atrás para comprobar que estábamos solas.

Estaba tan concentrada en seguir adelante que no me fijé en qué punto del camino nos hallábamos. Aquella pared de la montaña era la más empinada de todo el tramo a excepción de la del propio despeñadero. La ladera no era un pared de roca como la de la cumbre, pero caía tan a plomo que se me encogió el estómago.

El terreno estaba cubierto de arbustos cuyas hojas adoptaban un tono gris ante la luz de la luna, que iba adquiriendo más intensidad. Me harían daño, pero probablemente no me matarían. No, lo que me destrozaría serían las rocas ocultas debajo de los matorrales.

Rain me empujaría, echaría a correr montaña abajo y desaparecería antes de que Briggs o cualquier otra persona la alcanzara.

Noté el cuchillo en el costado. Me tiró del codo y otro latigazo de dolor me recorrió el cuerpo mientras ella se acercaba y me susurraba al oído.

—¿Crees que echarás a volar, gorrión?

—Que te den —dije entre sollozos.

—Vamos a averiguarlo.

Reuní todas mis fuerzas y me volví hacia ella. Los pies me resbalaban en el camino de tierra, me pesaban los brazos y tenía las piernas muy cansadas, pero conseguí darle una patada en el hueco de la rodilla y perdió el equilibrio.

—¡Maldita seas! —gritó.

Pero yo ya estaba avanzando; me incorporé a trompicones y me forcé a correr.

—¡Te atraparé! —me amenazó y oí sus pasos acercándose.

Entonces extendió una mano y casi me agarró del pelo, pero yo me zafé y seguí adelante. Avanzaba resbalando más que corriendo, pero me impulsé en la dirección correcta al doblar una pequeña curva.

Otra luz parpadeó en la distancia. «Faros».

Me esforcé más, avancé más deprisa. Si conseguía llegar a la falda de la montaña, Briggs…

Rain me agarró del pelo. Deslizó un dedo en el viscoso interior del corte que tenía justo encima de la sien y sentí un dolor tan insoportable que no tuve más remedio que frenar.

Y pelear.

Me giré hacia ella con la pierna en el aire. Los años de entrenamiento acudieron en mi ayuda y la golpeé con una patada rápida, justo en el estómago.

No pensaba morir ese día. Tenía motivos por los que vivir. Me mudaría a casa de Griffin, aprendería a montar a Júpiter, contemplaría más puestas de sol sentada en su mecedora y pasaría más noches acurrucada en su cama.

Rain soltó un gruñido, pero conservó el equilibrio. Se inclinó hacia delante con el cuchillo y quiso clavármelo en el estómago.

La esquivé por poco y pisé mal, de modo que mi segunda patada no la alcanzó en la cadera por pocos centímetros.

Y cuando ella volvió a atacar con el cuchillo, me hizo un corte certero. Un dolor agónico se abrió paso en mi vientre y mi camisa quedó empapada de un rojo ardiente y húmedo.

—¡Winn! —La voz de Griffin fue música para mis oídos.

—¡No! —exclamó Rain.

Contraatacó y me clavó la hoja en un costado.

Di un grito ahogado y el dolor se sumó al resto.

Me atrapó la muñeca y tiró de mí con fuerza, para arrastrarme hacia sí en un intento de arrojarme por el precipicio.

Hinqué una rodilla en el suelo, abriéndomela con una roca.

—¡Winn!

La voz de Griffin volvió a sonar en mis oídos. O tal vez era Briggs.

Rain se volvió rápidamente a mirar por encima de mí hacia el lugar de donde partía el camino.

Tuve que esforzarme mucho para girarme y seguir su mirada. Los faros. La voz. Griffin estaba aquí.

«Pelea». Apreté los dientes, cuadré los hombros y planté bien los pies en el suelo. Después, me lancé hacia delante como impulsada por un resorte y golpeé a Rain con el hombro en los tobillos.

Ella perdió el equilibrio.

Y entonces, llegó su hora de volar.

Cayó por el precipicio. Sus gritos murieron en el primer encontronazo con una roca.

Luego solo se oyó el silencio. Un silencio dulce. Y yo me dejé caer en el suelo y descansé la mirada hacia las estrellas que bailaban frente a mí.

—¡Winn!

La voz de Griffin sonó más y más fuerte, hasta que llegó y me levantó del suelo.

—Me has encontrado —susurré.

Él se volvió para sacar una navaja del bolsillo de sus vaqueros. Con un movimiento rápido, la cuerda que me ataba las manos desapareció.

Quise levantar un brazo para acariciarle la mejilla, pero no tuve fuerzas.

—Winn, cariño. Levántate. Tenemos que llevarte al hospital.

Me dejé caer contra su cuerpo y él me cogió por debajo de los brazos.

—Mierda. —Me presionó las heridas del vientre con la mano—. Vale, te llevaré en brazos.

Hizo amago de auparme, pero el dolor que me recorrió todo el cuerpo me arrancó otro grito.

—Joder. Esto te va a doler mucho. Tienes que aguantar, hazlo por mí, ¿vale? —Miró hacia arriba del camino—. ¡Briggs!

—¡Ya voy!

—¡Date prisa!

Pero por mucha prisa que se diera Briggs, por mucho que corriera Griffin, yo no iba a sobrevivir. Aunque me bajara en brazos hasta el pie de la montaña y me llevara a la ciudad en su furgoneta, Rain había ganado.

Teníamos pendiente pronunciar ciertas palabras. Quería pedirle perdón. Tenía que pedirle que me hiciera una promesa. Pero al final, no me quedaba tiempo.

—Te quiero.

—No, Winn. No lo digas. —Me sacudió mientras se ponía de pie y sus botas emprendían a toda prisa el camino de bajada—. Quédate despierta.

—Dímelo tú también. Solo una vez, para que lo oiga.

—No.

—Griffin. —Se me quebró la voz—. Por favor.

Él no aminoró la marcha.

—Te quiero. Joder, te quiero.

—Gracias.

Entonces exhalé un último suspiro.

Y las estrellas se desvanecieron.

23

Griffin

—Despiértate, cariño. —Le rocé los nudillos con los labios—. ¿Por qué no se despierta?

—Ha perdido mucha sangre —explicó Talia.

—No puedo perderla. —Le aferré la mano a Winn—. No puedo...

El nudo que tenía en la garganta y que llevaba allí instalado tres días parecía una soga alrededor del cuello.

—Debes dormir. —Mi hermana me posó una mano en el hombro—. Por lo menos, levántate de esa silla y camina un poco.

Sacudí la cabeza.

—No voy a separarme de ella.

—Griff...

—No quiero.

Talia suspiró.

—¿Te traigo algo?

—Café.

—Vale. —Me estrechó el hombro y salió discretamente de la habitación.

Ella no era la única persona que había intentado convencerme de que me fuera a casa. Mis padres. Mis hermanos. Covie.

Los enfermeros. Los médicos. Todos querían que me tomara un respiro y saliera de allí.

Que le soltara la mano.

Porque de verdad era posible que no se despertara. No había abierto los ojos ni una vez desde que la bajé de la Cumbre Índigo.

—Vamos, Winn. Despierta —susurré contra su piel.

La tenía demasiado fría y se la veía demasiado pálida en aquella cama. Le habían dado algunos puntos de sutura en el corte de la cabeza y le habían limpiado la sangre de la cara y del pelo. Pero seguía teniendo los labios de aquel color gris tan feo, los párpados azules y las mejillas hundidas.

—Nos quedan muchas cosas por delante, pero necesito que te despiertes.

En los días que llevaba en el hospital, le había suplicado eso mismo innumerables veces. Porque tal vez si oía mi voz...

—Vuelve conmigo. Por favor. No puedes dejarme aún.

Tenía que contarle muchas cosas. Había hecho tanto bien que merecía celebrarlo.

—Winslow. —Cerré los ojos—. Te quiero. Tenemos toda una vida por delante juntos. Pero tienes que despertarte, cariño. Tienes que despertarte. Vuelve conmigo.

No se movió.

Mi hermana se pasó toda la mañana trayéndome café.

Covie vino y estuvo la tarde entera sentado a mi lado, en silencio.

La enfermera me dio una manta limpia a medianoche.

Winn no se movió.

Hasta que el sol empezó a asomar en el horizonte.

Entonces, aquellos preciosos ojos azules se abrieron por fin. Y volvió conmigo.

24

Winslow

—¿Estás lista? —preguntó Griff cuando estábamos de pie junto a su camioneta.

Entrelacé la mano con la suya.

—Lista.

Caminamos el uno al lado del otro hasta casa de Melina Green. Yo avanzaba con paso lento y torpe. Durante las dos últimas semanas todo había sido lento y dificultoso. Pero eso me permitió tener tiempo de admirar su jardín.

Los macizos de flores estaban rebosantes de equináceas púrpura en plena floración. El césped estaba recién cortado y el olor de la hierba me llenó las fosas nasales. Se oía el piar de los petirrojos que se posaban en el gran roble que daba sombra a una parte de la casa. Una nueva mañana.

Un nuevo día.

Antes de que Griff llamara a la puerta, esta se abrió y Melina salió a recibirnos. La gratitud le iluminaba la expresión.

—Hola. —Sonreí.

—Hola. —Los ojos se le humedecieron y, de pronto, me abrazó muy fuerte, tanto que me hizo daño.

Tenía el hombro dislocado y había llevado el brazo en cabestrillo hasta el día anterior. Pero no me atreví a quejarme. Me limité a apretarle la mano a Griffin, porque él me había ayudado a soportar el dolor durante las últimas dos semanas.

Melina me tuvo abrazada un rato, hasta que él debió de darse cuenta de que me dolía y le puso la mano en el hombro.

—¿Vamos dentro?

—Claro. —Me soltó y se enjugó las lágrimas antes de indicarnos que entráramos.

La luz del sol se abrió paso por el mirador de su salón. Griffin y yo nos sentamos en el mullido sofá de piel y me pasó el brazo por los hombros en cuanto me acomodé para que me apoyara en su costado.

Me estaba curando, aunque el proceso estaba siendo más largo de lo que me habría gustado. Él intentó convencerme de que retrasara la visita a Melina una semana más y de que pasara el día descansando en casa, pero ya era hora de volver a la vida.

Vivir era un regalo. Había que aprovechar cada momento. Si aquella noche en la Cumbre Índigo me había enseñado algo era que debía sacar el máximo partido a mi tiempo mientras estuviera en este mundo.

La visita a casa de Melina era la mejor manera de empezar a salir de casa.

—¿Cómo te encuentras? —me preguntó, acercando su silla al sofá—. ¿Te apetece algo?

—No, gracias. Estoy bien. Este muchacho ha estado cuidando de mí.

Griffin se inclinó y me besó el pelo.

—Ahora que no nos oye, diré que no es la mejor paciente del mundo.

Le di un codazo en las costillas, pero el movimiento rápido me provocó una punzada de dolor y solté un gruñido.

—¿Ves lo que quiero decir? —bromeó.

—Gracias por venir. —Melina miró hacia la repisa de la chimenea, llena de fotos enmarcadas en las que aparecía su hija—. Y por todo lo que has hecho por Lily.

—Solo he cumplido con mi trabajo.

—No. —Me dirigió una sonrisa triste—. Has hecho mucho más que eso.

Durante las dos semanas anteriores se habían reabierto muchos casos de suicidios y los expedientes rebosaban de información nueva. A Frank lo detuvieron la noche en que Rain trató de matarme y su confesión conmocionó a toda la ciudad.

Cuatro de los siete suicidios de la última década no lo habían sido. Él había tenido una aventura con cada una de esas jóvenes y a todas las había matado su mujer.

Frank era un experto en secretos y engaños. De algún modo, había convencido a esas chicas para que mantuvieran sus citas a sombra de tejado. Era un hombre carismático y guapo. No culpaba a esas chicas por haberse enamorado de él y seguirle el juego. Tan solo me habría gustado que una de ellas, al menos, hubiera dejado una miga de pan para seguirle la pista. O que el anterior jefe de policía se hubiera esforzado más por descubrirla.

Ahora que ya sabíamos dónde buscar, empezaron a aparecer muchas pruebas.

Frank quedaba con las jóvenes en hoteles de las ciudades vecinas. Sus recibos de la tarjeta de crédito demostraban que había pagado las noches que pasó con ellas. Se comunicaban a través de notas y nunca las firmaba, pero resultaba fácil reconocer su caligrafía. Lily Green conservaba algunas. Melina las había encontrado cuando por fin reunió el coraje para limpiar la habitación de su hija. Estaban escondidas debajo del colchón de Lily.

Quizá, si la hubiera presionado más en su momento para que buscara alguna pista, habría reconocido la letra de Frank.

Este le dejaba las notas cuando iba al banco. Harmony Hardt trabajaba en un restaurante de la ciudad y él admitió que le escribía los mensajes en la parte trasera de los tíquets.

Aún faltaba descubrir muchas cosas, pero la principal información se había propagado por toda la ciudad. Frank ocultaba sus aventuras y conseguía engañar a todo el mundo excepto a Rain. Y, cuando ella finalmente lo descubría, se producía una muerte.

La primera víctima murió por una sobredosis. Vivía sola y, según parecía, la mujer entró en su casa y la obligó a tomarse un bote de pastillas —Frank no conocía los detalles y Rain no estaba viva para contarlo—. Como no consideró que aquello fuera un castigo suficiente para él, cambió de táctica.

—Todavía no me lo creo. —Melina sacudió la cabeza—. Trabajaba como voluntaria en la residencia. Venía y les daba clases de pintura a los ancianos. Siempre me pareció una mujer muy misteriosa.

—No eres la única a quien engañó. —A mí me había engañado durante toda la vida y al abuelo también.

El abuelo lo pasó mal. Quería mucho a Frank y a Rain. Los quería de verdad. Los consideraba parte de su familia y aquella traición lo hirió tanto que decidió mudarse.

Después de muchas décadas viviendo en la casa que había sido también el hogar de mi abuela y el de mi padre, optó por eso. No podía soportar vivir al lado de la casa de los Nigel.

De manera que se quedó con la mía.

Griffin fue allí el día anterior para recoger el resto de mis cosas. La mayoría de los muebles que había comprado sirvieron para obras benéficas. Muchas familias de la zona estaban pasando por un mal momento y, si mis muebles podían ayudarlos durante el bache, me alegraba regalárselos. No me hacían falta en casa de Griff. Bueno, también era mía.

Melina apretó la mandíbula.

—¿Qué le ocurrirá a Frank?

—Está acusado de cómplice de asesinato. Es posible que su abogado lo convenza para que se declare no culpable, pero acabará en la cárcel.

Su confesión se volvería en su contra. Era probable que dijera que lo habían coaccionado o que confesó bajo amenaza. No podíamos hacer nada más que esperar y ver qué sucedía en el juzgado. Pero tenía confianza en mis agentes.

Mitch fue quien respondió a la llamada aquella horrible noche. El abuelo se quedó con Frank para asegurarse de que el cabrón no intentaba huir de la ciudad. Mientras tanto, Griffin decidió arriesgarse y fue directo a la Cumbre Índigo, y por el camino avisó a Briggs.

Si no hubiera sido por ellos, habría acabado corriendo la suerte que Rain me tenía reservada.

—Creo que le tengo más odio a él que a ella —dijo Melina—. Puede que parezca raro, pero Frank lo sabía. Era consciente de que su mujer acabaría matando a las chicas y, aun así, seguía viéndose con ellas.

—A mí no me parece raro. —Porque yo me sentía igual.

—Me alegro de que Rain esté muerta. —Melina abrió mucho los ojos al darse cuenta de lo que acababa de decir—. Lo siento.

—No lo sientas —dijo Griffin—. No eres la única.

Él no había hablado mucho de Rain desde aquella noche. Me contó que habían encontrado su cuerpo en la ladera de la montaña y que se había roto el cuello por la caída. Por lo demás, estuvo callado.

Demasiado.

Su mirada irradiaba furia y la llama era tan intensa que tenía el mismo color incandescente que aquellas asombrosas pupilas azules. Esa ira había aflorado unas cuantas veces durante las últimas dos semanas, sobre todo cuando me asaltaba el dolor.

Entonces apretaba la mandíbula y cerraba los puños. Estaba pendiente hasta que me encontraba mejor. Y luego llamaba a su madre o a alguna de sus hermanas y les pedía que vinieran y se quedaran conmigo mientras él salía un rato a montar a Júpiter.

Suerte de ese caballo. Había ayudado mucho a Griff durante esas dos semanas. Pero antes o después tendríamos que comentar lo que había ocurrido.

—¿Has hablado con otros padres? —preguntó Melina.

—Aún no. Tú eres la primera a quien visito.

A los demás iría a verlos cuando me reincorporara a la comisaría, pero aún me quedaban dos semanas más de reposo en casa. La operación a la que tuve que someterme a causa de las puñaladas había ido bien, pero, entre eso y la conmoción cerebral, mi cuerpo había sufrido una experiencia muy dura.

Los médicos habían tenido que usar un desfibrilador para reanimarme en la mesa de operaciones.

—No me imagino cómo se sentirán. —Melina bajó la vista a su regazo—. Después de creer durante tantos años que sus hijas... Me alegro de saber la verdad.

—Siento mucho que la hayas perdido.

—Yo también. —En los ojos empezaron a acumulársele lágrimas sin derramar.

Había heridas que ni siquiera el tiempo curaba.

Al fin, una de aquellas lágrimas le resbaló por la mejilla, seguida de otra. Volvió otra vez la mirada hacia las fotografías de su bella hija.

—Te dejamos tranquila. —Él se levantó primero y me tendió la mano para ayudarme a ponerme de pie.

Nos despedimos de Melina y la dejamos sola para que encontrara toda la paz que le fuera posible. A continuación, subimos a la camioneta de Griffin.

En cuanto se cerró la puerta, dejé escapar el suspiro que había estado conteniendo.

—¿Estás bien? —me preguntó a la vez que se sentaba frente al volante.

—Cansada, nada más.

—No está mal para ser el primer día.

—Quiero ir a visitar al abuelo, a ver cómo le va la mudanza.

—Seguro que va bien. Ya sabe dónde encontrarnos. Tienes que dormir la siesta.

Fruncí el entrecejo, pero en las últimas dos semanas había aprendido que eso no servía de nada, de modo que me relajé en el asiento mientras Griffin conducía rumbo a nuestra casa.

—Estoy orgulloso de ti. —Alargó el brazo, me tomó la mano y se la llevó a los labios—. No te rendiste nunca, ni siquiera cuando todos te decíamos que lo dejaras estar. A lo mejor si no hubiera...

—Esto no es culpa tuya.

Él me miró y el dolor que vi en sus ojos se me clavó en el corazón.

—Creía que te había perdido.

—Pues no.

—Pero... —Tragó saliva y la nuez se le movió. Luego condujo en silencio hasta casa.

Tres coches saturaban el espacio contiguo a mi Durango. Uno era de Harrison. Otro, del abuelo. El tercero, de Briggs.

—Ya veo qué siesta voy a dormir.

—Les doy diez minutos —dijo Griff—. Después los echaré.

—No, deja que se queden. —Me conmovió saber que todas esas personas habían venido a ver cómo estaba. Cómo estábamos los dos.

Él se quedó mirando la parte trasera de la camioneta de su tío sin hacer el menor movimiento para entrar en la casa.

—¿Qué pasa? —pregunté.

—Durante un tiempo tuve miedo de que hubiera sido él, de que hubiera hecho algo malo y lo hubiera olvidado.

Briggs había ido a verme todos los días desde que volví del hospital y cada vez me traía un ramo de flores. Le estaría siempre agradecida por haber dado con aquel camino en medio de la oscuridad.

—Me salvó la vida.

—Sí.

—Si la demencia avanza y necesita ayuda, lo trasladaremos a casa.

Griffin asintió.

—A la de mis padres. Ya lo han hablado. Van a ir a verlo más a menudo y comprobarán qué tal está. Cuando llegue el momento, se lo llevarán a casa.

—Nosotros tenemos espacio.

—Ellos también. Y te quiero para mí solo durante un tiempo.

—Vale —susurré.

Él dejó caer los hombros y fijó la mirada en el parabrisas mientras el aire acondicionado refrescaba el interior de la camioneta.

Apoyé la cabeza en el asiento y estiré el brazo para acariciarle el suyo.

—Oye, Griff. Estoy bien.

—Sí. —Se aclaró la garganta y se puso en marcha.

Apagó el motor, se bajó de un salto y rodeó la cabina hasta mi puerta.

Sus sentimientos, fueran cuales fuesen, quedaron confinados dentro de sí porque teníamos visita y no era el momento.

Encontramos a los hombres dentro de casa. El abuelo me dio un delicado abrazo y, a continuación, me guio hasta la sala de estar para que me sentara. Briggs me había traído otro ramo de flores; ese día eran margaritas. Harrison había llevado un pastel de cerezas que había hecho Anne. Gracias a Anne, Knox y Lyla, teníamos suficiente comida en la nevera para alimentar a todos los Eden durante una semana.

Nuestros familiares estuvieron allí una hora. En general, hablaron con Griffin sobre el trabajo del rancho y las cosas que habían ocurrido en la ciudad. Después de comer, cuando empezaron a pesarme los párpados, los echó, pero no sin que tuvieran ocasión de hincarle el diente a la comida de la nevera y al pastel.

Bostecé dos veces antes de que Griff me levantara del sofá y me llevara a la cama.

—Puedo andar.

—Y yo puedo llevarte en brazos.

—Vale. —Me apoyé en su hombro y aspiré su fuerte aroma. Cuando llegamos junto a la cama, me bajó al suelo y retiró las sábanas para acostarme.

Tenía la cabeza sobre la almohada cuando se agachó a mi lado para besarme el pelo.

—Me voy a dar un paseo corto a caballo.

—No, no te vas. —Le cogí la muñeca sin darle tiempo a marcharse—. Te vas a acostar aquí conmigo.

—Descansarás mejor si yo no estoy.

—No es verdad y lo sabes. Ven a la cama conmigo, por favor.

Griff dio un resoplido de frustración, pero no se negó. Se puso de pie, se quitó las botas de una patada y se desabrochó el cinturón para que no se me clavara en la espalda. Después se tumbó sobre el colchón y deslizó con cuidado un brazo por debajo de mi almohada para acercarse a mí y pegar el pecho a la altura de mi espalda.

Sin embargo, no me abrazó. No lo había hecho ni una vez desde que volví del hospital.

—Abrázame.

—No quiero hacerte daño.

—Estoy bien, Griff.

—No quiero...

—Estoy bien. Por favor, no te apartes. Si hace falta, tiraré de ti para acercarte, pero me dolerá.

Él suspiró y enterró la cara en mi pelo. Luego, poco a poco, me rodeó la cintura con el brazo y lo apoyó en el punto donde ya no tenía vendajes, pero sí puntos de sutura.

—¿Lo ves? —Me volví hacia él y al hacerlo sentí un poco de dolor, pero lo reprimí—. No te quedes las cosas dentro para ti solo. No te alejes.

Él se echó contra mí.

—Todo esto me ha dejado muy tocado.

—A mí también.

—Solo de pensar que vas a volver al trabajo... Me preocupa. Nunca había tenido esta clase de miedo. Me siento inseguro.

—Pues nos ayudaremos mutuamente. Es lógico que nos preocupemos el uno por el otro, pero no podemos dejar que el miedo nos domine. Estoy bien.

—Estás bien —dijo con un suspiro y me atrajo hacia sí.

—Exacto. —Me acurruqué en sus brazos—. Ahora dame un beso.

Apenas me rozó la comisura de los labios.

—Un beso de verdad.

—Winn...

—Dame un beso, Griffin.

Él frunció el entrecejo, pero me obedeció y mantuvo los labios pegados a los míos.

—Qué cabezota eres —musité antes de acariciarle el labio

inferior con la lengua hasta que por fin me besó como yo quería; y, cuando nos quedamos sin aliento, nos separamos—. Te
quiero.

Él me acarició las pecas de la nariz.

—Te quiero.

—Después de la siesta, ¿podemos hacer una cosa?

—Depende. ¿Qué quieres hacer?

Sonreí.

—Me debes una cita.

Epílogo

Winslow

Un año después...

—Hola, cariño —dijo Griffin—. ¿Lo estás pasando bien?

—Aún no he empezado —masculló—. Ya sabes cómo odio hacer de guardia de tráfico.

Él se echó a reír.

—Te presentaste voluntaria.

—Porque quiero ser una buena jefa.

—La jefa de policía no tiene por qué estar en los controles de velocidad.

—Aquí no hay controles de velocidad, Griffin.

—Claro, claro —respondió con tono flemático—. O sea que no estás aparcada detrás de los arbustos que hay en la carretera donde está el concesionario John Deere.

«No, ya no». Miré por el retrovisor los arbustos y el concesionario.

—¿Qué estáis haciendo vosotros?

—Nos estamos preparando para dar una vuelta por el rancho.

—Espero que esa vuelta sea en la camioneta y no montado en Júpiter.

Por la mañana, Griff había comentado que Hudson ya tenía edad para empezar a montar con él. Yo creía que lo decía en broma y más le valía. No pensaba permitir que mi pequeño montara a caballo. Todavía no.

—Algún día tendrá que aprender.

—Griffin… —le advertí—. Solo tiene dos meses.

Mi marido se echó a reír.

—Sí, vamos a dar una vuelta en la camioneta.

—Mejor. Pasadlo bien.

—Voy a ir por casa de mis padres a saludar y a ver qué tal le va a mi tío en el piso del establo.

—Dales un abrazo de mi parte. Bueno, a Briggs dale dos.

Briggs se había mudado a casa de los padres de Griffin la semana anterior. Fue Mateo quien consideró conveniente que estuviera más cerca de Harrison y Anne, pero, como el hombre no quería que la cabaña quedara abandonada, decidieron intercambiar sus viviendas. Ahora mi hermano vivía en la montaña y Briggs, cerca de la familia.

Durante el último año había empezado a tomar una medicación que parecía eficaz, pero de vez en cuando sufría crisis que hacían que le fallara la memoria y perdiera la noción del tiempo y del espacio. El peor episodio tuvo lugar un mes atrás y fue el que aceleró el traslado. Había salido a caminar por la montaña y se perdió. Cuando Griffin y Harrison fueron en su busca, se puso violento con los dos porque no tenía ni idea de quiénes eran.

Cuando más tarde su hermano le explicó a Briggs lo que había ocurrido, él nos hizo prometer a todos que, si volvía a comportarse así, lo llevaríamos a una residencia. Mateo sugirió el traslado al piso del establo como alternativa. Teníamos la esperanza de que, si vivía más cerca de la casa en la que se crio de niño, se sentiría más afianzado.

Ninguno sabíamos qué ocurriría, pero valía la pena intentarlo.

—¿Has cogido el molde de tarta para devolvérsela a tu madre? —pregunté.

—Ya está en la camioneta.

De fondo, oí a mi hijo.

—¿Cómo está Hudson?

—A punto de dormir la siesta. Daremos una vuelta con la camioneta para que se quede KO en la sillita y luego iremos donde mis padres.

—Me quedan… —miré el reloj del salpicadero del coche patrulla— cuatro horas. Luego me marcharé a casa.

—Estaremos esperándote. Te quiero.

—Yo también te quiero. —Colgué y seguí avanzando hacia Main Street.

En realidad aún estaba de baja por maternidad. Me quedaban tres semanas. Pero llevábamos unos meses algo cortos de personal, ya que había despedido a Tom Smith; con el embarazo, se me agotó la paciencia. De manera que, aunque se suponía que debía estar en casa, me dedicaba a cubrir algunos turnos para aligerar la carga de trabajo en la comisaría hasta que contratáramos a otro agente.

El tráfico turístico había disminuido considerablemente durante la semana anterior, puesto que ya había empezado el curso escolar. Era agradable encontrar aparcamiento libre en el centro, aunque pronto llegarían los cazadores y luego, la marabunta de la Navidad.

Quincy se convertía en un lugar mágico durante las fiestas navideñas.

Claro que mi valoración no era imparcial. Las Navidades de mi niñez con el abuelo y mis padres formaban parte de mis recuerdos más queridos. Además, las últimas habían sido inolvidables.

Griffin y yo nos casamos tres días antes de Navidad. Lo celebramos con una ceremonia discreta e íntima en el Eloise Inn. Él estaba imponente con su traje negro. Yo llevé el vestido de novia de mi madre. El abuelo me acompañó hasta el altar, pronunciamos los votos y luego abrimos las puertas del hotel para dar un banquete que supuso todo un reto para la capacidad habitual del edificio.

La mayoría de las habitaciones estaban reservadas a la familia y, por primera vez en mi vida, me alojé en ese hotel. Griffin y yo nos encerramos en la suite de lujo durante tres días.

Nuestra boda fue la última que acogió el Eloise antes de empezar con las reformas. Harrison y Anne habían comprado el edificio contiguo y lo anexaron al hotel para celebrar eventos. Además, el restaurante ya no tenía el aspecto de un comedor corriente, sino que era un asador moderno de primera categoría.

Cuando me quedé embarazada de Hudson, Griff y yo íbamos allí tres veces por semana porque no podía controlar los antojos. Knox se convirtió en una especie de mago y siempre acertaba con la comida a pesar de que muchas veces ni siquiera yo sabía que era eso lo que quería.

No teníamos planeado un embarazo tan pronto, pero con lo ocurrido en la Cumbre Índigo dejé los anticonceptivos y ambos decidimos no preocuparnos.

La vida era corta y tanto Griffin como yo nos habíamos propuesto aprovecharla al máximo. La familia que estábamos formando juntos era la luz de mi vida.

Bajé la mano hasta el vientre. A lo mejor esta vez también iríamos al restaurante cada dos por tres. Mis hijos se llevarían menos de un año, lo cual, con suerte, los convertiría en grandes amigos; si no de pequeños, sí de más mayores.

Llegué al final de Main Street y me dirigí a la carretera principal. Había poco tráfico y, cuando me veían pasar, la mayoría de los coches aminoraban un poco la marcha y sus guardabarros bajaban al pisar el freno. Al cabo de unos quince kilómetros, estaba a punto de dar media vuelta y volver a la ciudad cuando vi un sedán gris con matrícula de Nueva York parado en un lateral.

Reduje la velocidad, entré en el arcén y puse en marcha las luces del coche patrulla para que los otros conductores nos dejaran espacio. Comprobé que llevaba el arma en la funda de la pernera antes de salir del vehículo y acercarme al sedán.

Griffin siempre insistía en que me pusiera el chaleco cuando saliera a patrullar. Me daba mucho calor encima de la blusa negra, pero mi marido se preocupaba por mí, así que le hice caso.

La ventanilla del lado del conductor estaba abierta y lo primero que me llamó la atención fue el llanto de un bebé. Ese sonido inconfundible me encogió el corazón; y también el de los sollozos de la mujer, tan intensos como el llanto del pequeño.

—¿Hola?

La mujer sentada frente al volante no me oyó.

—¿Señorita? —llamé.

Ella dio un grito ahogado y estuvo a punto de salir disparada del asiento.

—Lo siento. —Levanté las manos en el aire.

—Ay, Dios. —Se llevó una mano al corazón mientras con la otra se apartaba un mechón rubio de la cara—. Lo siento, agente. No puedo mover el coche.

—No pasa nada. —Me incliné para mirar dentro—. ¿Va todo bien?

Ella asintió y se limpió rápidamente la cara para secarse las lágrimas.

—Es que he tenido un mal día. Muy malo, de hecho. Quizá es el quinto día peor de mi vida; o el sexto. No, el quinto. Llevamos varios días en el coche y mi hijo no para de llorar. Tiene hambre. Yo también. Necesitamos dormir y darnos una ducha, pero me he perdido. Llevo media hora intentando encontrar el sitio donde se supone que tenemos que alojarnos.

—¿Adónde van? —le pregunté y miré hacia el asiento trasero.

El bebé seguía llorando. Tenía la cara roja y apretaba sus puños diminutos.

La mujer buscó una nota adhesiva y la levantó.

—Al Monte Enebro.

—¿El Monte Enebro?

En esa carretera solo vivía una persona.

—Sí. ¿Sabe dónde está? —Agitó la mano hacia el parabrisas—. El mapa me ha traído aquí, pero no veo ninguna señal en la carretera con ese nombre. Bueno, de hecho, no veo el nombre de ninguna carretera.

—En las zonas rurales de Montana no suele haber indicaciones. Pero le diré cuál es.

—¿De verdad? —La esperanza que iluminó su triste mirada me rompió el corazón.

Daba la impresión de que aquella mujer no había tenido ninguna clase de ayuda en mucho mucho tiempo.

—Claro. —Le tendí una mano—. Soy Winslow.

—Memphis.

Su nombre no me sorprendió. Eloise llevaba varias semanas hablando de ella. Y Knox llevaba el mismo tiempo mencionándola entre dientes.

—Bienvenida a Quincy, Memphis.

—Gracias —dijo con un suspiro y las lágrimas volvieron a caerle en cascada por las mejillas.

Regresé corriendo a mi coche y la guie hasta el Monte Enebro.

Cuatro horas más tarde, después de dejar el coche patrulla y recuperar mi Durango, llegué a casa.

Griffin estaba acunando a Hudson en el porche mientras le daba el biberón.

—Hola. ¿Cómo ha ido el día?

—Bien. —Me acomodé en la silla de al lado y le hice señas para que me diera a mi hijo. Cuando lo tuve bien cogido entre los brazos, di un suspiro.

Hudson había heredado mis ojos azules, pero por lo demás esperaba que se pareciera a su padre. Ya tenía el pelo castaño y recio como él. Con solo dos meses de edad, se observaba en él el mismo aplomo de Griffin. Rara vez lloraba, a diferencia de Drake, el hijo de Memphis.

—¿Te acuerdas de la chica que Eloise ha contratado para trabajar en el hotel, Memphis Ward? ¿La que iba a mudarse desde Nueva York?

—Sí.

—Hoy la he conocido. Andaba perdida tratando de encontrar la casa de Knox. Tiene un hijo de la misma edad que Hudson, pero no es tan guapo.

—Ningún niño es tan guapo como Hudson.

—Exacto. —Retiré el biberón vacío de la boca de mi hijo, me lo apoyé sobre el codo y lo besé en la mejilla a la vez que le daba golpecitos en la espalda—. Parece muy agradable. Se la veía un poco alterada, pero supongo que eso nos pasa a todos cuando tenemos un mal día.

Griffin sacudió la cabeza y se echó a reír.

—Aún no me creo que Eloise haya convencido a Knox para que acoja a una extraña en el piso de encima de su garaje. Se va a volver loco. El motivo por el que se hizo una casa en esa carretera perdida es que quería apartarse de la gente.

A Eloise últimamente le estaba costando encontrar empleados de fiar para el hotel y, cuando Memphis envió su solicitud, vio que estaba tan sobrecualificada para el puesto que supuso que se trataba de una broma. Sin embargo, le hizo una entrevista virtual y se puso como unas pascuas cuando ella aceptó el trabajo.

Una semana más tarde, después de intentar sin éxito encontrar un piso donde alojarse, llamó a Eloise y le dijo que reculaba. Pero mi cuñada no era de las que se detienen ante un obstáculo, de modo que convenció a Knox para que acogiera a Memphis durante unos meses hasta que se vaciara algún piso en la ciudad.

La chica iba a alquilar el estudio que él había construido encima del garaje. El apartamento tenía la función de alojar a los huéspedes, porque no quería que le ocuparan las habitaciones de invitados, como ocurría cuando venían a casa.

—Tu hermana debería ser la siguiente alcaldesa.

Griffin se echó a reír.

—Hablando de alcaldes y alcaldesas...

Un Bronco familiar de color azul se acercó por la carretera y el abuelo iba al volante. Desde que se había jubilado hacía unos meses, se había propuesto venir a visitarnos varias veces por semana y malcriar a su bisnieto.

—Querrá cogerte en brazos —le dije a Hudson—. Y yo acabo de llegar.

—No viene solo. —Griffin levantó la cabeza para señalar la carretera—. Me parece que tenemos invitados para cenar.

Varias horas más tarde, Anne y Lyla habían cocinado para todo el mundo y en la casa resonaban las risas. El abuelo y Harrison estaban viendo un partido de fútbol. Talia, Mateo y Eloise se habían acomodado en el porche. Knox no había venido, seguramente porque seguía en casa dándole vueltas al problema de su vecina temporal.

Griffin y yo estábamos en el sofá, acurrucados con nuestro hijo dormido en brazos de su padre.

—¿Se lo decimos? —me preguntó.

Miré aquellos ojos de un azul intenso y asentí.

—Sí.

—Venid aquí —los llamó y, cuando toda la familia estuvo reunida en el salón, esbozó una sonrisa—. Tenemos una noticia que afecta a la familia.

A la familia. Su familia. Mi familia.

«Nuestra familia».

Y, al cabo de ocho meses, nuestra hija, Emma Eden, se unió a ella.

Epílogo extra

Griffin

—¿Estás listo, peque?

Hudson agarró la cuerda del trineo.

—Sí, papá.

Levanté las botas de la nieve y me di impulso con la mano para bajar por la colina.

La risa de mi hijo de tres años fue música para mis oídos cuando nos deslizamos a toda velocidad por la ladera mientras los relucientes copos de nieve nos caían en la cara.

Winn sostenía a Emma en la cadera, en la falda de la montaña, y nos seguía con el móvil para capturar cada instante con la cámara hasta que frenamos al llegar abajo.

—¡Otra vez!

A Hudson le costó bajarse del trineo, vestido con todo el equipo de invierno. Igual que su hermana, iba enfundado en un mono y un anorak muy acolchado. El gorro de punto que le abrigaba la cabeza se le había resbalado por la frente y tuvo que levantar la barbilla para ver.

—Vamos a ponerte bien este gorro. —Me quité los guantes, doblé el borde de la prenda hacia arriba y choqué los cinco con mi hijo.

—Yo, yo, yo —protestó Emma para que Winn la bajara al suelo.

En cuanto pisó la nieve, vino hacia mí dando pasitos y se dejó caer contra mis piernas.

La levanté y me incliné para sujetar el trineo.

—¿Una vez más?

Winn asintió.

—Sí, y luego tendremos que irnos. El abuelo viene a casa dentro de una hora y tengo que poner la cena en el horno.

—Vale, cariño. —Le di un suave beso en los labios a mi esposa y arrastré a mi hija colina arriba.

La última vez se convirtió en dos. Me dejé ablandar por la carita lastimera de Hudson y, a pesar de que se estaba poniendo el sol, los trasladé a su hermana y a él hasta la cima de la colina para disfrutar de un último viaje en trineo antes de montarlos en la camioneta y volver a casa.

—Lo hemos pasado muy bien. —Winn se volvió a mirar a los niños, sentados en el asiento trasero, y les sonrió—. Tendríamos que repetirlo mañana.

—Trato hecho.

Si a mi mujer y a mis hijos los hacía felices montar en trineo, los llevaría allí todos los días. Encontraríamos tiempo.

Ambos nos tenían ocupados desde que salía el sol hasta que se ponía y a veces también en las horas intermedias. En el rancho todo iba viento en popa y Winn era una jefa de policía muy querida por la comunidad. La vida nos sonreía. Nunca había imaginado que se podía ser tan feliz.

Y todo gracias a la mujer que conocí en el Willie's. La mujer que me sedujo en el asiento trasero de esa camioneta. Hacía tiempo que debería haberla cambiado por una nueva, pero no encontraba el momento de deshacerme de ella.

Quién lo iba a decir. Me había vuelto un poco sentimental con todo lo que guardaba relación con mi mujer.

—Los bañaremos antes de cenar —dijo Winn cuando bajamos a nuestros hijos de la furgoneta y empezamos a despojarlos de las capas de ropa—. Si el abuelo se queda hasta tarde, los acostaremos y nos quedaremos un rato con él.

—Yo me encargo.

—Gracias, cariño. —Me dio un beso y fue a la cocina. Su cara bonita estaba enrojecida por el frío.

Más tarde me ocuparía de subirle los colores otra vez, pero con la lengua.

Los niños estaban envueltos en sus toallas con capucha cuando oí la voz de Covie en la entrada, al igual que ellos.

—¡Abuelo! —Hudson fue a recibirlo el primero y la toalla voló tras de sí como una capa cuando salió corriendo hacia la puerta.

Emma le pisaba los talones a su hermano y se arrojó en los brazos abiertos de Covie.

Ninguno se dio cuenta de que Janice estaba en la puerta, observándolos.

—Hola, Covie. —Le tendí una mano para darle un apretón y luego la saludé a ella con una inclinación de cabeza—. Hola, Janice.

—Hola, Griff.

—Bienvenidos. —Les hice señas para que entraran en la casa mientras me preguntaba qué estaba haciendo allí la secretaria de Winn.

Y por qué Covie tenía los dedos entrelazados con los suyos cuando entraron en el salón.

Mi mujer salió del distribuidor que daba a nuestro dormitorio tras ponerse una camiseta de manga larga. Cuando vio a su padre y a Janice cogidos de la mano, se quedó clavada en el sitio.

—Ho-hola.

—Hola, cielo. —Covie llevó a Janice hasta el sofá y los dos se sentaron sin dejar un centímetro en medio.

—Me habías dicho que sabían que veníamos los dos. —Janice lo atravesó con la mirada enmarcada por sus gafas de montura roja.

—Me ha parecido que era mejor darles una sorpresita para aclarar esto.

—¿Aclarar qué, exactamente? —Winn entró en el salón

acompañada por Emma, que todavía iba envuelta en su toalla de unicornio.

—¿Qué te parece si vestimos a estos niños y luego hablamos? —propuse.

Mi mujer cogió a Emma y yo seguí a Hudson por el pasillo hasta sus respectivos dormitorios. Cuando los dos estuvieron vestidos con el pijama, volvimos al salón. Janice y Covie continuaban sentados en el sofá.

Puse dibujos animados para los niños y me senté en una silla enfrente de la nueva pareja. Winn se irguió en su asiento.

—Así que... ¿salís juntos?

—Estamos prometidos —la corrigió Covie mientras le sostenía la mano izquierda a Janice.

Estaba claro, puesto que en el dedo lucía un anillo con un diamante.

Winn se quedó boquiabierta.

—¿Prometidos?

La mujer puso una mueca y le dio un codazo a Covie en las costillas.

—En mi defensa diré que nunca he querido llevar esto en secreto. Pero hay alguien, y no miro a nadie, que estaba preocupado por si causábamos problemas en la comisaría.

—¿Qué? ¿Cómo? ¿Cuándo? —Con cada pregunta, Winn iba alzando la voz un poco más.

Le posé una mano en la rodilla.

—Será mejor que empecemos por felicitarlos.

Ella abrió la boca y volvió a cerrarla, pero la abrió otra vez, aunque no pronunció palabra.

—Siento haberlo llevado en secreto, Winnie —se disculpó el abuelo con una sonrisa—. Aunque la verdad es que ha sido divertido andar escondiéndonos como si fuéramos chiquillos. Covie y su joven novia.

—Ay, por Dios —gruñó Janice—. Cada vez lo empeoras más.

Me eché a reír.

—¿Cuánto tiempo hace que estáis juntos?

—Cinco meses —respondió él—. Le he propuesto matrimonio esta mañana.

—¿Cinco meses? —Winn se levantó de la silla como propulsada por un resorte.

Janice también se puso de pie.

—Lo siento. Empezamos medio en broma y acabamos en serio. Ya se sabe cómo son estas cosas. Pero quiero a este viejales y lo pasamos muy bien juntos. Y, como el mes que viene me jubilo y estamos prometidos, espero que lo nuestro no suponga ningún problema.

—Pues claro que no. —Covie se levantó, se acercó a Winn y le colocó las manos en los hombros—. Janice me hace feliz. Hace que me sienta joven. La quiero con locura.

Ella lo observó un momento y, de pronto, todo su asombro se disipó. Porque conocía a mi mujer y su amor era tan profundo que jamás le negaría a su abuelo ni un ápice de felicidad. En sus bellos labios asomó una pequeña sonrisa.

Se puso de puntillas y le dio un beso en la mejilla a Covie. Luego, fue hacia Janice y la atrajo hacia sí para darle un abrazo.

—Felicidades. Y bienvenida a la familia.

Yo sonreí. «Esa es mi chica».

El resto de la noche transcurrió entre un sinfín de preguntas. Era algo que me encantaba de mi mujer: su mente curiosa, su necesidad de entenderlo todo.

Emma y Hudson habían heredado ese rasgo. La mayoría de los niños de dos y tres años muestran curiosidad, pero en su ojos veía el mismo brillo que tanto adoraba en los de su madre.

Cuando Covie y Janice se despidieron, nuestros hijos ya estaban en la cama. Las estrellas brillaban en el cielo invernal y la luna llena proyectaba sus rayos plateados sobre las praderas y los árboles cubiertos de nieve.

Winn y yo permanecimos de pie frente a la ventana, observando las luces del Bronco hasta que desaparecieron.

—Me encanta verlos juntos —dijo.

—A mí también.

Apoyó la cabeza en mi hombro.

—Te quiero.

—Te quiero —le correspondí y le rodeé la cara con las manos—. Ya se te han ido los colores.

—¿Qué quieres decir?

—En el trineo se te han puesto las mejillas rojas.

—Ah. —Se echó a reír—. Eso es porque ahora no me estoy congelando como antes.

Le cubrí la boca con la mía.

—Me gusta que te sonrojes.

—Ah, ¿sí?

La aupé con un movimiento rápido y me la cargué al hombro. Luego, le di una palmada en el trasero y ella soltó una risita mientras la llevaba hasta el dormitorio.

Donde le saqué otra vez los colores.

Agradecimientos

¡Gracias por leer *Cumbre Índigo*! Gracias en especial a mi equipo de editoras y correctoras: Elizabeth Nover, Julie Deaton, Karen Lawson y Judy Zweifel. Gracias a Sarah Hansen por el alucinante diseño de la cubierta. Gracias a todos los miembros de Perry & Nash por ser los mejores fans que podría pedir. Un enorme gracias a los sensacionales blogueros que me leen y hacen publicidad de mis libros. Y gracias a mis amigos y a mi maravillosa familia por vuestro amor y vuestro apoyo incondicionales.